rowohlt
rotfuchs

MINDY McGINNIS

LOST

IN DER WILDNIS HÖRT DICH NIEMAND

ROMAN

Aus dem Englischen
von Kattrin Stier

ROWOHLT TASCHENBUCH VERLAG

Die englische Originalausgabe erschien 2020
unter dem Titel «Be Not Far from Me» bei
Katherine Tegen Books / HarperCollins Publishers, New York.

Deutsche Erstausgabe
Veröffentlicht im Rowohlt Taschenbuch Verlag,
Hamburg, Januar 2022

Lektorat Marie-Ann Helle
Covergestaltung any.way, Barbara Hanke / Cordula Schmidt,
nach dem Original von HarperCollins US
Coverabbildung P. Medicus / Getty Images
Satz aus der Nyte
Gesamtherstellung CPI books GmbH, Leck, Germany
ISBN 978-3-499-00595-4

Für Marlo, Marnie & Ryan
Macht euch auf den Weg!

TEIL EINS
BEVOR ICH MICH VERIRRTE

Die Welt ist nicht zahm.

Das vergessen die Leute immer. Die Hochglanzprospekte der State Parks zeigen die Natur von ihrer fotogenen Seite, so wie ein Schulabschluss-Foto, auf dem alle Hautunreinheiten wegretuschiert sind. Sie zeigen nie einen Kojoten, der die Schnauze tief im Bauch eines lebendigen Rehs vergraben hat, und auch kein Streifenhörnchen, das in den Fängen eines Adlers in der Luft hängt und jämmerlich verendet.

Wenn man sich da draußen in den Wäldern lange genug ruhig verhält, dann hört man, wie etwas stirbt. Gleich danach ist es wieder still. Es folgt keine Empörung über die Ungerechtigkeit, noch nicht einmal Trauer. Für ein Tier ist es der Tod, für das andere ein Abendessen; so ist der Lauf der Welt. Was bleibt, kehrt zurück zur Erde, die Knochen des gestrigen Tages versinken heute im Schlamm, als einziges Lebenszeichen bleiben nur die Nagespuren einer Maus, winzige Einkerbungen zum Zeichen, dass hier einmal etwas Wertvolles war.

«Eklig», sagt Meredith, als ich unter einer Schicht welker Blätter den Schädel eines Rehs hervorziehe.

«Ich dachte, es wäre nur ein Gehörn», sage ich und lasse ihr Zeit, am Wegesrand ein wenig zu Atem zu kommen, während ich nachsehe, ob auch noch etwas von der Wirbelsäule zu finden ist. Normalerweise werden die Wirbel von Mäusen und Eichhörnchen weggeschleppt, die sie als kleine Mitternachtssnacks in ihren Nestern einlagern.

«Ein was?» Sie streift die Riemen ihres Rucksacks ab. Währenddessen hat Kavita uns eingeholt, ihre pechschwarzen Haare hat sie zu einem losen Knoten oben auf dem Kopf zusammengebunden, Schweißperlen stehen auf ihrer Oberlippe.

«Ein Gehörn», erkläre ich. «Rehböcke werfen im Frühjahr ihr Gehörn ab, aber das ist normalerweise auf dem Waldboden kaum zu erkennen.»

Auch dieses hier hatte ich nur ganz zufällig entdeckt, zunächst hatte ich das Weiß für den ausgeblichenen, dürren Ast einer Esche gehalten. Als dann mit dem Gehörn auch noch der gesamte Schädel auftauchte, konnte ich meine Begeisterung kaum verhehlen, was den anderen nicht entgangen war.

«Warum bleiben wir stehen?», fragt Kavita und löst ihre Haare, sodass sie ihr über die Schultern fallen.

«Ashley hat gerade einen ihrer *National Geographic*-Momente», bemerkt Meredith.

«Allerdings», sage ich.

«Schon nicht so übel, dass sie so 'n Zeug weiß», verteidigt Kavita mich. «Sonst würden wir hier in der Wildnis kaum überleben.»

Das stimmt tatsächlich. Gerade erst hatte Meredith einen Pilz entdeckt. In der Annahme, dass alles, was in der zivilisierten Welt auf eine Pizza kommt, auch in der Natur essbar ist, war sie kurz davor, einen Knollenblätterpilz zu vertilgen. Wenn ich sie nicht daran gehindert hätte, hätte sie sich fünf Stunden später übergeben müssen und wäre ins Delirium gefallen. Aber da genau das ja der Plan für den heutigen Abend war – Kotzen und uns ins Delirium saufen –, wäre das Ganze wohl erst aufgefallen, wenn sie schließlich Krämpfe bekommen hätte.

Mit anderen Worten, zu spät.

Meredith hatte nur die Nase gerümpft und bemerkt: «Warum ist es dann überhaupt erlaubt, dass so was in einem State Park wächst?»

Glücklicherweise war Kavita zur Stelle gewesen, um die Situation zu retten und mich daran zu hindern, gemein zu werden. Sie ist die einzige nicht weiße Schülerin an unserer Schule, und vermutlich hat sie dadurch gelernt, gut mit Konflikten umzugehen. Ich dagegen werde einfach nur wütend. Ich hätte Meredith darüber aufgeklärt, dass wir uns hier nicht in einem State Park, sondern in einem State Forest befinden, was unter anderem auch bedeutet, dass die Wege nicht so gut in Schuss gehalten werden. Etwas, worüber sie sich ebenfalls schon beschwert hatte, als wir zum ersten Mal über einen umgekippten Baum klettern mussten, der quer über dem Weg lag. Und hier erklärt eben auch keiner den giftigen Pilzen, wo sie zu wachsen haben und wo nicht. Es ist unsere Aufgabe zu lernen, dass wir sie nicht essen können.

In der Gegend, in der wir leben, können die geografischen Gegebenheiten nicht nur über Leben und Tod entscheiden, sondern sie bestimmen auch, wer deine Freunde sind. Es gibt nicht sehr viele Menschen, die ich mag. Meredith hat es zwar irgendwie seit dem Kindergarten bis heute geschafft, aber das nur sehr knapp. Ständig regt sie sich darüber auf, dass meine Beine voller blauer Flecke sind, die höchstens mal von einem Ausschlag durch Giftefeu überdeckt werden. Mich dagegen nervt es, dass sie mit sorgfältig manikürten Händen und perfektem Augen-Make-up zu dieser Wanderung aufgebrochen ist. Aber im Grunde unserer Herzen haben wir uns gern, auch wenn ich mir das an Tagen wie heute manchmal in Erinnerung rufen muss.

Und ich vermute stark, dass es ihr mit mir ebenso geht.

«Und? Was hast du da?», fragt Kavita mit einer Kopfbewegung in Richtung des Schädels in meiner Hand.

«Ein totes Tier», antwortet Meredith an meiner Stelle. «Ash hat ein totes Tier gefunden. Bitte sag mir, dass du das nicht zu unserer Party mitbringst.»

Ehrlich gesagt, hatte ich es überlegt. Man findet nur selten einen in so gutem Zustand und es ist ein Achtender, die scharfen Spitzen des Gehörns sind alle intakt. Abwägend reibe ich mit dem Daumen über eine glatte Rundung, bevor ich mich entschließen kann, den Schädel zurück auf die Blätter zu werfen. Vielleicht wird jemand anderes ihn finden und in seinem Wohnzimmer aufhängen oder ihn mit Kabelbindern am Kühler seines Pick-ups befestigen.

Wir gehen weiter bergauf, wobei ich ein Tempo vorlege, bei dem Meredith ins Schnaufen kommen wird, während Kavita mir dicht auf den Fersen bleibt. Ich halte einen Zweig für sie zur Seite und sie erwidert mein Lächeln, aber keine von uns sagt etwas. Wir brauchen unsere Energie, unseren Atem für den langen Weg bis zu dem Zeltplatz, wo die Jungs und das Bier sind, irgendwo so abgelegen, dass wir es dort richtig krachen lassen können. Es wird laut werden, wenn wir den Beginn der Sommerferien feiern und uns darüber wundern werden, dass das nächste Schuljahr tatsächlich schon unser letztes sein wird, während wir dem bittersüßen Geschmack nachspüren von etwas Gutem, das zu Ende geht.

Aber jetzt ist noch alles ruhig und ich bin dankbar für die Stille, in der ich über das nachdenken kann, was ich im Weggehen gesehen habe: Eine perfekt ausgerichtete Wirbelsäule, die sich unverletzt von hungrigen Mäulern oder grabenden Pfoten, in die Erde schmiegte. Dieser Zustand zeigt, dass der Rehbock keines gewaltsamen Todes gestorben sein kann, sonst wären seine Knochen durcheinandergeschüttelt von den Zähnen, die ihn getötet haben. Stattdessen hat er sich hingelegt und ist still und leise an Altersschwäche gestorben, während Sonnenstrahlen über ihn hinweghuschten oder sich Schneeflocken auf seine Augen senkten.

Er ist ganz ruhig gestorben, dort unter den Bäumen.

Ich glaube, genau so möchte ich auch sterben.

Wandern ist – genau wie Alkoholgenuss – etwas, das sich für Uneingeweihte weitaus reizvoller anhört, als es eigentlich ist. Beides zu kombinieren, war Merediths Idee gewesen, und ich hatte von Anfang an bezweifelt, ob das so schlau war. Eine Party irgendwo in der Wildnis der Smoky Mountains, wo uns keiner stören würde, hörte sich gut an, aber sowohl beim Wandern als auch beim Trinken braucht man genügend gesunden Menschenverstand, um da ohne ernsthaften Schaden wieder rauszukommen. Und dass gesunder Menschenverstand nicht allzu weit verbreitet ist, habe ich leider schon oft genug feststellen müssen.

Ich versuche gerade, mir Merediths gute Eigenschaften in Erinnerung zu rufen, als ich das Kabel eines Lockenstabes aus ihrem Rucksack ragen sehe, während sie nach einem Müsliriegel kramt. Kavita bemerkt es ebenfalls und verkneift sich ein Grinsen. Ich beschließe, ihr nicht zu erklären, dass Bäume keine Steckdosen haben. Ich mag Meredith. Wirklich, ich schwör's. Aber sie ist definitiv nicht in meinen Survival-Team für den Weltuntergang. Mich dagegen wollen alle im Team haben, obwohl ich ihnen klar und deutlich sage, dass ich mich im Fall der Fälle nur um mich selbst kümmern werde und sie nur Ballast für mich wären.

«Wie weit noch?», fragt Meredith und ich merke, dass sie diese Frage nur mir zuliebe nicht schon viel früher gestellt hat.

Ich weiß, dass es keinen Sinn hat, jetzt das Handy zu zücken. Hier draußen gibt es keinen Empfang mehr, ebenso wenig wie den Strom, mit dessen Hilfe Meredith sich die Haare stylen will, sobald wir den Zeltplatz erreichen. Ich halte einen Augenblick inne, um mich zu orientieren. Die Strecke, auf der wir uns befinden, ist ein kleiner Abschnitt des Appalachian Trails und ich bin den Weg oft genug gegangen, sodass ich nach einem raschen Rundumblick sagen kann, wo ich bin. Später will ich irgendwann mal den ganzen AT laufen, wenn ich älter bin oder wenn ich das Geld für eine anständige Ausrüstung zusammenhabe. Was immer als Erstes der Fall ist. Vermutlich das mit dem Älterwerden.

«Die Jungs sind ja gestern schon aufgebrochen», erkläre ich ihr und mustere das dichte Unterholz, wo eindeutig jemand vom Weg abgewichen ist, vermutlich, um zu pinkeln. «Sie wollten noch angeln und dann die Zelte aufschlagen. Es kann nicht mehr weit sein, vielleicht noch eine Meile oder so. Bestimmt können wir sie bald hören, besoffen oder nüchtern.»

«Besoffen, wette ich», sagt Kavita.

«Solange sie was für mich übrig lassen», bemerkt Meredith und springt bei der Aussicht auf Bier voller neu gewonnener Energie auf die Beine. Sie lächelt mir zu und ich weiß, dass sie mir verzeiht, dass ich ... bin, wie ich bin.

«Klar heben sie was für uns auf», versichere ich ihr, weil es so sein wird. Falls nicht, findet bestimmt einer von ihnen einen Weg, wie man es vor Ort brauen kann. Alle sind immer darum bemüht, es Meredith recht zu machen, vor allem die Jungs. Und dabei spielt es überhaupt keine Rolle, ob ihre Haare perfekt gestylt sind oder nicht.

Nur sie selbst mag es lieber so.

Meredith ist nicht in meinem Survival-Team für den

Weltuntergang, ich wiederum bin bestimmt nicht in ihrem Team für den nächsten Schönheitswettbewerb. Ich schätze mal, wir haben alle unsere eigenen Waffen. Ich wiege meine, bevor ich zu einer Wanderung aufbreche, damit ich kein Gramm mehr als nötig mit mir herumschleppe, sie hat ihre dagegen eher in ihrem BH stecken, aber wir schlagen uns beide durch, jede auf ihre Weise.

«Letzte Etappe», versichere ich ihr, als sie zusammenzuckt, weil sich die Blase, die sie sich schon auf den ersten zwanzig Metern gelaufen hat, offenbar wie eine heiße Nadel in ihre Ferse bohrt.

«Alles okay», sagt sie und wischt sich den Schweiß von der Stirn.

Und ich überlege, ob ich sie nicht vielleicht wenigstens als Ersatzfrau in mein Weltuntergangs-Team aufnehmen sollte.

Als wir ankommen, haben die Jungs schon eifrig vorgeglüht, was sich aber keineswegs auch auf das Feuer bezieht. Ihre Prioritäten sind klar – und zwar in dieser Reihenfolge: Bier, Gras, Titten, Feuer, Zelt. Für die ersten beiden haben sie selbst gesorgt, das Dritte haben wir mitgebracht und für alles andere bin ich verantwortlich. Wie es aussieht, waren sie gestern nicht mehr angeln und haben auch sonst nicht viel getan, außer bekifft und unter freiem Himmel in die Schlafsäcke zu kriechen.

«Ka-vi-ta!» Jason schwenkt eine Flasche in ihre Richtung, als wir die Lichtung betreten. Er ruft ständig in aller Öffentlichkeit ihren Namen, seitdem sie vor zwei Jahren hierhergezogen ist. Was bedeuten soll, dass er sich für sie interessiert, wie Meredith und ich ihr schon lange klarzumachen versuchen.

Ihre Antwort ist immer «Ja-son!», in genau demselben

Tonfall wie er. Er weiß nie so recht, was er damit anfangen soll, was dazu geführt hat, dass sie seit zwei Jahren nicht über die gegenseitige Vorstellung hinausgekommen sind.

«Hey», sagt Duke, sobald er mich entdeckt, und nickt mir zu, was mich offenbar gegenüber den anderen beiden Typen, die noch dabei sind, als seine Freundin ausweist, da sie sich sofort Meredith zuwenden, aber das hätten sie vielleicht ohnehin getan.

Man nimmt ihr den schweren Rucksack ab, bietet ihr einen Faltstuhl an und sie schafft es bloß mit ein paar Worten und einem spöttischen Lächeln, dass die notdürftig vorbereiteten Zelte aufgestellt werden. Ich danke ihr im Stillen und setze mich neben Duke in einen Liegestuhl. Vor unseren Füßen liegt ein halbherzig aufgetürmter Haufen mit Zweigen, wobei sie offenbar den wesentlichen Teil beim Feuermachen ausgelassen haben.

«Wer sind die?», frage ich und nehme das Bier, das er mir aus der Kühltasche zwischen uns reicht.

«Zwei Brüder. Cousins von Stephanie, soweit ich weiß», sagt er und schiebt seine Baseballmütze zurück, um sich die kalte Bierdose an die Stirn zu halten. «Sie sind zu Besuch da und ihre Mom hat gesagt, sie soll sie mitnehmen.»

«Und? Sind sie okay?», frage ich, während ich die beiden bei ihren Bemühungen beobachte, ein Mini-Zelt aufzustellen.

«Scheint so.» Er zuckt die Schultern und hält kurz inne, bevor er mit etwas herausrückt: «Natalie kommt später nach, mit Steph.»

«Natalie», wiederhole ich angespannt. Ich versuche, mich locker zu machen.

«Okay für dich?», fragt er.

«Keine Ahnung? Was sagst du?», gebe ich zurück. Es spielt

keine Rolle, wie ich es finde, dass seine Exfreundin herkommt; mir geht es nur darum, was *er* empfindet.

«Hau ihr einfach keine rein, ja?», sagt Duke. «Ich weiß, dass das dein Mittel der Wahl ist.»

«Ein Mal», erkläre ich mit hoch erhobenem Finger. «Ein einziges Mal habe ich ihr beim Basketball eine reingehauen. Sie hatte mich den ganzen Abend lang behindert und keiner hat was gesagt.»

«Es war bestimmt gut, dass dein Dad sich gegen Kontaktsportarten für dich entschieden hat», bemerkt Duke und linst über seine Bierdose mit einem spöttischen Grinsen, das den Blick auf seinen schiefen Schneidezahn freigibt. «Cross-Country passt sowieso viel besser zu diesen Beinen.»

«Stimmt», pflichte ich ihm bei und kann ein Lächeln als Antwort nicht unterdrücken. «Und ein Stipendium springt auch noch dabei raus, also ... Cheers!»

«Cheers», sagt er und stößt mit mir an, aber danach sagen wir nicht viel mehr. Die Tatsache, dass meine Beine mir einen Studienplatz bescheren und sein Geldbeutel das für ihn nicht zulässt, ist uns beiden bewusst, ohne dass wir bisher darüber gesprochen haben.

So ist das mit Duke – ein Freund seit Kindertagen, der plötzlich zu etwas anderem geworden ist und genau weiß, wie er unsere gemeinsame Geschichte ins Spiel bringen und mir zugleich ein bisschen weiche Knie machen kann. Meredith könnte genau dasselbe zu mir sagen, hat dabei aber nicht dieses Grübchen in der linken Wange und dieses Glitzern in den Augen, das sich ganz und gar auf mich konzentriert, sodass mir die bevorstehende Ankunft seiner Ex schon viel weniger ausmacht.

«Wann kommt sie?», frage ich und lehne mich in meinem Stuhl zurück.

«Sie hatten noch nicht mal fertig gepackt, als wir los sind, deswegen wollten Tom und Cory mit mir und Jason mitkommen.»

«Gepackt?» Ich ziehe die Augenbrauen in die Höhe und Duke lacht leise auf.

«Ja, allerdings. Alle tun so, als ginge es um eine Hardcore-Tour und nicht nur eine Nacht in der freien Natur. Shit, ich wette, dein Rucksack wiegt nicht mehr als vier Kilo.»

«Fünf», korrigiere ich ihn. «Und die Hälfte davon sind Tampons.»

Er kneift abwehrend die Augen zusammen. «O, Mann, Babe.»

«Hey, alle haben mal ihre Tage.»

«Ich nicht», bemerkt er.

«Aber ich wette, dass ich dich auch bluten lassen kann», erkläre ich und ernte dafür ein strahlendes Lächeln.

«Bestimmt», sagt er und streckt die Hand aus, um mir den Nacken zu massieren.

So war es schon immer zwischen uns. Kleine Schlagabtausche, und irgendwo dazwischen gibt es einen Punkt, wo wir uns treffen, einen Ort, zu dem sonst keiner Zugang hat. Wir sind beide in der Natur aufgewachsen und wussten, dass unsere Freunde anderes Spielzeug hatten, Puppen, Autos und Videospiele, und teure Sportarten betrieben, die sich unsere Familien nicht leisten konnten. Wir hatten dafür Felsen und Zweige, Schlammlöcher und Tümpel, in denen die Mückenlarven brüteten.

Diese Gemeinsamkeit haben wir erst jetzt entdeckt, kurz nachdem wir vor drei Monaten zusammengekommen sind. Duke und ich sprechen zwar nicht so besonders viel miteinander, aber es geht mir mit ihm so wie mit der Natur. Man muss keine Laute von sich geben, um zu kommunizieren, und unter den Sternen und dem Laub der Bäume gibt es so viel, was uns verbindet und was ich mit keinem anderen Menschen teilen würde, weder in Worten noch sonst irgendwie.

Dukes Gedanken gehen wohl in dieselbe Richtung, denn seine Hand wandert meinen Arm entlang, um schließlich über die Innenseite meines Handgelenks zu streichen, wobei seine von der Arbeit schwieligen Fingerspitzen ein nur allzu vertrautes Kitzeln hinterlassen.

«Du hast also ...» Er vollendet den Satz nicht und lässt ihn mit einem Anflug von Enttäuschung ausklingen.

«Genau. Ich habe meine Tage», erkläre ich. Nur mit meinem Dad allein zu Haus lebend, habe ich schon vor langer Zeit gelernt, dass ich ganz offen mit diesen Dingen umgehen muss, wenn ich möchte, dass Tampons mit auf der Einkaufsliste stehen.

«Blöd», sagt Duke. «Ich wollte vielleicht ...»

«Du wolltest *vielleicht*?», necke ich ihn. «Also mit einem, der nur *vielleicht* will, fange ich gar nichts an ...»

Er schneidet mir das Wort mit einem Kuss ab und zeigt mir damit, dass er mehr als nur *vielleicht* daran interessiert ist, mit mir alleine zu sein, und ich wäre auch sofort dabei, wenn nicht mein gegenwärtiger Zustand wäre und dazu noch die Tatsache, dass sich jemand um das Feuer kümmern muss und dass wir Publikum haben.

«Ash-ley!», ruft Jason zu uns herüber. Er sitzt hoch oben auf einem Felsen über dem Abhang und prostet mir mit seiner Bierdose zu. Ich schiebe Duke beiseite und strecke Jason beide Mittelfinger entgegen.

«Später», vertröste ich Duke, der skeptisch dreinschaut. «Wo ein Wille ist, ist auch ein Weg», tröste ich ihn.

«O Mann», stöhnt er und zieht mich so nah an sich, dass

ich das Kiefernharz an ihm riechen kann. «Verführung ist echt nicht deine Stärke.»

«Wir sind da, Mädels!», ruft Stephanie zwei Stunden später mit Natalie im Schlepptau.

«Immerhin habt ihr das mit dem Kartenlesen hingekriegt», höre ich Kavita leise murmeln. Steph und Kavita waren noch nie die besten Freundinnen, aber in einer so kleinen Schule wie unserer beschränkt sich der Freundeskreis eben auf Leute, mit denen man es zumindest zeitweise aushält. Zuneigung ist dabei nebensächlich.

«Hey», sagt Jason und erhebt sich ungelenk, um die beiden Mädchen zu begrüßen. Er ist bereits unsicher auf den Beinen und ich frage mich schon, warum er sich überhaupt die Mühe macht, bis ich Natalie bemerke. Sie hat schon letztes Jahr ihren Highschool-Abschluss gemacht und ist weggezogen, um eine Ausbildung als Kosmetikerin zu machen, und hat Duke sitzen gelassen. In der Zwischenzeit hat sie gute sieben Kilo zugelegt, das meiste davon obenrum. Natalie war schon immer hübsch, aber jetzt ist sie echt heiß. So was kriegt man hier in der Gegend nicht allzu oft zu sehen und damit meine ich nicht unseren aktuellen Standort im State Forest.

Die meisten Leute hier sehen mit dreißig schon ziemlich fertig aus, schlechtes Essen und billiges Bier hinterlassen ihre Spuren in den Gesichtern und auf den Hüften. Die Prom-Kings heiraten die Homecoming-Queens. Während sie gemeinsam altern, machen sie sich gegenseitig vor, sie wären noch immer heiß wie eh und je, während sie zugleich danach schielen, was die jüngere Generation zu bieten hat.

Aber letztlich sind es immer die gleichen Gesichter, alte Gene in neuer Verpackung. Wir sind es gewohnt, uns anzusehen und dabei zu überlegen, von welcher Seite der Familie diese Nase kommt oder wessen Augen man hat. Manchmal taucht eine Familienähnlichkeit auf, die theoretisch nicht in den Stammbaum gehört, was dann alle geflissentlich übersehen.

Die zusätzlichen Pfunde sind bei Natalie aber nicht nur am Busen gelandet. Sie hat Kurven, die früher nicht da waren, und sie stehen ihr verdammt gut. Sie hatte schon immer diese ausgeprägten Wangenknochen, aber inzwischen hat sie gelernt, wie man Eyeliner benutzt, und das hebt ihre genetischen Vorzüge nur umso mehr hervor. Die weit auseinanderliegenden Augen verleihen ihr einen unschuldigen Gesichtsausdruck – was früher vielleicht einmal zutreffend war, aber inzwischen ganz offensichtlich nicht mehr. Ohne Umschweife mustert sie Duke von oben bis unten und hält seinen Blick vielleicht eine Sekunde länger als nötig.

In der Natur ist die Balz Sache der Männchen, aber bei uns läuft es irgendwie falsch rum: Wir Mädchen sind es, die lernen, uns zu schmücken und zu präsentieren. Und man merkt sofort, dass Natalie in dem einen Jahr, seit sie fort ist, mehr gelernt hat, als nur Augenbrauen zu zupfen. Ich sehe das an der Art, wie sie sich in Pose wirft, sobald sie Duke bemerkt, ein lässiger Knick in der Hüfte und eine Drehung der Schultern, die ihre Vorzüge mehr als deutlich zur Geltung bringt.

Das gefällt mir nicht und noch weniger gefällt mir seine Reaktion. Da ist nichts, was ich ihm direkt vorwerfen könnte, ohne wie eine eifersüchtige Zicke dazustehen, aber etwas ist eindeutig da. Er bleibt ganz cool, nickt und hebt nur zwei Finger zum Gruß, nicht mehr. Aber in ihm drin rührt sich ein Urinstinkt, das spüre ich deutlich, weil der eigentlich nur auf mich gerichtet sein sollte.

Ich habe zwar ein gewisses Selbstbewusstsein, aber zum Tortendiagramm meiner Charaktereigenschaften gehört auch ein großes Stück mit der Bezeichnung *Verstand* und deswegen würde ich nie behaupten, dass ich besser aussehe als Natalie. Aber außerdem gibt es in diesem Diagramm noch ein ordentliches Stück mit der Bezeichnung *Temperament*, was vermutlich der Grund ist, warum Duke mit seiner Reaktion so zurückhaltend ist.

«Hast dir ja ganz schön Zeit gelassen, Cousinchen», bemerkt einer von Stephanies Cousins. Keine Ahnung, ob es nun Tom oder Cory ist, weil ich zu Beginn nicht darauf geachtet habe, wer wer ist, und seitdem schon ein paar Bierchen geleert habe.

«Wie es aussieht, haben wir ja noch nicht viel verpasst», gibt sie zurück und beäugt einen Haufen leerer Bierdosen neben dem Feuer, das ich irgendwann in Gang gebracht habe, nachdem ich mich von Duke befreit hatte.

«Ihr kennt alle Natalie, oder?», sagt Stephanie.

«Na-ta-lie!», sagt Jason, woraufhin Kavita ihm einen Tritt in die Kniekehle verpasst, der ihn zu Fall bringt. So viel Interaktion gab es noch nie zwischen ihnen und er scheint es als Kompliment aufzufassen, genau wie es gemeint war.

«Natalie ... na wunderbar», sagt Kavita zu mir. Meredith auf meiner anderen Seite schweigt und nimmt stattdessen die Konkurrenz genau in Augenschein. Meine Freundin ist es gewohnt, überall die Hübscheste zu sein, und ich weiß genau, was sie tut, während sie Natalie Stück für Stück auseinandernimmt und versucht abzuwägen, ob ihre neuen Kurven besser sind als ihre eigenen, ob ihre Haut jetzt glatter und ihr Haar glänzender ist, seitdem sie rund um die Uhr Zugang zu einem Schönheitssalon hat. Und alle Bereiche, in denen Meredith sich selbst zur Siegerin erklärt, wird sie heute Abend besonders unterstreichen.

Wobei die Konkurrenz ansonsten ja nicht besonders groß ist. Tom und Cory hecheln schon die ganze Zeit hinter ihr her, aber ich kenne Meredith. Es ist ihr egal, ob alle Jungs nur hinter ihr her sind – sie will, dass Natalie das ebenfalls weiß. Und weil es zwischen Duke und Natalie noch immer knistert, geht es mir ebenso.

«Was geht?», fragt Stephanie und lässt sich in einen leeren Liegestuhl fallen.

«Bier», sagt Jason und steht vom Boden auf, wo er dank einer Mischung aus Bier und Kavita gelandet ist.

«Und das war's?» Steph sieht sich fragend um, als wäre es unsere Aufgabe, für Besseres zu sorgen.

«Was hast du denn erwartet?», giftet Meredith sie leicht nuschelnd an. «Eine Tanz-Party? Wir befinden uns mitten in der Wildnis.»

«Was deine Idee war», gibt Steph zurück, während sie trotz der Enttäuschung darüber, dass es sich um die einzige Zerstreuung handelt, eine Bierdose öffnet.

«Wow. Ich freu mich, dass ich es hierher geschafft habe», sagt Natalie und schnappt sich den letzten Liegestuhl. «Ihr macht ja echt Stimmung.»

«War ja auch knapp», bemerkt Tom (oder Cory) und deutet in Richtung Horizont und das schwindende Licht dort. «Nach Sonnenuntergang ist man auf diesem Trail verloren.»

«Der ist doch markiert, Dummie», sagt sie und kippt ihr Bier hinunter.

Wo sie recht hat, hat sie recht. Obwohl der Trail hier draußen nur noch sehr schmal ist, ist er doch in regelmäßigen Abständen mit weißen Zeichen an den Bäumen markiert. Auf dem Weg hierher musste ich mehr als einmal nach einem Zeichen in der Ferne schauen, weil der Weg selbst im Frühjahr zugewuchert war.

«Und wie willst du die sehen, wenn die Sonne weg ist?»,

wirft Stephs anderer Cousin ein, doch sie hebt nur ihr Handy und leuchtet ihm mit der Taschenlampen-App in die Augen.

«Und wenn der Akku alle ist?»

Das ist meine Stimme, todernst. Dukes Hand liegt auf meinem Knie und rührt sich ein klein wenig, ob in Zustimmung oder Warnung, weiß ich nicht.

«Na dann müsste mich wohl jemand suchen kommen.» Schulterzuckend lässt sie den Blick ganz unverhohlen zu meinem Freund gleiten.

«Kotz», bemerkt Meredith.

«Dito», sagt Kavita.

Ich sage nichts, sondern mache mir noch ein Bier auf und hoffe, dass diese idiotische Antwort ausreichend war, jedes Interesse auf Dukes Seite zu ersticken. Erst da bemerke ich, dass seine Hand nicht mehr auf meinem Bein liegt, und denke, dass die Survival-Skills eines Mädchens vielleicht nicht so viel zählen, wenn man ohnehin nur scharf darauf ist, sie zu vögeln.

Einer der Brüder – ich glaube, es ist Tom – räuspert sich und fragt Kavita. «Und wo kommst du her?»

«Äh, was?»

Wenn es seine Absicht war, die angespannte Stimmung in der Gruppe aufzulockern, hatte er sich die falsche Person und die verkehrteste Frage ausgesucht. Kavita sieht vielleicht anders aus als der Rest von uns, aber sie ist genauso aus Tennessee wie wir und ist es verdammt leid, wenn das ständig infrage gestellt wird.

«Woher kommst du?», wiederholt er.

«Von hier», erwidert Kavita kühl, während sie die Bierdose in ihrer Hand laut vernehmbar zerquetscht.

«Nein, ich meine ursprünglich.»

«Sie ist in Knoxville geboren, Arschloch», sagt Jason, zur Überraschung aller, die ihn kennen, weil es ein ganzer Satz ist.

«Woher weißt du das denn?», fragt Kavita.

«Das hast du irgendwann mal gesagt», antwortet er und es ist trotz der aufkommenden Dunkelheit nicht zu übersehen, wie ihm dabei die Röte ins Gesicht steigt.

«Okay, aber wo kommst du nun *wirklich* her?», bohrt Tom weiter, ohne zu kapieren, was wir anderen abzuwenden versuchen.

«Mein Gott, dann sag ihm doch einfach, dass du aus Indien kommst», sagt Duke und ich weiß nicht recht, ob das nun als Beleidung gegenüber Tom oder gegenüber Kavita gemeint ist. Und dass ich es nicht weiß, gefällt mir gar nicht.

«Tue ich aber nicht», erwidert Kavita steinern.

«Ich muss mal», sagt Meredith. «Wo ist hier das Klo?», fragt sie mich.

«Willst du mich verarschen?», frage ich zurück.

Natalie wirft einen Ast ins Feuer. «Jup», sagt sie. «Ich freu mich, hier zu sein.» Und dann lächelt sie Duke an.

Und ich wünschte wirklich, sie wäre es nicht.

Noch mehr Bier macht die Lage auch nicht besser und ein paar Stunden später merke ich, dass ich mal wegmuss vom Feuer, bevor ich handgreiflich werde. Dabei weiß ich noch nicht mal, gegen wen. Kavita schmollt still vor sich hin, obwohl sie ein kleines Stückchen näher an Jason herangerückt ist, woraufhin er anscheinend die Luft angehalten und seitdem nicht mehr ausgeatmet hat. Duke trinkt so viel und so schnell, dass die Blicke, die er Natalie zuwirft, nach und nach so lang werden, dass er sie quasi anstarrt und sich nicht einmal mehr bemüht, das zu verbergen. Meredith hat sowohl Tom als auch Cory in ihren Bann gezogen, was mich irgendwie tierisch nervt, und Stephanie und Natalie führen eine private Unterhaltung, die in erster Linie aus Kichern besteht.

Meredith wirft ihre Haare zurück auf eine Art, für die ich sie auf einmal hasse, dazu noch der frische Eyeliner, den sie insgeheim nachgezogen hat, bevor die Sonne untergegangen ist. Ich versuche, meinen aufsteigenden Ärger in den Griff zu bekommen und mich daran zu erinnern, dass Meredith eigentlich voll okay ist. Unter der ganzen Schminke ist sie meine Freundin und sie hat sich oft genug für mich eingesetzt, wenn ich nicht in meinem Element war. Letztes Schuljahr hatte mich jemand als Begleitung für die Homecoming-Queen nominiert und anscheinend waren genügend Leute damit einverstanden oder dachten, es könnte witzig werden, dass ich die Wahl tatsächlich gewann. Mit einem Rucksack auf dem Rücken fühle ich mich wohler als mit einer Schärpe, und deswegen machte es mir, nachdem Meredith mir geholfen hatte, ein Kleid auszusuchen, meine Frisur und mein Gesicht perfektioniert und mir gezeigt hatte, wie man mit Absätzen läuft, überhaupt nichts aus, dass die Parade ins Wasser fiel – und zwar buchstäblich.

Ich versuchte, allen auf dem Wagen klarzumachen, dass ich ein aufziehendes Gewitter riechen konnte und man vielleicht lieber eine Plane aufspannen sollte, aber die anderen Mädchen wollten unbedingt von allen Seiten gesehen werden. Dass sie nicht unbedingt wie begossene Pudel dastehen wollten, war dann eben ihr Problem. Ich freute mich einfach, dass ich recht behalten hatte. Scheiß auf meine Frisur.

Zähneknirschend trinke ich den letzten Schluck Bier und versuche, mir nichts daraus zu machen, dass Duke im Laufe des Abends immer weiter von mir abgerückt ist. Wir haben noch nie ständig aneinandergeklebt und er hat immer gesagt, dass er es besonders an mir mag, dass ich nicht so mädchenhaft bin. Ich spiele nicht mit meinem Haar herum, während ich rede, und versuche nicht, beim Biertrinken besonders sexy zu wirken. Ich trage die Haare normalerweise zu einem Pferdeschwanz zusammengebunden und das Bier gehört in meinen Magen, um da seine Wirkung zu entfalten, was soll also das Getue?

Aber alles, was er bei mir immer gut fand, dass ich *nicht* tue, scheint ihm bei Natalie ziemlich gut zu gefallen, denn sie hat seit ihrer Ankunft dauernd ihre Haare durch die Gegend geworfen und am Aluminium herumgeleckt, als hätte es irgendeinen ernährungsphysiologischen Wert. Eine Show, die sie eigens für meinen Freund inszeniert. Und er schaut zu.

Ich kann cool bleiben und es vorüberziehen lassen. Duke mag es, dass ich kein Theater mache und nicht gleich ausraste, wenn er mal ein anderes Mädchen anschaut, und er erwidert diesen Gefallen, indem er mir keinen Stress macht, wenn ich während der Saison beim Stabhochsprung der Jungs rumhänge. Ich hatte schon immer eine Schwäche für Arme und die Jungs da haben einfach die besten Muskeln, die ich je gesehen habe. Sogar besser als die von Duke, aber das ändert nichts an der Tatsache, dass ich seine Arme am liebsten mag, die einzigen, in denen ich je gelegen habe oder die mich Haut auf Haut berührt haben.

Draußen in der Dunkelheit raschelt etwas.

Es ist nichts, ich schätze, da ist nur irgendwo ein trockener Ast abgebrochen, und auch Duke denkt offenbar dasselbe, denn er bleibt ganz entspannt neben mir. Aber Meredith schießt in die Höhe, als hätte sie auf einmal Feuer unterm

Hintern, und Natalie rutscht tatsächlich zu Duke hinüber, so als wäre es seine Aufgabe, sie zu beschützen.

«Fuck, was ist das?», fragt Jason besorgt, ist aber nicht mehr nüchtern genug, um ebenfalls aufzuspringen.

«Da ist nichts», erkläre ich.

«Meinst du mit nichts wirklich nichts?», fragt Natalie. «Oder so ein Nichts wie damals, als Duke mir gesagt hat, da wäre nichts, während ein Bär unsere ganzen Vorräte verspeist hat?»

Der Gedanke daran, dass Duke mit Natalie zelten war und sie vermutlich nur einen Schlafsack dabeihatten, gefällt mir gar nicht. Noch weniger gefällt mir, dass Duke über diese Erinnerung lachen muss.

«O mein Gott», sagt er und lässt sein Grübchen aufblitzen. «Wie du geschaut hast, als ich morgens das Zelt aufgemacht habe.» Er tut total schockiert und sie beugt sich vor, um ihn auf den Arm zu klatschen. Ich verziehe das Gesicht bei dem Geräusch ihrer Berührung.

«Es ist nichts», wiederhole ich. «*Wirklich* nichts.»

«Woher willst du das wissen?», fragt Cory – bei dem ich vor den letzten beiden Bieren nun endlich Gesicht und Namen verknüpft habe. Und so wie er mich ansieht, denke ich, dass er es bedingungslos geglaubt hätte, wenn Duke es gesagt hätte. Nur bei mir wird es infrage gestellt.

«Weil ich es einfach weiß», erkläre ich und lasse das, was ich denke – *Ich bin hier in der Wildnis zu Hause, Hosenschisser* –, in meinem Unterton mitschwingen.

Das gefällt seinem Bruder nicht.

«Könnte aber doch etwas sein, irgendwas», bemerkt Tom. «Was sagt ihr denn zum Thema Bären?»

Ich schaue Duke an, um zu bestätigen, dass das, was wir soeben gehört haben, kein Bär war, und ertappe ihn dabei, wie er Natalie schmachtend und inbrünstig in die Augen schaut. Was mir die Erinnerung daran aufdrängt, dass sie es war, mit der er zum ersten Mal Sex hatte.

«Bären», wiederholt Cory. «Scheiße, hier gibt's ja Bären! Die haben sich doch auch Davey Beet geholt, oder?»

«Halt jetzt endlich die Klappe.»

Ich bin stinksauer und weiß nicht recht, wie viel davon auf das Konto von Duke und Natalie geht und wie viel mit Davey Beet zu tun hat, aber ich halte Cory meine Bierdose mit zwei ausgestreckten Fingern entgegen, was hier bei uns mehr oder minder als Auftakt zu einem Streit interpretiert werden kann.

«Chill mal», sagt Cory und hebt die Hände. «Ich hab doch nur gesagt, dass ...»

«Sie hat ihn gekannt», erklärt Duke. «Halt jetzt einfach deine verdammte Klappe.»

«Oh ...» Cory schaut zu mir zurück, als es langsam und verspätet Klick macht. «Sorry.»

Ich antworte nicht und spüre nur, dass Duke mir zwar gerade den Rücken gestärkt hat, der Name Davey Beet aber die Distanz zwischen uns noch vergrößert hat. Wortlos stehe ich auf, weil mir nur allzu bewusst ist, dass irgendjemand eine gescheuert kriegt, wenn ich noch lange hierbleibe. Neben meinem Stuhl habe ich eine Pyramide aus Bierdosen gebaut, die umfällt, als ich nun den Feuerkreis verlasse, während ihr Inhalt in meinem Bauch hin und her schwappt. Jason und Kavita haben sich irgendwann verdrückt, was mich normalerweise amüsiert hätte, aber im Augenblick ist mir überhaupt nicht nach Scherzen zumute.

Ich ziehe den Reißverschluss des Zelts auf, das Duke und mich schon auf einigen Wanderungen begleitet hat, wobei wir manchmal auch ganz ohne Zeltplane ausgekommen sind, um direkt unter den Sternen zu liegen. Heute bin ich alleine, genervt vom unablässigen schrillen Gelächter, das mich bis hierher verfolgt, während ich mich zu Boden sinken lasse und den Kopf in den Armen vergrabe.

«Erzähl mehr, Alter!», höre ich Cory zu Duke sagen. «Hatten die zwei was miteinander?»

«Echt jetzt? Das fragst du ausgerechnet ihren *Freund*?», wirft Meredith ein und ich weiß genau, mit welchem durchdringenden Blick sie Natalie bei dem Wort *Freund* ansieht.

Das warme Gefühl von Zuneigung, das mich erfüllt, wird rasch verdrängt von Kälte, als hätte jemand mir einen Eiswürfel in den Kragen gesteckt, als Duke sagt: «Nee, Alter. Da lief nix. Sie fährt einfach nur voll auf den Typen ab.»

Und dann höre ich, wie er seine Bierdose zerquetscht.

Ich weiß nicht, ob ich einnicke oder so, jedenfalls habe ich eine ordentlich Menge Spucke auf der Wange, als sich plötzlich jemand neben mich fallen lässt. Ich wische sie fort und hoffe, dass ich nicht zu betrunken bin, um die Aufmerksamkeit meines Freundes wieder auf mich zu lenken. Doch als ich mich herumrolle, muss ich feststellen, dass es Stephanie ist, die sich da neben mir breitmacht.

«Falsches Zelt», sage ich, aber außer einem Stöhnen ist ihr nichts zu entlocken.

«Hey.» Ich schubse sie mit dem Ellbogen und sie schlägt meinen Arm weg. Als auf den nächsten Stupser null Reaktion kommt, ist mir klar, dass sie komplett weggetreten ist und jeder Versuch, sie zum Umzug zu bewegen, zwecklos. Außerdem ist das ganze Bier in meinem Bauch jetzt noch ein Stück nach Süden gewandert und meine Blase ist zum Platzen gefüllt.

Ich schlüpfe aus dem Zelt, noch immer sternhagelvoll,

aber wach genug, um den Reißverschluss hinter mir wieder zu schließen, damit Stephanie nicht erfriert. Im Frühsommer kann es nachts schon noch empfindlich kalt werden, was ihr so weit entfernt vom Feuer nicht willkommen sein wird. Falls sie es überhaupt wahrnimmt.

Ein leichter Wind weht mir den Rauch vom Feuer in die Augen, das inzwischen zu einem Haufen aus Glut und Asche zusammengesunken ist, und keiner sitzt mehr darum herum, um sich zu wärmen. Weiter oben von der Kuppe höre ich Stimmen, männliche und weibliche, und nehme an, dass die anderen sich dorthin begeben haben, um aus den Bäumen herauszukommen und die Sterne sehen zu können.

Im Laufe meines Lebens habe ich mir schon oft gewünscht, ein Junge zu sein, und zwar immer dann, wenn ich draußen pinkeln musste. Als Mädchen hast du einfach keine Chance, das einigermaßen elegant zu erledigen. Und in meinem gegenwärtigen Zustand bin ich auch nicht besonders geschickt; wenn ich morgen also nicht den ganzen Tag nach Urin stinken will, muss ich mich von der Taille abwärts komplett ausziehen.

Ich fange an mit dem Schuhen, mit denen ich offenbar eingeschlafen bin, dann ziehe ich die Socken aus. Nasse Socken sind das Schlimmste, und wenn sie sogar mit der eigenen Pisse getränkt sind, macht es die Sache noch tausendmal schlimmer. Das weiß ich, schließlich habe ich mir schon oft genug auf die Socken gepinkelt, und Dad konnte mir zwar sonst in allen Lebenslagen helfen, aber bei diesem speziellen Problem war er doch ratlos.

Inzwischen bin ich weit genug von den Zelten entfernt, dass mich keiner pinkeln hören kann, und so ziehe ich blank und hocke mich hin. Das viele Bier, das noch immer nicht aus meinen Adern in meine Blase gewandert ist, führt natürlich erst einmal dazu, dass ich umkippe. Ich rappele mich wieder auf und erledige, wofür ich hierhergekommen bin. Ich hoffe nur, dass ich wirklich außer Hörweite bin, weil *verdammt noch mal* ... das war ordentlich.

Als ich gerade den Reißverschluss meiner Jeans hochziehe, höre ich etwas, das nicht natürlich ist. Oder vielmehr doch. Es ist der natürlichste Laut der Welt, aber er gehört nicht zum Wald. Es ist der Laut, den man einfach nicht zurückhalten kann, ganz gleich, wie sehr man ihn sich verkneifen will, das kehlige Stöhnen körperlicher Lust findet immer einen Weg nach draußen, um der ganzen Welt mitzuteilen, wie sehr man sich gerade amüsiert.

Ich kenne diesen Laut. Und ich weiß genau, von wem er stammt, weil ich es gewohnt bin, ihn direkt an meinem Ohr zu hören, während Dukes Körper sich eng an meinen schmiegt. Ich bin so betrunken, dass ich mich zunächst nur wie betäubt fühle, als ich die beiden ertappe. Zweige zerbrechen knackend unter meinen Füßen und ich versuche gar nicht erst, leise zu sein, denn schließlich waren sie es auch nicht.

Duke zieht sich gerade mit bloßer Brust die Hose hoch und Natalies Shorts hängen noch um ihre Knöchel, während sie sich aufsetzt und die Blätter aus ihren Haaren pflückt.

«Was geht denn hier ab?», frage ich.

Eine blöde Frage. Keiner muss mir erklären, was hier abgeht und es gibt keine Worte, die das rückgängig machen oder in Ordnung bringen könnten. Und so sehen Duke und ich uns nur einen Herzschlag lang an. Natalie kämmt sich derweil die Haare, als ging es sie alles gar nichts an.

Und so ist es wohl auch. Sie ist nicht diejenige, der ich am liebsten eine scheuern würde. Sie hat mir nicht all das Gute und Wahre und Schöne versprochen. Sie hat nicht mit mir darüber gesprochen, dass wir gemeinsam hier rauskommen, unsere Sachen packen und einfach fahren. Das war nicht sie, sondern er.

«Ashley», sagt Duke und macht einen Schritt auf mich zu.

Ich hole aus und denke dabei an das Gute und Schöne. Ja, ich bin sauer, aber nicht auf diesen letzten Fehltritt. Es geht um all das Gute, auf das ich gebaut habe und das man mir soeben geraubt hat, und das lässt mich zuschlagen.

Ich kenne mich aus. Ich weiß, wohin man am besten zielt und mit welcher Kraft. Meine Knöchel treffen auf sein Nasenbein, das nachgibt wie trockenes Laub unter meinen Sohlen im Herbst. Der Aufprall wirft ihn zu Boden, während ich den Rückschlag bis hinauf in meinen Ellbogen spüre. Natalie zieht eilends ihre Shorts in die Höhe und macht, dass sie fortkommt.

Duke hält sich die Hände schützend über seine gebrochene Nase und starrt zu mir empor, während das dunkle Blut in zwei parallelen Strömen auf seine Brust tropft. Aber er schreit nicht. Protestiert nicht und bezeichnet mich auch nicht als hysterische Zicke oder so, wie ich es oft genug bei anderen Typen erlebt habe, wenn ihre Freundinnen ihnen zu Recht die Hölle heißmachen. Duke tut das nicht, denn er hat schon so viel Prügel eingesteckt in seinem Leben für Dinge, die nicht einmal seine Schuld waren. Hat die Schläge seines Vaters kassiert, weil die Mülltonnen noch an der Straße standen, obwohl sein kleiner Bruder dafür verantwortlich war.

Das hier *ist* seine Schuld und er weiß es. Und so hat er die Schläge dafür verdient und sitzt einfach da und wartet auf das, was noch kommt, vielleicht ein Tritt in die Rippen oder ein Kick mit dem Fußrücken in die Eier. Aber die Kraft dazu habe ich nicht mehr. Meine ganze Wut ist mit diesem einen wilden Schwung verpufft, nach dem nun ein Blutgeruch in der Luft hängt, gemischt mit dem Aroma von Sex, das in den Waldboden sickert. Sein Geruch ist es, der mich umgibt, jede seiner Körperflüssigkeiten erfüllt meine Nase, während er nun ebenfalls anfängt zu weinen und wir beide von heftigem Schluchzen geschüttelt werden, das sich nicht unterdrücken lässt.

«Ash…» Er streckt die Hand nach mir aus, ganz langsam, als wäre ich ein Tier in einer seiner Lebendfallen und könnte zubeißen. Und genau das bin ich und werde da feststecken, wenn ich auch nur eine Sekunde länger hierbleibe, weil ich es nicht ertrage, diesen Jungen zu sehen, dem ich wehgetan habe, weil er mir wehgetan hat. Ich kann nicht anders, als es schön finden, wenn seine Lippen meinen Namen sagen, auch wenn die sich gerade erst auf den Mund einer anderen gedrückt haben.

Wenn ich bleibe, wird er aufstehen und dann werde ich zu ihm gehen und meinen Kopf an die Stelle unter seinem Kinn schmiegen, wo ich so gut hinpasse. Und ja, dann wird unweigerlich Blut auf meinem Gesicht landen, aber er wird mir verzeihen und ich ihm ebenfalls und dann werde ich nie wieder den Mut aufbringen zu gehen, weil er der einzige Junge ist, den ich je ganz für mich hatte.

Und so tue ich das, was jedes verängstige Tier tut. Ich laufe davon.

Ich habe keine Ahnung, in welche Richtung oder wie weit ich laufe. Es zählt einzig und allein, dass ich schnell bin und von Duke und diesem Geruch nach ihm mit ihr wegkomme. Ich bin noch immer barfuß, weil ich mir nicht die Mühe gemacht habe, meine Schuhe wieder anzuziehen, nachdem ich dieses leise, befriedigte Stöhnen vernommen habe. Zweige brechen unter meinen Füßen, ein scharfer Stich in die Wölbung meines Fußes raubt mir den Atem, hindert mich aber nicht daran, weiter durchs Unterholz zu brechen und wie eine Wahnsinnige einen Abhang hinunter- und den nächsten wieder hinaufzurennen.

Erst ein plötzlicher, harter Sturz bringt mich zum Stillstand. Meine bloßen Zehen rammen sich unter einen Felsbrocken, der aus dem Boden ragt und durch die Wucht ins Wanken gerät. Ich werfe mich zur Seite, doch mein Fuß wird unter dem rollenden Felsbrocken eingequetscht. Es ist, wie wenn man eine große Spinne zertritt oder eine fette Fliege erschlägt. Ein kurzer Widerstand und dann ... gibt etwas nach. Nur dass es eben kein Insekt ist, das da zerquetscht wird, sondern meine eigenen Knochen. Der Fels kullert den Berg hinab und reißt unterwegs kleine Schösslinge mit, während ich erst einmal nicht weiterkann, weil der Schmerz sich scharf durch meine Trunkenheit schneidet.

Bei dem Versuch aufzustehen kippe ich nach vorn und kann mich gerade noch an einem Baum festhalten, um nicht dem Felsbrocken hinterher den Berg hinabzurollen. Ich stürze erneut zu Boden, wobei sich mir eine knotige Wurzel in den Bauch drückt, sodass ich mit dem Gesicht nach unten in einer Wolke meines eigenen Atems lande.

«Fuck», stoße ich hervor und drehe mich mühsam auf die Seite, um einmal tief Luft holen zu können. Das tut wie immer nach einem kräftigen Schlag in die Magengrube erst einmal weh. Aber ich sauge die Luft dennoch ein und zwinge damit alles in mir, sich zu öffnen und weiterzumachen.

Der Mond scheint erbarmungslos auf mich herab und an seinem Winkel erkenne ich, dass es noch lange nicht hell wird. Ich weiß nicht, wie weit ich gelaufen bin oder in welche Richtung unser Camp liegt. Wenn ich jetzt nach meinen Freundinnen und Duke rufe, wird das jede Menge Fragen nach sich ziehen, warum ich überhaupt weggerannt bin und was mit seiner Nase passiert ist und wo er und Natalie überhaupt gesteckt haben und warum ...

Ich habe keine Lust, diese Fragen zu beantworten, nicht jetzt und vielleicht auch nie, und so robbe ich mühsam wieder bis auf die Kante des Abhangs hinauf und nehme meinen Fuß in Augenschein. Er ist total zerquetscht, mein kleiner Zeh ist beinahe platt und die nächsten beiden sind aufgerissen. Es ist dunkel und ich bin zu betrunken, um viel zu fühlen, aber ich weiß, wie sehr es morgen früh schmerzen wird. Es blutet noch heftig, deswegen ziehe ich mein Shirt aus und wickele es um meinen Fuß. Mir ist natürlich bewusst, dass die Wunde gesäubert werden müsste, aber ich bin nicht in der Verfassung, das zu tun.

Das Adrenalin, das mich zu dieser wilden Jagd angestachelt hat, ist versiegt und das Bier in meinen Adern gewinnt wieder die Oberhand, alles verschwimmt vor meinen Augen und ich muss mich wieder hinlegen, und zwar schnell. Ein Stock drückt mir in den Rücken und der Wind bläst mir ein Blatt direkt in den Ausschnitt, wo es mit zerfetzten Rändern an meiner Haut knistert, während ich mich auf die Seite rolle und mich meiner Erschöpfung überlasse. Ich werde bis zum Morgen warten und dann die anderen suchen und mich Duke und ihren Fragen und Natalies überheblichem Lächeln stellen. Jetzt bleibt mir nur, mich vom Selbstmitleid und dem heftigen Schmerz in meinem Fuß in die Bewusstlosigkeit ziehen zu lassen.

Denn die scheint im Augenblick sehr viel besser als jedes Bewusstsein.

TEIL ZWEI
ALS ICH MICH VERIRRTE

ERSTER TAG

Beim Aufwachen werden mir sofort zwei Dinge klar: Erstens, dass es fast Mittag ist und längst jemand nach mir hätte suchen müssen. Und zweitens, dass mein Fuß wirklich übel zugerichtet ist. Im Licht des Mondes hatte ich nur die Verletzungen an meinen Zehen erkennen können, aber als ich nun das T-Shirt abwickele, ist da weit mehr zu sehen und nichts davon sollte normalerweise sichtbar sein.

Der menschliche Fuß ist eine komplizierte Angelegenheit und nach Hunderten von gewanderten Kilometern weiß ich eine ganze Menge darüber. Wer so viel läuft wie ich, lernt rasch, dass kleinste Teile, von deren Existenz man normalerweise nicht einmal weiß, so wehtun können, dass man fast meint, man könnte überhaupt nichts anderes mehr spüren. In meinem Fuß sind 26 Knochen, von denen ich einige jetzt klar und deutlich sehen kann, ganz zu schweigen von einer angerissenen Sehne, die mir höllische Schmerzen bereiten wird, sobald ich versuche aufzustehen.

Aber ich muss los, weil die Sonne schon hoch am Himmel steht und mein Kopf schmerzt. Mühsam ziehe ich mir das T-Shirt wieder an. Meine Lippen sind aufgerissen und lechzen nach etwas zu trinken. Wasser ist das Erste, worum ich mich kümmern muss, und glücklicherweise kann ich mich daran erinnern, dass ich gestern kurz vor meinem Sturz durch einen Bach gewatet bin. Und wirklich – nachdem ich mich an die Kante des Abhangs gerobbt habe, kann ich ihn sehen, wobei das Wort *Bach* eine Übertreibung ist.

Es ist eher ein kleines Rinnsal, eine Art Überlauf einer höher gelegenen Wasseransammlung auf der Suche nach einer niedriger gelegenen Stelle. Alles, womit das Wasser unterwegs in Berührung kommt, steckt dadrin – von Tierscheiße bis hin zu verfaulten Pflanzenteilen. Lauter Zeug, das ich nicht unbedingt in mich aufnehmen möchte, aber mir bleibt im Augenblick keine andere Wahl. Wenn ich meinen Rucksack dabeihätte, könnte ich eine Filtertablette in meine Trinkflasche geben. Jetzt habe ich nur meinen Mund und meine Hände, aber das scheint auszureichen, denn wenige Minuten später bin ich nicht mehr durstig. Trotz aller Sorgen wegen meines Fußes und der Bedenken, irgendwelche Keime zu schlucken, bin ich dem Grundbedürfnis gefolgt und habe schlicht und einfach meinen Durst gestillt.

Die nächste Herausforderung ist das Aufstehen.

Ich weiß, es wird wehtun und es wird wieder anfangen zu bluten und der Schmerz wird mein Bein hinaufwandern und eine schwarze Welle wird meinen Kopf überschwemmen. Aber dieses Bewusstsein macht es auch nicht einfacher und mir entfährt ein Laut, der nicht aus der Kehle eines normalen Menschen zu stammen scheint, als ich mich auf einen Baum stütze und mich zwinge, tief einzuatmen, bis die Flecken vor meinen Augen langsam verblassen.

Ich stehe. Jetzt muss ich noch gehen.

Der erste Gedanke ist, *Vergiss es!* Aber als Alternative bliebe mir dann nur, um Hilfe zu schreien, und ehrlich gesagt, würde ich lieber auf dem Weg zurück zum Zeltplatz fünfmal ohnmächtig werden, als zuzugeben, dass ich Hilfe brauche. Das steckt ganz tief in mir drin, ein Gen, das ich von meiner Mom geerbt habe und das sie dazu gebracht hat, alles alleine zu machen – bis hin zu dem letzten Entschluss, uns zu verlassen. Dieses kleine bisschen DNA gemischt mit der Unfähigkeit meines Vaters einzugestehen, wenn er unrecht hatte, ergab eine explosive Mischung, an der ihre Ehe gescheitert ist, als ich noch ein Kind war.

Und wenn man diese beiden Dinge nicht trennt, sondern in einer einzigen Person zusammenführt, komme ich dabei heraus. Ich bin das wandelnde Beispiel für den alten Spruch: «Wenn du willst, dass etwas ordentlich gemacht wird, mach es selbst.» Denn ich habe definitiv niemals unrecht und andere Menschen sind mir nur im Weg. Selbst wenn ich mit einem aufgeschlitzten Fuß alleine in der Wildnis bin. Ich werde lieber auf den Ellbogen zurück zu unserem Zeltplatz robben, bevor ich zugebe, dass ich es nicht alleine schaffe.

Das Dumme ist, dass ich mir nicht mehr sicher bin, in welche Richtung der Platz liegt. Als ich gestern Abend davongelaufen bin, war ich in mehrfacher Hinsicht verletzt, betrunken und außer mir vor Wut und Schmerz. Ich weiß nicht, wie weit und in welche Richtung ich gerannt bin. Und das ist ein Problem. Wie bei einer Matheaufgabe – wenn es zu viele Unbekannte gibt, lässt sich die Gleichung nicht lösen. Wo Norden ist, finde ich leicht heraus, aber ich weiß nicht, in welche Richtung unser Zeltplatz liegt.

Ich beuge mich vor, halte mich am nächstbesten Baum fest, der stabil genug ist, und hüpfe ein Stück, den schlimmen Fuß in der Luft. Der Schmerz ist heftig, aber ich beiße die Zähne zusammen und suche mir den nächsten Baum, so lange, bis ich die Geländekante weiter hinten genauer sehen kann.

Die Jagd hat mich nie besonders interessiert, aber Dad hat mir beigebracht, Spuren zu lesen, damit ich wusste, wer oder was außer mir in den Wäldern unterwegs war. Die Stelle, an der sich so etwas Großes wie ein wild gewordenes Mädchen einen Weg gebahnt hat, sollte eigentlich problemlos zu erkennen sein, denke ich, während ich nach Spuren suche, die ich letzte Nacht hinterlassen habe. Da ist ein ordentlicher Einschnitt, der so aussieht, als wäre ich dort auf die Schulter gestürzt und zum Bach hinuntergerutscht, und eine Lücke oben im Farnkraut, durch das ich getrampelt bin.

Immerhin. Ich hole tief Luft und mache mich bereit für den Aufstieg – der angesichts meiner hüpfenden Fortbewegungsart beinahe unmöglich scheint. Zweimal überschätze ich die Länge meines Armes, stürze und lande mit dem Gesicht voraus im Laub und einmal hätte es mich fast ein Auge gekostet, als ich auf einen am Boden liegenden Ast falle. Aber selbst dann rufe ich nicht nach meinen Freunden; stattdessen fluche ich leise vor mich hin und stehe wieder auf. Ich denke, wenn Gott mich hören kann, sollte er zumindest wissen, wie mir im Augenblick zumute ist.

Oben angekommen, hängt mein Fuß wie ein Bleigewicht am Ende meines Beines und mein Knie schmerzt, weil ich es ständig angewinkelt halte. Schweiß rinnt mir übers Gesicht und sammelt sich in meinem BH, aber darunter bekomme ich eine Gänsehaut, sobald ich mich im Schatten bewege. Es ist weder warm noch kalt. Die perfekte Temperatur, mit der man weder so noch so glücklich wird.

Aber das ist wirklich das kleinste meiner Probleme, wie ich feststellen muss, sobald ich oben angekommen bin.

Ich beschwere mich immer über Leute, die nicht wissen, wie sie sich im Wald bewegen sollen, die Äste abbrechen und Lärm machen, mit einem Schritt morsches Holz aufwühlen und mit dem nächsten frische Triebe zertrampeln. Mit solchen Leuten mag ich einfach nicht unterwegs sein, aber jetzt gerade wünschte ich, ich wäre eine von ihnen.

Es sieht so aus, dass ich selbst im volltrunkenen Wahn keine Spuren hinterlasse.

Fluchend lasse ich mich zu Boden sinken und lehne mich an einen Baum. Ich strecke das Knie aus und betrachte meinen Fuß. Wenn einem dabei die eigene Sehne direkt ins Gesicht schaut, fällt es gar nicht so leicht, die Ruhe zu bewahren. Es blutet jetzt nicht mehr so stark, dafür schwillt der Fuß immer mehr an, weil er wie ein Pendel unten an meinem Bein baumelt. Ich ziehe mein T-Shirt wieder aus und binde es fest um den Fuß, wobei ich den pulsierenden Schmerz ignoriere.

Ich lasse alles in einem einzigen Atemzug los und denke nach. Ich kann ja nicht sehr weit gekommen sein, aber das Zeitempfinden ist dehnbar, wenn man betrunken ist. Gespräche, an denen man sich sporadisch beteiligt, scheinen Stunden zu dauern anstelle von Minuten. Und so ist es möglich, dass ich viel länger gerannt bin, als ich dachte. Und das ist nicht gut. Eine Welle von Panik breitet sich in meinem Inneren aus, drängt nach oben in meine Kehle und droht, mir die Tränen in die Augen zu treiben.

Ich will nicht heulen.

Zum einen wäre es dumm, denn es ist schließlich nicht so, dass ich nicht mehr wüsste, wo ich bin. Zum anderen – ob ich es nun weiß oder nicht – würde es zu meiner Dehydrierung beitragen. Und außerdem – was wäre, wenn Duke oder Kavita oder Meredith mich finden würden, wie ich zwanzig Meter vom Lagerplatz entfernt im BH herumsitze und heule.

«Nope», sage ich mir bei diesem Gedanken. «Kommt nicht infrage.»

Ich. Komme. Schon. Klar.

Also stehe ich auf und suche nach Wegmarkierungen.

Natalie – Gott segne ihre kleine, dreckige Seele – hatte recht mit den Markierungen, von denen sie gestern gesprochen hat. Nachts sind sie zwar nutzlos, aber bei Tageslicht sollten sie zwischen den Bäumen deutlich zu sehen sein. Ich bin zweifellos irgendwo abseits des Trails, aber sehr weit kann ich ja gar nicht entfernt sein. Ich richte mich auf und sehe mich um. Ich kneife die Augen zusammen und versuche, so weit wie möglich zu schauen. Ein vorbeihuschendes Eichhörnchen und das Klopfen eines Spechts beachte ich gar nicht. Alles, was ich mir jetzt herbeisehne, ist ein weißer Farbtupfer.

Aber ich kann keinen entdecken.

«Tja», sage ich. «Scheiße.»

Mir bleiben mehrere Möglichkeiten.

Ich kann versuchen, meine Schuhe zu finden. Obwohl schon der Gedanke, meine verletzten Zehen dort hineinzuquetschen, schmerzhaft ist, könnte ich zumindest den rechten anziehen, um dann schneller zur Straße zurückzugelangen ... wenn ich erst einmal den Trail wiedergefunden habe. Und wenn ich es schaffe, meine Schuhe zu finden, dann werde ich bestimmt – ganz bestimmt – auch in der Lage sein, den Lagerplatz zu finden. Ich kann ja zum Pinkeln nicht allzu weit gegangen sein, und das Weiß meiner Socken müsste inmitten all dieser Braun- und Grüntöne doch wie ein Leuchtturm leuchten.

Das stimmt. Die Socken müsste ich sofort bemerken und diese simple Tatsache ist tröstlich und erschreckend zugleich. Weil es einfach sein sollte, sie zu finden ... es sei denn, ich bin gestern Abend so weit gelaufen, dass ich jetzt mitten an einem bewölkten Vormittag nirgends etwas Weißes im Wald aufblitzen sehe.

«Alles okay», sage ich. «Du kommst schon klar.»

Ich weiß nicht, warum ich laut rede, aber die Worte durchbrechen die Gedanken, die langsam in mir aufkommen. Wenn ich nicht mal den Zeltplatz finden kann, würde das mit dem Trail ...

«Es ist *nicht unmöglich*», sage ich und betone die Worte, damit sie greifbarer klingen.

Um mich herum ist es kurz ganz still geworden im Wald, das unvertraute Echo meiner Stimme hat alles zum Stillstand gebracht, viele kleine Ohren sind gespitzt. Ebenso wie meine, sobald ich den Mund halte. Auf ein fragendes Zwitschern eines Rotkehlchens ertönt als Antwort das Klopfen eines Spechts, und dann klettert ein Eichhörnchen mit buschigem Schwanz an einem Baumstamm empor, immer im Kreis herum bis ganz nach oben. Völlig unbesorgt und ohne Eile.

Und das bedeutet für mich nichts Gutes. Wenn ich irgendwo in der Nähe meiner Freunde wäre, dann würde Stille herrschen hier im Wald. Ihr verkatertes Morgengrummeln und ein paar freundliche Kabbeleien würden durch die Bäume schallen, die Vögel zum Schweigen bringen und alle Tiere in Habachtstellung versetzen. Von alldem ist hier nichts zu sehen und zu spüren. Sobald ich selbst still bin, erwacht der Wald um mich herum wieder zum Leben und macht weiter, als wäre nirgendwo ein Raubtier in der Nähe.

Weil da keines ist.

Was bedeutet, dass ich hier ganz alleine bin.

«Scheiße», sage ich. «Scheiße. Scheiße. Scheiße.»

Überrascht mustert mich das Eichhörnchen durch eine Lücke in den Zweigen. Es keckert, um alle anderen zu warnen, dass es ein Problem gibt, und lässt mich dabei nicht aus den Augen, wobei es sich durchaus bewusst ist, dass ich ihm von hier unten nichts anhaben kann. Was stimmt. Ich kann im Augenblick tatsächlich überhaupt niemandem etwas anhaben, außer ihn anzuschreien vielleicht. Das nervt mich derart, dass ich eine Handvoll welker Blätter nehme und sie in seine Richtung schleudere, was mir aber nur eine erneute, lautstarke Beschwerde seinerseits und Dreck in meinen Haaren einbringt, als alles auf mich zurückfällt. Das Eichhörnchen sagt noch ein letztes Mal seine Meinung, bevor es in seinem Kobel verschwindet.

«'diot», nuschele ich.

Es hört sich irgendwie komisch an, weil ich kurz davor bin loszuheulen und mein Mund ganz verzerrt ist. Was rauskommt, klingt fast wie der Name meines Freundes. Aber ich würde eher hier auf der Stelle gegen einen Baumstamm gelehnt mitsamt meiner T-Shirt-Bandage um den Fuß verrecken, bevor ich nach *ihm* rufe. Aber vielleicht nach jemand anderem ... möglicherweise muss ich mir eingestehen, dass ich an einem Punkt angelangt bin, wo ein Hilferuf angesagt wäre.

Aber das Wort sclbst will mir nicht über die Lippen, genau wie Meredith niemals *verdammt* nach *Gott* sagen würde. Und so kommt es, dass sie es ist, an die ich denke, und ihr Name hallt von den Bäumen wider.

«Meredith!»

Und plötzlich herrscht Totenstille im Wald, alles spürt die Anspannung in meiner Stimme, meine Angst überträgt sich auf sie. Mit Ausnahme des verdammten Eichhörnchens. Sein Kopf taucht aus dem Kobel auf, als hätte es Sorge, etwas zu verpassen. Ich mache noch einen Versuch und hole diesmal tief Luft, bis auf den Grund meiner Lungen, und schreie den Namen meiner Freundin so laut heraus, dass mir dabei der Fuß wehtut.

«MEREDITH!»

Nichts. Ich sehe sie vor mir, wie sie im Zelt ihren Rausch ausschläft, beide Hände flach unter eine Wange gelegt wie so ein kitschiges Engelchen auf einem Gemälde. Ich weiß nicht, ob ich diese Vorstellung habe, weil ich unbedingt will, dass sie noch immer dort sind, oder weil mir einfach der Gedanke gefällt, es könnte jemandem warm sein.

Denn mir ist nicht warm. Der Wind hat aufgefrischt und fegt durch die Baumkronen, deren gescheckte Schatten wie ein Kaleidoskop um mich herumtanzen. Und er bringt einen Geruch mit sich, den ich normalerweise mag, aber jetzt gerade nicht. Regen.

«KAVITA!»

Ich rede mir ein, dass ihr Name schärfer klingt und weiter entfernt zu hören sein wird. Keine Antwort.

«DUKE!»

Es bricht aus mir heraus, noch bevor ich es mir selbst gestatte, voller Verzweiflung darüber, dass ich alleine bin, und das nicht nur jetzt und hier. Aber es kommt keine Rückmeldung, keine Stimme, die mir antwortet. Ich denke an Jason, der die ganze Zeit die Namen irgendwelcher Mädchen durch die Gegend brüllt. Das hier hätte sein großer Auftritt werden können, aber er ist nicht da.

«STEPHANIE!»

Mein letzter Versuch, zu dem ich allen Atem brauche, der mir noch geblieben ist, drei Silben vorgebracht mit einer Stimme, die unsere Schultheater-Leiterin unbedingt auf der Bühne haben wollte, seitdem alle Mikrofone durch eine Überspannung kaputtgegangen waren. Keine Antwort. An die Namen der beiden Brüder kann ich mich nicht erinnern, sodass nur noch Natalie bleibt.

Mit offenem Mund stehe ich eine Weile unentschlossen da und überlege, bevor ich mich entschließe.

«Vergiss es!»

Es hat keinen Sinn, weil da niemand ist. Vermutlich sind sie irgendwann verkatert und schlecht gelaunt aufgewacht und haben vielleicht nicht einmal bemerkt, dass ich weg war, bis sie die Zelte abgebaut hatten, weil sie die ganze Zeit dachten, ich läge noch irgendwo. Ich stelle mir vor, wie Duke den Kopf gesenkt hält, um seine Nase zu verbergen, und wie Natalie leichthin alle Fragen ignoriert, wann sie mich zuletzt gesehen hat.

Vielleicht würden sie es zugeben und erklären, dass ich sie im Wald ertappt hatte, beim *Reden*. Mehr würden sie bestimmt nicht zugeben und es außerdem unerwähnt lassen, dass sie beide keine Hose anhatten. Duke würde seine Nase nicht ewig verbergen können und allen würde klar sein, dass ich sie ihm gebrochen hatte. Und dann würden sie vermutlich erraten, warum.

Und wenn ich sauer genug war, so etwas zu tun, hatte ich vermutlich überhaupt die Schnauze voll gehabt von allem und allen ... und mich alleine auf den Rückweg gemacht. Bestimmt sahen sie eine stinksauere Ashley vor sich, die zur Straße zurückmarschiert und per Anhalter in die Stadt zurückgefahren war, um sich anschließend von Onkel Chuck von der Tankstelle nach Hause bringen zu lassen. Und ich kann es ihnen nicht verübeln, denn genau das hätte ich tun sollen – und hätte es auch getan, wäre ich nicht so betrunken gewesen.

Irgendeiner war dann noch so nett gewesen, meine Sachen mitzunehmen.

Und bei diesem Gedanken fängt mein Magen das erste Mal an zu knurren.

Aus dem *bald wird es regnen* wird schnell ein klares *es regnet*. Ohne große Vorwarnung gehen die einzelnden Tropfen, die noch durch die Blätter abgehalten werden, in einen kräftigen Guss über. Ich habe nichts, womit ich mich schützen könnte, und mir bleibt keine Zeit, mir einen Unterschlupf zu bauen. Ich erinnere mich, unterwegs eine Fichte in der passenden Größe gesehen zu haben, und so hieve ich mich auf meinen guten Fuß und versuche ein paar Hüpfer, während ich mich überall festhalte, um nicht umzufallen. Schließlich finde ich die Fichte wieder, aber da bin ich bereits pitschnass. Das Wasser läuft mir die Nase entlang direkt in den Mund und das Rückgrat hinab bis in die Unterhose.

Ich bin vollkommen durchnässt, sodass es schon keine Rolle mehr spielt, als ich mich zu Boden fallen lasse und unter die herabhängenden Zweige des Baumes schlüpfe und dabei durch die Erschütterung die Tröpfchen herunterschüttelte, die an den Nadeln hängen. Ich werde dadurch zwar nicht nasser, aber leider auch nicht gerade wärmer. Der Regen, der sich bereits auf meine Haut gelegt hat, raubt meine Körperwärme, auch die frischen Tropfen sind kalt. Ich schiebe mich mit dem guten Fuß voran und ziehe mit den Ellbogen, bis ich an den Stamm gelehnt sitze und der Baum mich zwar nicht vor allem, aber doch vor vielem abschirmt.

«Okay», sage ich zu mir selbst, wobei meine Stimme kaum das Getöse des Unwetters übertönt. «Wie ist die Lage?»

Darüber muss ich gleich lachen, weil ich tatsächlich eigentlich nur *liegen* kann. Mein Fuß schmerzt so sehr, dass ich kaum etwas anderes denken kann, während mein Hirn permanent Schmerzsignale verarbeitet und für andere Dinge weitgehend blockiert ist. Aber ich muss hier los, denn entweder kann ich hier unter diesem Baum liegen bleiben und darüber nachdenken, wie scheiße ich mich fühle, oder ich kann etwas dagegen tun.

Etwas tun, darin bin ich gut, meint Dad immer, und dass ich das von meiner Mom habe. Er dagegen könnte gut zwanzig Minuten auf eine Schaufel gestützt im Garten stehen und einen Baum betrachten, der eingepflanzt werden muss, und die verschiedenen Möglichkeiten, ein Pflanzloch zu graben, erörtern, wenn ich ihm nicht die Schaufel wegkicke und einfach anfange.

Und jetzt gerade sitze ich ganz klar in so einem Loch fest, und zwar in einem, das ich mir selbst gegraben habe.

Ich habe nichts und ich bin verletzt. Das ist der erste Gedanke, der mir bei meiner Bestandsaufnahme einfällt. Ein mieser Gedanke, der mich nur allzu leicht gleich wieder in Panik versetzen könnte, wenn ich es zulasse. Also verdränge ich ihn und beweise das Gegenteil.

Ich habe ein T-Shirt, einen BH und eine Unterhose. Ich habe eine Jeans – Gott sei Dank habe ich nicht die süße kleine Shorts angezogen, die ich nur Meredith zuliebe eingepackt hatte. Jetzt ist das T-Shirt um meinen Fuß gewickelt, ein Zustand, der sich ändern muss. Es klitschnass wieder anzuziehen, würde mich nur noch mehr auskühlen, aber sobald der Regen aufhört, muss ich meine Klamotten trocknen. Außerdem muss ich die Wunde sauber halten, was meine erste Herausforderung ist.

Vorsichtig wickele ich das Shirt ab und zucke zusammen, als sich zusammen mit dem letzten Stück Stoff ein großer Hautlappen abhebt. Mein Fuß wird nur noch von meinem Fuß selbst zusammengehalten, die Knochen leuchten hell und weiß in einem Meer von Rosa. Es ist eindeutig geschwollen, aber alles sieht einigermaßen sauber aus und ich blute nicht mehr.

Nun ja, zumindest nicht mehr dort.

Shit.

Ich stütze den Fuß auf einen Ast und lege mich rückwärts auf den Nadelteppich unter mir, der sich überraschend weich auf der nackten Haut meines Rückens anfühlt. Ich atme langsam aus und denke an all die Dinge in meinem Rucksack. Nahrung. Trockene Klamotten. Tampons.

Normalerweise ist es kein großes Ding, wenn man unterwegs in der Wildnis menstruiert. Duke hat zwar ständig blöde Witze über Bären gerissen (und ich habe gelacht, weil ich dachte, das würde von mir erwartet). Aber die alte Frage, «ob ein Bär in den Wald scheißt», lässt sich leicht abwandeln in die Frage, «ob eine Frau im Wald menstruiert».

Die Antwort ist die gleiche. Und genau wie beim Bären fällt es niemandem je auf, weil es eben nicht besonders bemerkenswert ist. Es sei denn, man hat sich verlaufen und sieht sich in naher Zukunft einem Toxic Shock Syndrome mangels frischem Tampon ausgesetzt. Als ob ich nicht auch so schon genug Probleme hätte. Und so beschließe ich, dass ich lieber die kommende Woche im Wald unterwegs sein und wie ein roher Braten riechen werde, als Anlass zu einer Schlagzeile zu geben: MÄDCHEN, 17, TOD DURCH TAMPON.

Zu meiner eigenen Überraschung muss ich kurz und heftig lachen.

Ich sollte jetzt alles Mögliche sein: verängstigt. Traurig. Ja sogar wütend. Aber wie es scheint, bin ich eher belustigt.

«Reiß dich zusammen, Hawkins», sage ich und fahre fort mit der Auflistung der Möglichkeiten, die mir bleiben.

Shirt. BH. Jeans. Unterhose.

Das war's. Aber auch damit kann ich schon etwas anfangen.

Ich drehe mein T-Shirt auf links und mustere die Nähte der Ärmel. Die meisten meiner Kleidungsstücke haben schon ein paar Jahre auf dem Buckel und das ist auch bei diesem Shirt nicht anders. Es ist ein altes Softball-Trikot von einer Mannschaft, in der ich mal einen Sommer lang mit

Dads Stammtisch-Freunden gespielt habe. Sie hatten mich als Ersatz auf die Liste gesetzt, bis zwei der Ladys durch eine Schwangerschaft und eine Trennung aus dem Spiel waren. Dann tauchte ich mit meinem Schläger auf und erklärte, ich würde nur im Infield spielen oder gar nicht.

Sie lachten gutmütig und erklärten, sie kämen doch nicht im Traum auf die Idee, Verns Tochter an irgendeiner anderen Position einzusetzen. Dad hatte zugelassen, dass seine Kumpels mich so richtig in die Mangel nahmen, weil er wusste, dass ich schon alleine klarkommen würde. Und so verwandelte ich ein Double Play und schaffte es, einen Typen abzuklatschen, der mir von der gegnerischen Bank aus auf den Arsch geglotzt hatte. Er versuchte noch vergeblich, mit einem Hechtsprung die nächste Base zu erreichen, was ihm aber anstelle weiterer anzüglicher Sprüche nur eine Ladung Sand im Mund bescherte.

Ich trug dieses Trikot noch zwei weitere Saisons, bis Verletzungen, neue Babys und mindestens eine Suchterkrankung uns eine derart ausgedünnte Aufstellung bescherten, dass wir nicht einmal in der Seniorenliga etwas hätten reißen können. Wir lösten uns auf, aber ich behielt das Trikot. Und jetzt beäuge ich einen losen Faden, den ich vermutlich mit den Zähnen bearbeiten kann. Er löst sich ganz leicht und nun pule ich mit den Fingern weiter, ganz vorsichtig, um nichts von dem zu zerreißen, was schon aufgelöst ist.

Ich komme ziemlich weit, bevor das Licht zu schlecht wird. Das Unwetter wütet noch immer und raubt dem Tag Stunden des Lichts, sodass es dunkel wird, lange bevor die Sonne tatsächlich untergeht. Ich habe ein Stück losen Faden von der Länge meiner Hand und könnte möglicherweise mit einem kräftigen Ruck den Ärmel herausreißen. Es wäre klüger, bis zum Morgen zu warten und sich die Zeit zu nehmen, mühsam Stich um Stich aufzudröseln, um schließlich einen Verband für meinen Fuß und ein Stück Faden zu gewinnen. Aber das kann ich nicht.

Ich kann es nicht, weil ich Ashley Hawkins bin und heute noch nichts auf die Reihe gekriegt habe, außer Panik zu schieben, zu heulen und an mehr als einer Stelle vor mich hin zu bluten. Das geht gar nicht. Außerdem will ich ohne Shirt nicht schlafen und auch nicht ohne etwas, um die offene Wunde an meinem Fuß zu verbinden.

«Auf keinen Fall», bekräftige ich und reiße den Ärmel ab.

Es geht leichter als erwartet und meine Hand schlägt so heftig gegen den Stamm des Baumes, dass der Schmerz sich sogar über die Kälte hinwegsetzt, die mich inzwischen bis auf die Knochen durchdringt. Es ist so, wie wenn man sich den Zeh anstößt, erst tut es noch gar nicht *so* weh und dann ...

«Fuuuuuuuuuccccccckkkkkk», sage ich, drücke die Hand gegen den Bauch und schaukele sie hin und her wie ein Baby, das ich in den Schlaf wiege.

Immerhin habe ich erreicht, was ich wollte.

Ich streife den abgetrennten Ärmel über den verletzten Fuß, sodass unser Team-Name – die *Designated Drinkers* – nach oben zeigt. Es ist nicht viel, aber es wird zumindest den Dreck abhalten. Das restliche T-Shirt wringe ich, so gut es geht, aus und schlüpfe hinein. Es ist kalt auf meiner Haut und mein Körper scheut zurück vor der Berührung. Aber ich habe nichts anderes und es sieht nicht so aus, als würde es bald aufhören zu regnen. Ich drehe mich auf die Seite, rolle mich zusammen und schlafe wundersamerweise ein.

ZWEITER TAG

Ich wache mit Schmerzen auf.

Mein Fuß pulsiert mit jedem Schlag meines Herzens, was kein gutes Zeichen sein kann. Und ich bin halb erfroren. *Falsch*, korrigiere ich mich, denn ich weiß, dass ich gar nicht erst in solchen Worten denken sollte, wenn ich nicht auf die harte Weise den Unterschied zwischen frieren und *er*frieren, also vor Kälte sterben, erfahren möchte. Denn genau das bedeutet erfrieren. Und ich bin weder halb tot noch tot.

«Aber so was von gar nicht!», pflichte ich mir selbst bei.

Vor ein paar Jahren hatten wir im Winter ein Phänomen, das laut Wetterbericht im Fernsehen als Polarwirbel bezeichnet wird. Es war so kalt, dass man nachts seine Autobatterie nach drinnen holen musste, wenn man am nächsten Morgen irgendwohin musste. Und man ging nur dann nach draußen, wenn der Anlass es wert war, dass man sich der Gefahr aussetzte, es möglicherweise nicht wieder nach drinnen zu schaffen. Eine Woche lang fiel sogar die Schule aus und ausgerechnet dann hatte ich es fertiggekriegt, mein Handy im Klo zu versenken, und hatte somit keinen Kontakt mehr zu Meredith, Kavita und Duke, war also ohnehin so gut wie tot.

Aber der Erziehungsstil meines Vaters brachte nun mal keine Weicheier hervor. Als der Mülleimer voll war, dachte ich mir, es wäre bestimmt nicht so schlimm, dass man nicht einmal Müll verbrennen gehen konnte. Da unsere Vorräte langsam zur Neige gingen, hatten wir zwei Tage hintereinander Thunfisch gegessen und der Müll verbreitete einen Gestank, der durch den ganzen Trailer zog. Und darauf hatte ich ebenso wenig Bock wie darauf, die ganze Zeit eingesperrt zu sein, und erst recht nicht auf Leute im Fernsehen, die mir erzählen wollten, ich dürfte nicht nach draußen gehen. Also zog ich mich warm an, so wie immer, wenn es kalt war, schnappte mir die Streichhölzer und ging nach draußen zu dem Fass, in dem wir immer den Müll verbrannten.

Der Wind schnitt durch meine Kleidung, ich hätte ebenso gut nackt gehen können, und bis ich beim Fass ankam, war mir schon klar, dass es keine gute Idee gewesen war. Aber jetzt war ich schon mal hier draußen und würde bestimmt keinen Müllbeutel mit vergammelten Thunfischresten hier auf dem Hof herumliegen lassen. Wir sind zwar arm, aber wir sind nicht verlottert. Das erste Streichholz, das ich anriss, ging sofort wieder aus. Meine Finger waren schon taub, als ich das zweite herausholte, täppisch und dumm. Es fiel mir aus der Hand.

Meine Beine schmerzten, als ich das dritte anriss, ein stetes Pochen, das an meinen Füßen begonnen hatte und dann bis zu meinen Knien hinaufgekrochen war, die schon steif und starr im Wind standen. Zu spät wurde mir klar, was da geschah, und als ich zurück zum Trailer gehen wollte, fiel ich mit dem Gesicht voraus in den Schnee. Meine Beine waren nicht zu gebrauchen, leblose Stecken an einem lebendigen Körper, der genau das nicht mehr sehr lange sein würde, wenn ich mir nicht ganz schnell etwas überlegte.

Irgendwie schaffte ich es aufzustehen und meine Füße – so schwer, so ungelenk – ließen sich nur mit purer Willenskraft bewegen. Ich kam keine zehn Meter weit, bevor ich nur noch rot sah und wieder zu Boden ging, wobei mir ein mattes *Uff* entschlüpfte, aus dem sich ein kleiner Schneesturm vor meinem Gesicht entwickelte. So gemütlich wie dieser Schnee war keine Matratze und noch nie war ich so müde gewesen wie in genau diesem Augenblick. Ich habe gehört, dass Ertrinkende Gesang hören und dann kurz vor dem Ende einen Augenblick der Ruhe erleben. Ich weiß nicht, ob das bei anderen Erfrierenden auch so ist, aber ich sah Dosen mit Tomatensuppe vor mir.

Meredith lachte, als ich es ihr erzählte, aber Kavita wurde ganz still und musterte mich streng.

«Warum hast du Suppe gesehen?», fragte sie mit solchem Nachdruck, dass sogar Meredith aufblickte, die gerade versuchte, sich neue Zöpfchen ins Haar zu flechten.

«Keine Ahnung», hatte ich schulterzuckend geantwortet. Mir tat noch immer alles weh. «Ich schätze mal, ich wusste, dass ich es nicht schaffen würde, und da wollte mir mein Hirn noch ein paar schöne Gedanken schenken und mir etwas Warmes vorgaukeln, damit ich mich besser fühlte bei meinem Abgang.»

Und Tomatensuppe war einfach das Beste, was ihm einfiel, und eine schöne Erinnerung an meine Mom, bevor sie uns verlassen hat. Sie war keine tolle Köchin, aber mit Tomatensuppe kann man echt nichts falsch machen. Und so war das bei uns zu Hause ein typisches Winterwetter-Essen, zusammen mit Grillkäse, den allerdings in der Regel mein Dad machte, weil er bei Mom meistens verbrannt schmeckte.

Dad bemerkte mich, wie ich da draußen neben dem Haus lag und nicht existente Suppendosen vor mir sah. Er schleppte mich nach drinnen und legte mich vor den Kerosinofen, bis ich meine Arme und Beine wieder bewegen konnte, wenngleich noch zitterig und schwach. Wenn nicht gerade einer am Verbluten war, konnten wir uns die Eigenbeteiligung bei unserer Krankenversicherung nicht leisten, und so tat er einfach das, was ihm bei Unterkühlung als das Sinnvollste erschien – er sorgte dafür, dass mir warm war, und flößte mir Hühnerbrühe ein. Nachdem ich es geschafft hatte, aufs Sofa zu kriechen, schlief ich erst einmal eine Ewigkeit und hätte vielleicht sogar erneut das Bewusstsein verloren, wenn Dad mich nicht immer wieder aufgeweckt hätte, um mich zu fragen, ob ich noch lebte.

Ich lebte damals. Und ich lebe auch jetzt.

Und deswegen weiß ich auch, dass ich hier gerade unter diesem Baum nicht erfriere, weil ich ganz gewiss keine Tomatensuppe gesehen habe und falls doch, hätte ich sie ohnehin schon lange aufgegessen.

Aber ich verhungere auch nicht, das ist das andere. Ich habe Hunger, aber das bedeutet nur, dass alles okay ist. Es kam durchaus mal vor, dass ich ein, zwei Tage ohne Essen auskommen musste. Wenn ich mal wieder nichts zu essen für die Mittagspause dabeihatte, habe ich einfach so getan, als würde ich eine Diät machen oder so. Woraufhin Meredith dann scherzhaft behauptete, sie würde ohnehin zu dick werden, und mir die Hälfte von ihrem Sandwich rüberschob. Ich gab mir Mühe, es nicht mit drei Bissen zu vertilgen, und musste mich zusammenreißen, mich nicht auf ein Wurstbrot mit Käse zu stürzen, als wäre es das Beste, was mir je begegnet wäre.

Aber manchmal war es eben so, wenn Dad keine Überstunden machen konnte.

Meredith ist vielleicht ein bisschen einfältig, aber dumm ist sie nicht – das ist ein großer Unterschied. Sie hat immer aufgepasst, ob ich mal wieder über mehrere Tage eine meiner sogenannten Diäten machte, und lud mich dann übers Wochenende zu sich ein und bestellte alles von Pizza über Chinesisch und sogar bei diesem fragwürdigen Thai-Schuppen, der komplett von einem Typen betrieben wird, der gar nicht asiatisch ist.

«Ich bin also nicht am Verhungern», sage ich laut, um die Erinnerung an Meredith und bergeweise Essen zu durchbrechen. Denn auch wenn ich ihr dankbar bin und es immer sein werde, tut der Gedanke an so viel Essen, das jetzt nicht vor meiner Nase steht, einfach nur weh.

Nein, ich erfriere und verhungere nicht, und das weiß ich so genau, weil ich Schmerzen habe.

Erst wenn man gar nichts mehr spürt, muss man wirklich anfangen, sich Sorgen zu machen.

Mein Fuß sieht auch im Sonnenlicht nicht besser aus.

Der Tag hat sich ganz langsam eingeschlichen und ich habe ihn dabei beobachtet, ebenso wie eine Waschbärenmama, dic ihre Welpen zurück in ihre Höhle führte. Der kleinste blieb zurück, um hier und da etwas in die kleinen Pfötchen zu nehmen. Er drehte ein paar Stöcke um, nur um nachzusehen, was darunter war, bevor die Mama zurückkam und ihn zu seinen Brüdern und Schwestern zurückscheuchte und die kleine Familie im Unterholz verschwand.

Das war so süß, da konnte man fast vergessen, dass Waschbären eigentlich ziemlich fiese kleine Kerle sind, die ohne Weiteres ein kleines Kätzchen bei lebendigem Leib zerfetzen, nur um an die leckersten Teile heranzukommen. Was mich wiederum daran erinnert, dass bei mir die leckeren Teile aus meinem Fuß heraushängen, und so krieche ich unter der Fichte hervor, sobald es richtig hell ist.

Mein Fuß ist schrumpelig, weil er die ganze Nacht in einen nassen Ärmel eingewickelt war, und die Haut hat sich noch ein Stück weiter von der Wunde zurückgezogen. Ich muss beim Ausziehen fester an dem Ärmel zerren als beim Anziehen, offenbar schwillt der Fuß langsam an. Alles sieht sauber aus, aber ich weiß genau, wenn eine Infektion erst einmal sichtbar wird, dann ist es schon zu spät.

Die Sonne steht schon hoch genug, dass ich die Wärme ihrer Strahlen spüren kann, und so ziehe ich mich komplett aus, breite meine Klamotten über den Ästen aus und lasse den Wind den Rest erledigen, während ich mich nackt auf einem umgestürzten Baumstamm zusammenkauere.

Die Sonne kommt nicht gegen den kalten Wind an. Meine Haut sieht aus wie rot-weißer Marmor, allerdings aus Fleisch und Blut anstelle von Gestein und Mineralien, und ich überlege, ob ich, falls jemand auf meine Hilferufe reagieren und kommen würde, denjenigen bitten würde, mich zuerst für einen kurzen Augenblick zu bewundern.

Das ist komisch und ich muss wieder lachen. Ob das wohl schon ein erstes Anzeichen dafür ist, dass ich verrückt werde? Aber das wird nicht geschehen.

Es wird nicht geschehen, weil es nicht geschehen darf. Ich habe nämlich über meine Lage nachgedacht, während ich da so im Mondlicht unter dem Baum lag, und dabei wurde mir klar, dass ich nicht nur ganz alleine zurückgeblieben bin, sondern dass außerdem keiner nach mir suchen wird.

Dad arbeitet eine Doppelschicht und pennt danach bei einem Kumpel, denn falls er noch was dazuverdienen kann, geht er nach ein paar Stunden Schlaf gleich wieder in die Fabrik. Meine Freunde werden vermutlich denken, ich sei gleich nach Hause gegangen, und jemand hat meinen Rucksack für mich mitgenommen, in dem ganz tief unter den Klamottenschichten vergraben mein Handy ist, das inzwischen höchstwahrscheinlich tot ist.

Wer auch immer meine Sachen mitgenommen hat, wird sie bei mir zu Hause vorbeibringen, sie dort abstellen und sich nichts dabei denken, dass ich nicht zu Hause bin. Falls Dad da – und *wach* – ist, könnte sich ein Gespräch ergeben, bei dem sie dann eins und eins zusammenzählen, aber davon kann ich nicht ausgehen. Ehrlich gesagt, ist Duke vermutlich der Einzige, der sich die Mühe machen würde, meine Sachen mitzunehmen, und ich bezweifle, dass er es besonders eilig hat, mir oder irgendjemandem, der mir auch nur entfernt nahesteht, zu begegnen.

Ich schätze, es werden drei oder vielleicht auch mehr Tage vergehen, bevor sie eins und eins zusammenzählen und allen klar wird, dass ich noch hier draußen in der Wildnis bin.

Ich mustere meinen Fuß und betrachte ihn von allen Seiten im Morgenlicht.

Ich glaube nicht, dass mir noch so viel Zeit bleibt.

An einem guten Tag kann ich gut acht Meilen wandern.

Ich gehe davon aus, dass es kein guter Tag sein wird, wobei die Tatsache, dass ich keine Schuhe habe, gar nicht so hinderlich ist, wie man vielleicht meinen könnte. Mehr als einmal war ich schon mit Leuten unterwegs, die viel Geld für schwere Stiefel ausgeben und dabei nicht bedenken, dass ihr Bein damit bei jedem Schritt ein Kilo mehr an jedem Fuß hochheben muss. Und das summiert sich, sodass sie dann bis mittags bereits müde und am Abend vollkommen erschöpft sind – falls sie nicht ganz aufgeben und kehrtmachen.

Ich ziehe beim Wandern oft die Schuhe aus, wenn der Weg ordentlich ist, und genieße die Freiheit, die Erde zwischen meinen Zehen zu spüren. Das Problem ist also nicht, dass mein guter Fuß barfuß ist, sondern dass ich mir für den anderen eine Lösung überlegen muss.

Sobald mein T-Shirt getrocknet ist, mache ich mich wieder darüber her und beiße mit den Schneidzähnen ein kleines Löchlein hinein, das ich mit der Fingerspitze aufdehne, bis ich den ganzen Finger hindurchstecken kann. Vom unteren Rand reiße ich ein Stück von der Breite meiner Hand ab und schlinge ein Ende über meinen rechten Arm und lasse das andere neben meinem Hintern hinabhängen. Mit einiger Mühe gelingt es mir, den schlechten Fuß hochzuheben und durch das andere Ende zu fädeln. Ich schaue über die Schulter zurück und lasse die provisorische Schlinge Zentimeter für Zentimeter bis zu meinem Knöchel hinunter.

Gar nicht so schlecht. Meine Ferse berührt quasi meinen Hintern, was mir mein Knie noch lange übel nehmen wird, aber so ist die Wunde aus dem Dreck und ich muss nicht noch damit Energie vergeuden, mein Bein in die Höhe zu halten.

Jetzt brauche ich nur noch ein Ziel. Als mich meine allzu locker sitzende Faust aus dem Basketball-Team befördert hatte und Dad mir als konfrontationsfreie Alternative Cross-Country-Lauf vorschlug, war ich alles andere als begeistert. Ich wollte mittendrin sein, um etwas kämpfen, mit ausgefahrenen Ellbogen den Ball schnappen.

Meine Haltung muss ziemlich offensichtlich gewesen sein, weil der Trainer mich gleich beim ersten Training beiseitenahm. Er meinte, ich sähe so angriffslustig aus. Ich gab zur Antwort, das könnte schon sein und wo zum Teufel beim Laufen eigentlich der Wettkampf sein sollte?

«Wettkampf?», hatte der Trainer gefragt und sich seine Mütze in den Nacken geschoben. «Okay, weißt du was, du Klugscheißer. Lauf einfach mal drei Meilen, und wenn du zurück bist, schauen wir mal, wie viel Lust du dann noch auf Wettkampf hast.»

Natürlich hatte ich gar keine Lust mehr, aber ich hatte kapiert, was er mir sagen wollte. Mein Gegner war ich selbst, der tiefe, heftige Schmerz, der von der ersten Meile an in mir aufstieg. Das war es, was ich überwinden musste, um weiterlaufen zu können. Ich schaffte nicht die ganzen drei, kotzte zweimal und kam mit dicken Füßen und einer Blase so groß wie mein Hintern an einer Ferse wieder beim Trainer an.

Er hatte mich hochgezogen und meine Handflächen auf meinen Kopf gelegt, damit ich tiefer einatmen konnte. «Morgen musst du noch mehr geben.»

Der Trainer hat mich von Anfang an richtig eingeschätzt – dass mich eine solche Provokation nicht abschrecken würde. Und so kam ich am nächsten Tag wieder und strengte mich noch mehr an, und am übernächsten, bis ich den Schmerz überwunden und den Punkt erreicht hatte, wo es nichts mehr gibt außer den eigenen Füßen, dem Boden und einem Punkt in der Ferne.

Und genau das war es, was ich jetzt brauchte. Einen Punkt in der Ferne.

«Heute wirst du zwei Meilen in eine Richtung gehen», sage ich laut und mache es damit offiziell. Es kommt keine Antwort, nicht einmal das mitteilsame Eichhörnchen hat etwas dazu zu sagen. Nur der Wind trägt meine Worte davon.

Gestern Abend habe ich kein Feuer gemacht, aber ich muss Spuren hinterlassen, um diejenigen, die möglicherweise nach mir suchen, wissen zu lassen, dass ich hier war und wohin ich dann gegangen bin. Ich sammele genügend Steine, um einen Pfeil legen zu können, der in die Richtung zeigt, in die ich gleich aufbrechen werde.

Endlich habe ich auch einmal ein bisschen Glück und finde einen Wanderstock, der genau auf der richtigen Achselhöhe eine Verzweigung hat. Natürlich keine perfekte Krücke, aber Perfektion ist ohnehin nicht in Sichtweite, da ich seit vierundzwanzig Stunden nichts mehr gegessen habe und ich im Augenblick als Free-Bleederin unterwegs bin.

Ich klemme mir den Stock unter den Arm und lehne mich sachte nach vorn, um zu sehen, ob er mein Gewicht trägt. Das tut er und ich hüpfe einmal, dann noch einmal. Ich gehe gebückt wie eine alte Frau und fluche wie ein alter Mann, aber ich komme voran.

«Also gut, Ashley Hawkins», sage ich und recke die Brust, so gut das eben geht, wenn man sich auf eine Krücke stützt. «Zeig's ihnen.» Und damit arbeite ich mich langsam, aber sicher voran.

Wasser nimmt immer den Weg des geringsten Widerstands, ein Luxus, den ich mir nicht erlauben kann. Es teilt sich und fließt um Felsen herum, weicht Baumwurzeln aus und fließt plötzlich wieder in die entgegengesetzte Richtung zurück, so als hätte es vergessen, zu Hause den Herd auszumachen. Und genau das ergibt zwar ein wunderbares Postkartenidyll, ist aber ziemlich vertrackt, wenn man in eine bestimmte Richtung gehen will, aber gleichzeitig auf Trinkwasser angewiesen ist.

Dad ist schon immer stolz darauf gewesen, dass ich nie die Orientierung verliere, ganz egal, wo wir sind. Er sagt, die Leute seien heutzutage so blöd, dass sie noch nicht einmal merken würden, wo Norden ist, wenn sie magnetische Nasen hätten. Und was ich bisher unterwegs beim Wandern gesehen habe, stimmt damit durchaus überein. Ich bilde mir durchaus etwas auf diesen angeborenen Orientierungssinn ein und musste schon mehrmals Duke widersprechen, wenn es darum ging, welchen Weg wir einschlagen sollten, um unser Ziel zu erreichen.

Zugegeben, es kann leicht passieren, dass man die Richtung verliert. Die meisten Leute schieben es darauf, dass im Wald alles so gleich aussieht, aber das ist, als würde man behaupten, wir wären von innen gesehen allesamt rosa. Wenn man aufpasst, entdeckt man so viele Unterschiede zwischen einem Baum und dem anderen wie zwischen Menschen. Ich weiß deswegen, dass ich bestimmt nicht immer im Kreis laufen werde – ich weiß, in welche Richtung ich mich bewege, und achte auf alles, an dem ich vorüberkomme.

Was allerdings passieren kann – und wird –, ist, dass ich mich zwar bemühen werde, direkt nach Westen zu laufen, was der kürzeste Weg hier raus sein dürfte, dabei aber durch meine Verletzung unweigerlich in Richtung Süden abdrifte. Ohnehin ist es in der freien Natur unmöglich, einer geraden Linie zu folgen, genau deswegen verlaufen auf Landkarten die blauen Linien für Bäche und Flüsse auch immer irgendwo kreuz und quer.

Ein umgestürzter Baum, eine glitschige Geländekante, eine Geröllhalde, die ohne Vorwarnung wegrutschen könnte. All diesen Dingen gehe ich aus dem Weg, wenn ich sie bemerke, was bedeutete, dass ich nach links oder rechts ausweiche und mich nie wirklich geradeaus in Richtung Westen bewege. Ich weiß, wie man mit einem Schattenstock arbeitet – eine trickreiche Geschichte mit der Morgensonne und einem nicht zu kleinen Stock, den man wie bei einer Sonnenuhr in die Erde rammt. Wenn man das Ende des Schattens markiert, ein wenig wartet und dann erneut die Position des Schattens kennzeichnet und diese beiden Punkte mit einer Linie verbindet, dann verläuft diese Linie in Ost-West-Richtung. Ich kann also jeden Morgen meine Richtung korrigieren, wenn es sein muss, aber die Methode setzt voraus, dass die Sonne scheint. Außerdem verlängert jeder Umweg meine Laufstrecke und eine längere Strecke bedeutet auch mehr Zeit. Und genau die habe ich nicht.

Was ich auch nicht habe, ist Wasser, was tatsächlich ein

größeres Problem darstellt, als ich gerne zugeben würde. Natürlich gibt es hier Wasser, es steht überall in den kleinen Rinnen und Vertiefungen, wo es sich sammelt. Aber ich weiß, dass man stehendes Wasser nicht trinken sollte – es kann sich erwärmen und damit allerlei Keimen und was sonst noch einen Nährboden bieten. Fließendes Wasser würde ich dagegen trinken, und das könnte mich zudem zu einem größeren Bach führen, dem ich dann bis zu einem noch größeren folgen und mich davon in die Zivilisation zurückführen lassen könnte.

Kein schlechter Plan, wenn ich genug zu essen hätte und nicht verletzt wäre. Aber diese kleinen Rinnsale werden sich Zeit lassen, bis sie ihre Richtung gefunden haben und mich über viele Kehren und Windungen führen, die mir meine ganze Kraft rauben.

Dad bezeichnet das immer als die Genuss-Route, aber ich kann es mir jetzt nicht leisten, die Natur zu genießen, während sie mir nach dem Leben trachtet. Die kürzeste Entfernung zwischen zwei Punkten ist eine gerade Linie und der werde ich, so gut es eben geht, folgen und mir unterwegs immer wieder Wasser suchen.

Das sollte um diese Jahreszeit im späten Frühjahr eigentlich kein Problem sein. Der Regen, den ich gestern Abend verflucht habe, wird mich heute retten und so humpele ich unterwegs immer wieder an einen Bachlauf hinunter, wenn ich an einem vorbeikomme, aber ich folge nicht dem Lockruf seiner plätschernden Stimme.

Als ich seit etwa drei Stunden unterwegs bin, beschließe ich, dass es an der Zeit ist, zu dem Wasser hinunterzusteigen, das ich auf der anderen Seite des Hügels hören kann, den ich gerade erklimme. Ich hüpfe von Baum zu Baum und versuche, mich festzuhalten, ohne dabei meinen Wanderstock zu verlieren. Zweimal stürze ich, einmal vornüber auf den Bauch, sodass es mir den Atem verschlägt und ich den bitteren Geschmack von Galle im Rachen schmecke.

Beim zweiten Mal falle ich mit rudernden Armen rückwärts. Erschrocken schreie ich auf, was jedoch bei Weitem übertroffen wird von dem Schrei, der mir entfährt, als mein Fuß bei der Landung zwischen meinem Hintern und dem Boden eingeklemmt wird. Ein Urschrei voller Wut und Schmerz, der den Wald um mich her erstarren lässt. Allen ist klar: Hier wurde soeben ein großes Lebewesen verletzt. Und die meisten kleinen Tiere wissen genau, dass man sich jetzt am besten wegduckt und ganz still verhält.

Um meinen Hintern herum breitet sich etwas Feuchtes aus und es ist nicht kaltes Grundwasser. Es fühlt sich warm an und kurz darauf steigt mir auch der satte, schwere Geruch von Blut in dic Nase.

«Shit», sage ich gen Himmel gewandt, während sich schwarze Kringel vor meinen Augen bilden. Ich darf auf keinen Fall ohnmächtig werden, deswegen beobachte ich einen der Kringel genauer und benenne die Formen, die er nach und nach annimmt.

Fisch.

Bär.

Bussard.

Ach was. Ich behaupte einfach: Es ist ein Adler.

Meinen Fuß kann ich nicht anschauen, noch nicht. Zum einen bin ich mir ziemlich sicher, dass mein Kopf noch nicht dazu bereit ist, dass ich mich aufsetze. Zum anderen hat die Stille mich verschluckt, die schützende Ruhe des Waldes, die mich an Dukes Zuhause erinnert.

Mein Zuhause war einladender, aber auch kleiner, und wir zwei hatten keine Chance auf einen Hauch von Privatsphäre, selbst wenn Dad schlief. Bei uns zu Hause hatte Duke einfach Schiss, mich anzufassen. Kein Wunder, denn angeblich hat sein großer Bruder den ganzen Hintern voll Schrot, von dem ersten – und einzigen – Mal, als er Kate Fullerton an die Wäsche gegangen ist.

Ich kann mir nicht vorstellen, wie Dad reagiert hätte, wenn er Duke und mich in Aktion erwischt hätte, aber ich bin sicher, dass es weder höflich noch nett gewesen wäre. Und so waren wir meistens bei ihm. Klar, da war die Gefahr größer, von einem seiner Geschwister überrascht zu werden, aber er hatte ein Zimmer im Keller und eine Mom, die ihm jedes Mal, wenn wir dort hinuntergingen, einen Klaps auf den Hintern gab mit der Bemerkung, er solle ein Kondom benutzen.

Wir mussten uns nicht bemühen, leise zu sein, weil es oben ohnehin abging wie im Zoo. Duke hatte fünf jüngere Geschwister, von denen jeder und jede eine eigene Meinung dazu hatte, was die anderen zu einem bestimmten Zeitpunkt zu tun oder nicht zu tun hatten. Es herrschte ein ständiges Geschrei, Gerenne und Gezerre um Spielzeug, von Zeit zu Zeit übertönt von der Jüngsten, die danach verlangte, dass ihre Windel gewechselt wurde.

Sie schrie dann richtig laut «Scheiße», ganz gleich, was wirklich darin war.

Aber ich bekam auch vieles Gute zu hören, wenn zum Beispiel einer der Brüder anbot, die Puppe seiner Schwester zu reparieren, als der Kopf abfiel. Oder dass die ältere Schwester die Kleinste wickelte, weil die Mutter zum Telefonieren nach draußen in den Garten gegangen war. Lärm hatte dort nicht unbedingt etwas Schlechtes zu bedeuten, aber es war ein Dauerzustand.

Nur wenn es plötzlich still wurde, dann wussten wir, dass Dukes Dad nach Hause gekommen war.

Er war kein besonders großer Mann, sodass man seine Schritte nicht hörte. Es war die Stille, die sich um ihn herum verbreitete, so als wären alle Worte, die um die Kids herumschwebten, von ihm eingesaugt worden und hätten nichts als Leere hinterlassen.

Duke wurde dann immer ganz starr neben mir und ich hörte, wie die Jüngeren in ihre Zimmer verschwanden und die Türen hinter sich zumachten, bis es Zeit zum Abendessen war, was dann nicht lange auf sich warten ließ, weil Dukes Mutter es nicht gewagt hätte, es auch nur eine Minute verspätet auf den Tisch zu bringen. Und genau so ist es jetzt hier draußen im Wald. Ich habe soeben Lebewesen um mich herum einen Mordsschrecken eingejagt, und die Wut, die sie in meiner Stimme vernommen haben, lässt sie in ihren Verstecken bleiben.

«'tschuldigung», sage ich leise und lecke mir über die Lippen.

Ich habe hier ja auch wirklich nichts zu suchen. Ich befinde mich in ihrem Revier, weit entfernt von jedem Wanderweg schlage ich mich durchs Unterholz und hinterlasse Blut und unflätige Flüche. Ich bin genau dieses furchterregende Wesen in ihrem Zuhause, bei dessen Erscheinen man sich still und leise zurückzieht und hofft, nicht derjenige zu sein, auf den sein Blick fällt.

Und genau das möchte ich niemals sein, für nichts und niemanden, deswegen beiße ich mir fast die Zunge durch, um so leise wie möglich wieder aufzustehen. Der Fuß ist aus der Schlinge gerutscht und mein Bein streckt sich aus, wodurch das Knie wieder eine Position einnimmt, in der es den ganzen Tag über nicht war.

Das tut weh.

Das tut weh und mein Fuß tut weh und ich weiß, dass es

noch schlimmer werden wird, bevor es besser wird, aber jetzt im Augenblick habe ich nur ein Ziel und das ist Wasser. Ich schaffe es bis an den Bach, stolpere hinein und lande auf allen vieren. Es ist so kalt, dass es mir den Atem verschlägt, die Taubheit wandert über meine Handgelenke hinauf, bevor ich in der Lage bin, auf einen großen Stein zu krabbeln. Ich bewege die Hände, um das Blut wieder durch die abgestorbenen Fingerspitzen fließen zu lassen. Und dann werde ich wagemutig und strecke meinen Fuß ins Wasser.

Als Erstes überkommt mich der Schmerz, als das Wasser *in* meinen Fuß spült und mit Stellen in Berührung kommt, die noch nie das Tageslicht gesehen haben. Dad sagt immer: Wasser sucht sich immer seinen Weg. Normalerweise ist das sein Kommentar, wenn wir mal wieder ein Leck im Dach haben, das einen weiteren Fleck an unserer Decke macht. Dass er dabei jemals an den Fuß seiner Tochter dachte, bezweifle ich, aber er hat verdammt recht.

Die gequetschten Nerven werden in der Kälte ertränkt, schreien laut auf bei der Berührung, bevor sie langsam absterben. Als der Fuß ganz taub ist, beuge ich mich vor und zwinge auch meine Gedanken dazu abzustumpfen, während ich den blutigen Ärmel abziehe und mir alles ansehe.

Meine Knochen glänzen weiß wie Zähne, die sich durch das umgebende Zahnfleisch bohren. Man kann es noch nicht einmal als Wunde bezeichnen, eher ein wildes Durcheinander aus Nerven, Sehnen und Muskeln. Ich habe schon oft genug Wild aufgebrochen, um zu erkennen, was ich da vor mir habe, aber ich habe keine Ahnung, wie ich es auseinandersortieren soll.

Unter dem fließenden Wasser bekommt es allerdings eine gewisse Schönheit, die ich jetzt, wo der Schmerz etwas nachgelassen hat, auch wahrnehmen kann. Das Wasser schafft die

Illusion einer Bewegung und ich kann mir beinahe einbilden, meine Zehen würden zucken, was bedeutet, dass dadrin noch das eine oder andere heil geblieben ist.

Ich ziehe den Fuß aus der Strömung. Der von der Sonne angewärmte Stein fühlt sich gut an unter meiner nackten Fußsohle. Vorsichtig ziehe ich die T-Shirt-Bandage ganz weg und taste mich ab, um ein Gefühl für das Ausmaß des Schadens zu bekommen. Ich drücke hier ein wenig und etwas fester dort und frage mich, ob ich wohl einen Unterschied spüren würde, wenn ein Knochen gebrochen ist oder nicht.

Als ich zu den Grundgelenken der zwei kleinsten Zehen komme, macht schon der leichteste Druck meiner Finger alles zunichte, was die Kälte gelindert hat. Ich kann noch nicht einmal aufschreien, so weh tut es. Es raubt mir die Luft zum Atmen, genau wie es Dukes Dad mit seiner Familie macht. Stöhnend klammere ich mich seitlich an den Stein, um nicht kopfüber in mein eigenes Getränk zu fallen und schließlich wie ein erbärmlicher Suffkopf zu ersaufen.

Ich strecke den verletzten Fuß wieder ins Wasser, um den Schmerz etwas zu dämpfen, bevor ich wieder hinschaue. Diesmal nehme ich mir ohne Umschweife gleich die Stelle vor, die mich beinahe umgehauen hätte. Ich hole tief Luft und drücke und es überrascht mich nicht, dass ein Schwall Eiter unter den Überresten der Haut hervorquillt.

Dass etwas Weißes aus einem rauskommt, ist nur gut, wenn man ein Junge ist.

Mein Fuß hat sich entzündet.

Hier draußen gibt es eine Menge essbare Dinge; die Frage ist nur, ob ich mich auch traue.

Zugegeben, ich hatte schon Zeug im Bauch, das da vielleicht nicht unbedingt hingehört hätte: zum Beispiel

Schmorbraten, der schon einen Tag überfällig war, oder damals in der Sechsten die Kakerlake, bei der Meredith fünf Dollar gewettet hatte, dass ich sie nicht esse. Und sie hat tatsächlich gezahlt. Man kann viel sagen über die Frau, aber ehrlich ist sie.

Dass Leute am Essen rummäkeln, habe ich noch nie verstanden, was in erster Linie damit zu tun hat, dass ich immer froh war, wenn ich überhaupt etwas zu essen hatte. Ich habe viel dadurch gelernt, dass ich als Kind oft Hunger hatte. Und eine Lektion war, dass man nicht hinterfragen sollte, was einem vorgesetzt wird. Ich erinnere mich, dass Mom einmal etwas aufgetischt hat, das mir ungewohnt vorkam. Ich kam direkt vom Spielen am Bach, dreckverschmiert bis zu den Knien, setzte mich vor meinen Teller mit warmem Essen und sagte: «Das esse ich nicht.»

Dad hatte nur still und leise sein Besteck aus der Hand gelegt und gesagt: «Dann bist du nicht hungrig genug.»

Das begreife ich jetzt.

Ich begreife es, weil ich vorhin einen Wurm gegessen habe.

Das war gegen Abend, als ich wieder auf einen kleinen Bachlauf stieß. Ich musste meine Unterhose und meine Jeans auswaschen, weil ich noch immer blute, und dann dachte ich, dass ich mit so viel Frischluft am Hintern auch gleich noch meinen BH ausziehen könnte. Vielleicht hatte ich insgeheim die Hoffnung, dass sich meine Pechsträhne fortsetzen und genau in diesem Augenblick eine Gruppe von Wanderern auftauchen würde. Oder vielleicht ein Rettungshubschrauber mit ein paar Fernsehreportern.

Aber es kam keiner.

Ich streckte den Fuß ins Wasser, weil ich nicht recht wusste, was ich sonst damit tun sollte, und lehnte mich auf der Uferböschung zurück. Dabei löste sich ein Stein, der neben meine Hand rollte. Ein dicker Erdklumpen klebte an der Seite, aus dem sich mit aller Kraft ein einsamer Wurm schlängelte.

Seine Welt war auf einmal in sich zusammengeschrumpft, dachte ich. Noch vor einem Augenblick hätte er überallhin kriechen können und sich von diesem Bundesstaat bis in den nächsten buddeln können. Und jetzt wand er sich hierhin und dorthin und fragte sich, warum er plötzlich nirgendwo mehr hin kriechen konnte und überall um ihn herum nur noch Luft war und nur noch ein kleines Restchen Erde, das ihn hielt. Und dann war selbst das noch verschwunden, weil ich es weggebröselt und ihn mir in den Mund gesteckt hatte, bevor ich zu viel darüber nachdenken konnte. Er zappelte noch ein wenig, eher neugierig als panisch, und berührte die Innenseite meiner Wange. Ich schöpfte eine Handvoll Wasser und kippte dann alles hinunter, wie ein Kind, das zum ersten Mal lernt, eine Tablette zu schlucken. Dann noch eine. Und noch eine. Das Wasser lief mir übers Kinn, bis ich spürte, wie sich mein Magen öffnete, um das in sich aufzunehmen, was ich ihm zu bieten hatte und was bei Weitem schlimmer war als alles, was meine Mom mir je vorgesetzt hatte.

Es tut weh.

Ich habe seit zwei Tagen nichts Festes in den Bauch bekommen. Wann immer ich auf Wasser gestoßen bin, habe ich so viel getrunken, bis ich es in meinem Bauch hin und her schwappen hörte. Jetzt wacht mein Körper wieder auf und merkt, dass er etwas zu tun hat und etwas verdaut werden muss.

Das ist so, als würde man ein Auto starten, das lange stillgelegt war. Der Motor springt nicht an, alles knirscht und widersetzt sich, weil Nichtstun so viel leichter ist. Genau das passiert mit meinem Körper jetzt, alles zieht sich protestierend zusammen, nicht etwa, weil ich mir einen Wurm einverleibt habe, sondern weil da überhaupt etwas ist.

Ein kleiner Laut entschlüpft mir, ein nachgebendes Seufzen ... und ich glaube, ich laufe wieder rund. Ich lehne mich zurück, während ein Schweißfilm auf meiner Stirn abkühlt.

Und dann, mein Gott, dann muss ich rülpsen.

Ich versuche, nicht an Davey Beet zu denken.

Was gar nicht so leicht ist, weil ich gerade jetzt nur deswegen nicht im Regen stehe, weil er mir gezeigt hat, wie man sich einen Unterschlupf bauen kann aus dem, was einem die Natur zur Verfügung stellt.

Ich war zehn, als Dad mich ins Sommercamp schickte. Im Nachhinein wird mir klar, dass die Frau, die er immer mal wieder auf ein Bier oder um Baseball zu schauen mit nach Hause brachte, mehr als nur eine Freundin war. Und er musste feststellen, was ich selbst Jahre später lernen würde, dass ein Trailer nun mal keine Privatsphäre bietet.

Ich wollte da nicht hin. Ich habe mit dem Fuß aufgestampft und ihn Arschloch genannt und gesagt, er würde mich im Stich lassen, genau wie meine Mom. Dad zog mir nur die Kappe über die Augen und meinte, ich sollte die Jungs nicht in die Eier treten, und dann fuhr er davon und ließ mich mit seinem alten Armee-Rucksack und einem Haufen verletzter Gefühle zurück.

Der Wutanfall hatte nichts bewirkt, und da schmollend in der Ecke zu stehen, auch nicht mein Ding war, lebte ich mich im Camp Little Fish ein, wo man mir beibrachte, wer Jesus war, und ich jemanden fand, den ich weit mehr bewunderte – Davey Beet.

Davey war einer der Betreuer, und obwohl er mir sehr viel älter vorkam als die übrigen Betreuer, brachte ich in Erfahrung, dass er erst fünfzehn war, und zählte mir an den Fingern ab, wie alt er wäre, bis ich im heiratsfähigen Alter war. Er blieb mein großer Schwarm für den Rest meines Lebens, noch vertieft durch etwas, was er sich am ersten Tag erwarb, als er eine Gruppe von uns in den Wald führte – Respekt.

Davey hatte immer eine Machete im Gürtel stecken, die er benutzte, um sich eine Schneise durchs Unterholz zu schlagen oder eine Ranke vom wilden Wein aufzuschlitzen, die so dick war wie mein Arm. Wir Kinder tranken alle von dem Saft, der aus dem Ende hinaustropfte – ganz anders als alles, was man im Laden kaufen konnte, aber irgendwie besser –, und dann fragte er uns, ob er uns zeigen sollte, wie wir irgendwo in der Wildnis etwas zu essen beschaffen und bei Regen trocken und bei Kälte warm bleiben konnten.

Damit hatte er meine volle Aufmerksamkeit, die nicht so leicht zu bekommen war. Es gab nicht viele Menschen, die ich gernhatte, und nur ganz wenige, mit denen ich mich unterhalten wollte. Aber wenn Davey etwas sagte, hörte ich zu, und das ist der Grund, warum ich heute Abend nicht wieder bis auf die Knochen nass werde.

Irgendwann im Laufe des Nachmittags habe ich in der Ferne Donner gehört, leise und grollend. Die Bäume gerieten dabei aber noch nicht in Aufruhr, mir blieb also noch etwas Zeit. Ich suchte mir einen großen Ahornbaum, der sich in der Mitte teilt, wo vor zwanzig oder dreißig Jahren zwei Äste jeweils eine eigene Richtung eingeschlagen und so eine Gabelung geschaffen haben, gegen die ich nun einen abgebrochenen Ast lehnen kann. Die Stelle liegt höher als mein Kopf und ich brauche beide Hände, um den Ast hochzuheben. Ich lassen den Spazierstock fallen und balanciere auf einem Bein, den schlimmen Fuß weiter in der Schlinge gegen meinen Hintern geklemmt.

Gar nicht so einfach. Als ich fertig bin, zittere ich vor Anstrengung. Erschöpft lasse ich mich zu Boden sinken. Ich lande direkt an der Stelle, wo der Ast gelegen hat, den ich eben hochgehoben habe. Darunter kommen Larven zum Vorschein, dick und glänzend. Ich würde nicht gerade behaupten, dass sie lecker aussehen oder dass ich nicht ein-, zweimal würgen muss, als ich sie unzerkaut hinunterschlucke. Aber Eiweiß ist Eiweiß, und wenn ich das Ding hier fertig bauen will, braucht mein Magen mehr zum Verdauen als nur seine eigene Schleimhaut.

Wieder reagiert mein Bauch mit Krämpfen und protestiert dagegen, dass er wieder arbeiten soll, nachdem ich ihn so lange in Ruhe gelassen habe. Aber diesmal bin ich darauf vorbereitet und lasse ihm einen Augenblick Zeit, sich auszutoben. Genau wie ich, als Dad mich aus dem Wagen gezerrt und beim Camp Little Fish abgesetzt hat.

Ich ziehe mich mit den Händen nach oben und hebe meine Krücke auf, an der ich mich heute Vormittag wundgerieben habe, weil ein kleiner Knubbel an der Rundung in das weiche Fleisch hinter meiner Achsel drückt. So ähnlich, wie wenn man mehrere Tage hintereinander denselben BH trägt und der Verschluss eine Einbuchtung an der Stelle hinterlässt, wo er sich an die Haut schmiegt. Ich habe diesen Knubbel an einem Baum abgeschlagen und bin weitergegangen, was aber nur zur Folge hatte, dass sich direkt unterhalb eine neue wunde Stelle gebildet hat.

Ich richte mich kurz auf, damit alle Muskeln, die den ganzen Tag zusammengezogen waren, einmal durchatmen können. Gegen den Ahornbaum gelehnt, sehe ich mich in der Nähe um, was ich für die Seiten meines Unterschlupfes verwenden könnte.

Davey hat uns gezeigt, wie man das macht, zuerst den

großen Pfosten in der Mitte aufrichten und dann kleinere Zweige von der Seite dicht an dicht dagegenlehnen. Wieder grollt der Donner, diesmal näher. Ich beuge mich erneut über meine Krücke, humpele von einem Zweig zum nächsten und werfe sie in Richtung meines Unterschlupfes.

Eine Seite habe ich fertig und die andere erst zur Hälfte, als mir der erste Tropfen auf die Nase fällt, deswegen ist der obere Teil der westlichen Wand nicht gerade ein Meisterstück, und ich glaube kaum, dass Davey viel Lob dafür übriggehabt hätte, aber ich schaffe es gerade noch, eine Deckschicht über das, was ich gebaut habe, zu breiten, bevor der Regen wirklich loslegt.

Ein Stück entfernt ist eine umgestürzte Kiefer, die aber noch nicht allzu lange dort zu liegen scheint. Eine Esche, die dem Käfer zum Opfer gefallen und der Länge nach umgekippt ist, hat dabei ein paar größere Äste der Kiefer glatt abrasiert. Das ist das Beste, was mir passiert ist, seit meine Unterwäsche wieder ganz getrocknet ist. Die Nadeln sind noch nicht so vertrocknet, dass sie abfallen, und so schleppe ich die Zweige zurück zu meinem neu gebauten Unterschlupf. Dort liegen sie wie ein Strohdach über den aufgestellten Stöcken, auf das ich zusätzlich noch eine Schicht trockener Nadeln breite. Keine Sekunde zu früh.

Der nächste Donner kommt nicht langsam grollend, sondern schnappt zu, ein lautes, hartes Geräusch, das ich in meinen Zähnen spüre. Ich schnappe mir das Letzte, was ich noch brauche, ein flaches Stück von der umgestürzten Esche – so breit wie meine Hand und etwa halb so lang wie mein Arm – und einen abgebrochenen Ast von demselben Baum. Ich klemme mir beides unter den Arm und schaffe es gerade noch, bevor der Regen einsetzt, zum Ahorn zurück, wo ich in mein selbst gebautes Zelt krieche.

Auf der Liste der Dinge, die mir zur Verfügung stehen, habe ich noch eines vergessen: eine Hose, ein T-Shirt, eine Unterhose, ein BH – und meine eigenen Haare. Ich reiße mir ein paar Strähnen aus und rolle sie so lange zwischen den Handflächen, bis sie fest und unauflösbar miteinander verzwirbelt sind. Dann reiße ich weitere Strähnen aus und verlängere und verdicke damit das Stück, indem ich immer weiter rolle, bis ich schließlich etwas produziert habe, das als dicke Schnur durchgehen könnte.

Ich bin nicht Rapunzel und es könnte niemand daran hochklettern, aber für meine Zwecke reicht es. Ich nehme das Stück Eschenholz und klemme die Schnur in einen Spalt an einem Ende des Astes und drücke das andere Ende gegen das flache Holz. Dann beginne ich zu drehen.

Auch das habe ich vor Jahren von Davey Beet gelernt, als er fragte, ob jemand wüsste, wie man Feuer macht. Ich sah zu, wie er einen Ast auf einem flachen Holzstück drehte, das er Feuerbrett nannte, während er mit den Fingern an einer Schnur zog, die er durch das obere Ende gezogen hatte. Während er das kreiselnde Holz nach unten drückte, war ich kurzzeitig vom Muskelspiel seiner Arme abgelenkt. Wenn ich es mir recht überlege, stammt mein besonderes Faible für die Arme von Jungs vielleicht genau da her.

Die Gesetze der Physik gelten überall in der Welt und Davey Beet schaffte es, mitten in der Wildnis Feuer zu machen, nur durch Reibung. Mit rotem Gesicht und vor Anstrengung zitternden Armen, bis schließlich das erste kleine Rauchfähnlein aufstieg, aber er hatte es geschafft. Und dann zeigte er uns, wie es ging.

An jenem Tag war ich die Einzige, der es gelang, seinem Beispiel zu folgen, und ich habe es seither immer wieder geübt, um diese Fähigkeit nicht zu verlernen. Ich hatte es zwar noch nie probiert mit nichts als ein paar Larven und einem Wurm im Magen, aber auf die Naturgesetze ist Verlass und ich schaffe es, eine dünne Rauchfahne zu produzieren, kurz bevor meine Arme schlappmachen. Ich füttere mit trockenen Blättern nach und puste kräftig, bis zu meiner großen Freude erst ein Funke und dann ein kleines Flämmchen emporzüngelt. Ich werde weder hungern noch frieren und all das habe ich Davey Beet zu verdanken.

Allerdings hat es einen Grund, dass ich nicht weiter über all das nachdenken möchte, denn Davey ist höchstwahrscheinlich tot.

Davey hat sich mit vollgepacktem Rucksack und einem gebrochenen Herzen auf den Weg durch die Smoky Mountains gemacht. Seine Freundin war zum Studieren weggezogen und hatte am College etwas gefunden, was ihr besser passte als die eingelaufenen Stiefel.

Schon ein paar Jahre zuvor – ich war gerade mal zwölf – hatte ich fürs Sommercamp nur dünne Tops und knappe Jeans-Shorts eingepackt, um alles herzuzeigen, was ich zu bieten hatte. Dabei war es mein Hirn, das Davey gefiel. Er war inzwischen siebzehn und bot einen ganzen Kurs über Survival in der Wildnis an. Ich trug mich gleich am ersten Tag dafür ein und hoffte, dass er mich bemerkte, während ich den Deckel von einem Filzstift zog und meinen Namen dick und fett an erster Stelle auf die Liste für seinen Kurs setzte.

Na klar sah er mich, aber mein Busen war ihm egal. Davey war einer von den Guten. Da gab es genügend Typen, die das, was zu jung zum Anfassen war, zumindest einmal angeschaut hätten (und einige, die sogar das Risiko eingingen, etwas Illegales zu tun). Aber Davey interessierte sich nur für meinen Kopf.

Und für meine Haltung.

In meinem zweiten Jahr im Sommercamp fing Davey an, mich Ass-kicker-Ashley zu nennen, als ich einem Jungen eins mit dem Stock über die Rübe gab, weil er eine Kröte ins Feuer geschmissen hatte. Er meinte, er hätte es nur getan, weil er sehen wollte, was passiert. Und ich benutzte dieselbe Ausrede, obwohl die kleine Blutspur, die nach meinem Schlag hinter seinem Ohr hervorleckte, natürlich nicht gerade überraschend war. Und reine Neugier kann ich auch nicht als Entschuldigung geltend machen, weil ich, auch nachdem ich das entdeckt hatte, noch ein zweites Mal zuschlug.

Die Campleitung wollte mich nach Hause schicken, aber mein Dad war nicht erreichbar und von meiner Mom hatte ich keine Telefonnummer. Deswegen mussten sie mich dabehalten. Allerdings wurde ich von den anderen Kindern getrennt, was mir nur recht war, weil sie ohnehin nichts als ein Haufen Arschlöcher waren. Von da an nannte Davey mich also Ass-kicker-Ashley und zeigte mir, wie man eine Falle legte.

Und als er mich dann im dritten Jahr wiedersah, wie ich langbeinig und sonnengebräunt in aller Seelenruhe meinen Namen in Schönschrift in seine Kursliste schrieb, da lächelte er und fragte, ob ich wissen wollte, welche Pflanzen man bedenkenlos essen konnte und welche einen zum Dank dafür umbringen würden. Ich kämpfte die Röte nieder, die mir in mein bereits sonnenverbranntes Gesicht steigen wollte, und erklärte, na klar wollte ich das. Er nahm mir den Stift aus der Hand und strich meinen Nachnamen aus, bevor er stattdessen *Ass-kicker* vor meinen Vornamen setzte.

«Dann weiß ich wenigstens gleich, wer es ist», meinte er.

Ich war die Einzige, die sich für diesen Kurs anmeldete. Alle anderen wollten töpfern oder irgendetwas mit Schmuck machen. Man schickte einen Erwachsenen als Begleitung mit – ob als Anstandswauwau oder weil die Campleitung Angst hatte, ich würde gewohnheitsmäßig mit Stöcken um mich schlagen, keine Ahnung. Aber unser Begleiter schlief meistens irgendwo unter einem Baum ein und saß dabei so still, dass wir einmal, als wir von einer Wanderung zurückkamen, eine Schlange entdeckten, die sich in seinem Schoß sonnte.

Eine ganz Woche lang hatte ich Davey Beet nur für mich. Bestimmt gelang es mir nicht besonders gut, meine kindliche Schwärmerei zu verbergen, aber er ließ sich nichts anmerken, sondern fütterte mich beständig mit Themen wie Vogelbestimmung, giftige Kröten oder von welchen Pilze ich lieber die Finger lassen sollte, wenn ich nicht wollte, dass sie eine Woche später aus meinem Rückgrat wuchsen, während meine Leiche einen unschönen Geruch verströmte.

Er brachte mir auch bei, wie man Spuren liest. Ich sollte mich umdrehen, während er sich entfernte, wobei er mir eingeschärft hatte, ich sollte dreimal laut rufen, falls ich Angst bekam und dachte, ich hätte mich verlaufen. Dann würde er nach mir suchen. Und tatsächlich kam es ein paarmal vor, dass ich bei der Spurensuche am liebsten nach ihm gerufen hätte, aber mein Stolz ließ es nicht zu. Und dann entdeckte ich ein oder zwei Schritte weiter doch immer wieder die nächste Spur. Ein verbogenes Zweiglein, ein umgedrehtes Blatt, eine Stelle im Matsch, an der er ausgerutscht war.

Zweimal habe ich ihn gefunden, beim dritten Mal war er bis zum Bach hinunter abgestiegen und dann hinter meinem Rücken im Kreis gegangen. Ich hatte seine Schritte eine Sekunde zu spät gehört und er schubste mich ins Wasser. Kreischend spritze ich ihn ebenfalls nass und war ganz kribbelig, weil er mich berührt hatte, auch wenn es nur Spaß gewesen war. Wir warteten, bis das Wasser wieder klar wurde, und legten uns bäuchlings ans Ufer. Davey holte mit den bloßen Händen einen Fisch heraus, einfach so, als wäre das ein Kinderspiel.

Davey wusste alles und konnte alles. Als ich hörte, dass seine Freundin ihn verlassen hatte, war ich zum einen hocherfreut, aber zugleich auch wütend auf sie, weil ich wusste, wie weh es tut, verlassen zu werden. Genau das hätte ich ihm so gerne gesagt, wusste aber nicht, wie ich es anstellen sollte. Ich hatte seine Nummer nicht, weil es beim Camp sehr strenge Regeln gab, was das Verhältnis von Teilnehmern und Betreuern anbetraf. Und er wohnte in der überübernächsten Stadt. In der Zeitung gab es einen Bericht über ihn, dass er einen Teil des Appalachian Trails ganz alleine gehen wollte. Mitsamt einem großen Foto von ihm, auf dem sein Lächeln ein wenig gestellt wirkte, der Mund geschlossen und ohne Grübchen.

Alles, was ich über Survival weiß, habe ich von Davey Beet gelernt, und doch ist er nicht wieder aus der Wildnis zurückgekehrt.

Was sagt das also über meine Chancen aus?

DRITTER TAG

Opossums sind nicht niedlich. Sie gehören zu den seltenen Tierarten, bei denen sogar die Jungtiere richtig hässlich sind. Dad hat mir mal erzählt, Opossums wären Einzelgänger, weil sie klug genug sind, sich nicht in der Nähe eines anderen Opossums anzusiedeln, damit sie sich nicht gegenseitig die Nahrung streitig machen, aber ich glaube, es ist eher, weil sie den Anblick des anderen nicht ertragen würden. In jedem Fall ist diese Fratze grundsätzlich kein angenehmer Anblick und schon gar nicht, wenn es das Erste ist, was man beim Aufwachen sieht.

Und dass das Tier dabei an meinen Fuß herumnagt, macht die Sache auch nicht besser.

«SCHEISSVIEH!», brülle ich und packe den erstbesten Gegenstand in meiner Reichweite, bei dem es sich zufällig um einen Stock handelt. Aber bis ich schließlich zuschlage, ist das Opossum längst weg, dafür erwische ich meinen Fuß. Eine Welle von Schmerz schießt durch meinen ganzen Körper und treibt mir schon am frühen Morgen den Schweiß auf die Stirn.

Scheiße.

Was da eben passiert ist, wirft eine ganze Reihe von Problemen auf. Zum einen wurde ich von einem Opossum gebissen. Ein Biss, egal von wem oder was, ist nie gut, ganz gleich, wo es dich erwischt hat. Aber noch viel mehr besorgt mich die Tatsache, dass ich es nicht gemerkt habe.

Ich krieche aus meinem Unterschlupf und schleife dabei

mit den Knien durch die Asche des gestrigen Feuers. Die Sonne ist kaum zu sehen. Noch hat sich der Frühnebel nicht aufgelöst und hängt so tief, dass man sich beim Gehen fast vorkommt, als würde man schwimmen. Bis ich unten beim Bach anlange, ist mein Gesicht nass und die Haare kleben feucht an meinem Hals.

Während ich die Uferböschung hinunterrutsche, verschwindet etwas im Unterholz. Groß genug, dass die Zweige sich hinter ihm bewegen und die Vögel aufgescheucht werden, aber ich kann im weichen Erdboden nur Spuren von Wild und von Waschbären entdecken, und so suche ich mir eine gute Stelle, um den Schaden in Augenschein zu nehmen.

Ich lege die Krücke zur Seite und ziehe die T-Shirt-Bandage von meinem Fuß. Zuerst sticht mir der Geruch in die Nase. Er war mir gestern schon aufgefallen, aber er war nicht so leicht zu orten, denn im Frühjahr gibt es allerhand Dinge, die hier im Wald verrotten. Alles, was den Winter über gestorben ist, wartet seit ein paar Monaten auf die Verwesung und wir, die Überlebenden, kriegen das Ergebnis dann in die Nase. Schon komisch, dieser Frühling – einerseits voller Leben und Farbe, wenn die ersten Blumenzwiebeln sprießen und die Bäume blühen. Aber unter all dem liegt ein Schmutzfilm von Tod, wenn man weiß, woran man ihn erkennt.

Und ich weiß es.

Wenn ich ehrlich bin, wusste ich es wohl auch gestern schon, wollte aber einfach nicht näher darüber nachdenken. Einmal war ich einkaufen, gleich am Monatsersten, als wieder Geld auf unserem Konto war. Dabei habe ich eine Thunfischdose erwischt, die längst aussortiert gehört hätte. Ich schob meinen Einkaufswagen vor mir her und versuchte, an einer alten Frau in einem Elektro-Scooter vorbeizukommen. Mann, die stank vielleicht!

Auf dem Heimweg fluchte ich weiter naserümpfend vor mich hin, weil es scheinbar gereicht hatte, mich durch den Dunstkreis dieser Frau zu bewegen, um den Gestank anzunehmen. Erst als ich eine Einkaufstasche in unseren Trailer schleppte, wurde mir klar, dass der Geruch die ganze Zeit von einer angeschlagenen Thunfischdose herrührte und dass die alte Frau auf ihrem Scooter vermutlich nur deswegen Vollgas gegeben hatte, um von *mir* wegzukommen.

Und jetzt bin ich hier mitten in der Wildnis und dachte die ganze Zeit, dass irgendwo in der Nähe meines Nachtlagers etwas gestorben sein musste, dabei ist es mein eigener Fuß, der da am Ende meines Beins vor sich hin gammelt.

«Verdammt», sage ich und schaue mir an, was noch von mir übrig ist.

Am Ringzeh sind Bissspuren und von meinem kleinen Zeh ist kaum noch etwas übrig.

«Und diesen kleinen Kerl hier fressen alle einfach auf ...», rezitiere ich für mich selbst und berühre finster den Stummel, der noch von meinem Zeh geblieben ist.

Opossums sind gierige Aasfresser, vor allem weil sie zu faul sind, selbst etwas zu jagen. Sie lassen sich stattdessen lieber die Beute von anderen schmecken, sogar wenn die schon ein paar Tage alt ist. Genau dafür hat mich das Opossum offenbar gehalten – totes Fleisch, Aas, ein Kadaver.

Und das war ja zumindest teilweise richtig.

Der gequetschte Teil meines Fußes hat inzwischen einen ungesunden, gräulichen Farbton angenommen, was mir im Schein des Feuers nicht so aufgefallen war. Die Haut ist kalt und reagiert nicht auf Berührung, sie legt sich nicht in sanfte Falten und rollt so, wie Dukes Rücken es immer getan hat, wenn ich ihn massiert habe.

Mein Fuß ist ein totes Ding. Blutleer. Gefühllos.

Ich beuge mich vor und schnüffele, setze mich aber schleunigst wieder auf, als mir der Gestank in die Nase steigt, der von mir ausgeht. Das und die Tatsache, dass ich immer noch wie ein abgestochenes Schwein blute, wird dazu führen, dass ich alle möglichen Viecher anlocke, die mich zum Anbeißen lecker finden.

Als ich mein Hosenbein in die Höhe ziehe, muss ich feststellen, dass Raubtiere noch die kleinste meiner Sorgen sind.

Ein roter Strich zieht sich bis zu meinem Knöchel hoch, dicht gefolgt von der heißen Schwellung der Entzündung. Ich strecke den Fuß ins Wasser und lehne mich zurück, um in den Himmel hinaufzuschauen.

Das muss weg.

Mir geht es wie dem Wurm, dessen Welt erst grenzenlos schien, um dann auf einen kleinen Erdklumpen und schließlich auf das Innere meines Magens zu schrumpfen. Auch meine Welt hat sich dramatisch gewandelt. Am ersten Tag konnte ich nur an zu Hause denken. Dass ich irgendwo im Wald auf die Straße stoßen würde, auf der ich mich dann weiterschleppen konnte, bis ein Auto kam und mich in die Stadt mitnahm. Und nachdem man dort meinen Fuß versorgt hätte, würde ich mich zu Hause in mein eigenes Bett legen. Am zweiten Tag hoffte ich, irgendwo auf den Trail zu stoßen, und hielt nach den weißen Markierungen Ausschau. Inzwischen suche ich mir einen Baum aus, bei dem ich mich erst einmal ausruhe, wenn ich ihn erreiche, bevor ich mir den nächsten als Ziel setze …

Gestern wollte ich drei Kilometer schaffen. Heute reicht mir schon der nächste Ahornbaum als Etappe.

Ich kann nur hoffen, dass ich mich irgendwie westwärts

bewege. Es war die ganze Zeit bewölkt, ein dichter grauer Schleier, der es mir schwer macht, den Sonnenstand zu erkennen oder einen Schattenstock zu verwenden. Mal abgesehen davon, dass mich die Strahlen auch nicht wirklich wärmen. Wenn ich doch schwitze, fühlt es sich eher unangenehm feucht an, so als käme der Schweiß nicht davon, dass mir zu warm ist, sondern dass ich krank werde.

Den Fuß trage ich wieder in der Schlinge hochgebunden. Für die bereits abgestorbenen Teile spielt es zwar keine Rolle mehr, aber das lebende Gewebe schwillt immer weiter an und das Einzige, was ich im Augenblick dagegen tun kann, ist es hochzuhalten. Als ich heute Morgen losgelaufen bin und die Krücke an der wunden Stelle auf meinem Rücken scheuerte, dachte ich, dass ich nun aber wirklich mal vorankommen müsste – und zwar jetzt.

So als hätte ich die vergangenen zwei Tage nur gespielt, es als Abenteuer gesehen. Als könnte ich einfach beschließen, jetzt den Trail zu finden, dann die Straße, dann Hilfe. All das ist leider nicht der Fall und so sacke ich gegen Mittag hilflos unter einer Eiche zusammen. Meine Brust hebt und senkt sich stockend und ich weiß nicht, ob ich weinen soll oder nicht.

Ich bin direkt neben einem Kissen aus Klee gelandet. Ein glücklicher Zufall, und zwar nicht weil einer davon vierblättrig ist, sondern weil Klee essbar ist. Ich reiße ihn büschelweise aus, kaue und schlucke sorgsam, während mein Magen wieder einmal dagegen rebelliert.

Der Klee verhindert zwar, dass ich verhungere, aber dennoch verbrenne ich mehr, als ich zu mir nehme, während ich mit weitgehend leerem Magen und kaputtem Fuß durch die Gegend humpele. Ich werde nicht hungers sterben, aber zunehmen werde ich ganz gewiss nicht. Ich habe heute früh schon festgestellt, dass meine Hose lockerer als üblich auf meiner Hüfte sitzt, die nicht mehr ihre Form hat. Mein Körper hat bereits angefangen, an seine Fettreserven zu gehen, um mich in Gang zu halten.

Als Nächstes kommen die Muskeln an die Reihe.

Aber die brauche ich noch.

«Scheiße», sage ich in den Himmel hinein, während ich ein kleines Wolkenloch über mir betrachte. Ich muss mich aufraffen und weitergehen, obwohl ich nicht weiß, auf was ich da zugehe. Das Einzige, was ich mit Sicherheit sagen kann, ist, dass ich seit Tagen nicht die Spur eines menschlichen Wesens gesehen habe. Noch nie im Leben habe ich mich so danach gesehnt, Müll zu sehen, eine vergessene Wasserflasche oder eine weggeworfene Getränkedose käme mir jetzt äußerst gelegen. Normalerweise fliegt das Zeug überall rum. Dosen. Flaschen. Chipstüten und Bonbonpapiere. Alles, was Leute mit sich rumtragen und essen können, schmeißen sie anschließend auch weg.

Duke und ich konnten das gar nicht leiden, diese achtlose Art. Wer gerne im Wald ist und Zeit dort verbringt, sollte dort auch keinen Müll hinterlassen. Aber da war *immer irgendwas*. Irgendwas, das durch die Luft geweht wurde oder im Wasser schwamm, Zeug, das in einer Million Jahren nicht verrotten, sondern höchstens von der Sonne gebleicht werden würde, weil die Farbe das Einzige daran war, was auf natürlichem Wege verschwand.

Deswegen ließ ich mich manchmal einfach irgendwohin treiben, wenn Duke nicht dabei war. Ich ging immer auf öffentlich zugänglichem Gebiet los, aber man merkt es manchmal nicht, wenn man Privatland betritt – außerdem habe ich zugegebenermaßen auch nicht besonders auf Anzeichen dafür geachtet. Orte ohne Menschen – und ohne ihre Hinterlassenschaften – waren mir heilig, weil nur sie mir dieses besondere Gefühl des Alleinseins geben konnten, das sich nie einstellen wollte, solange irgendwelche Power-Walkerinnen mit grellen, neonfarbenen Schuhen an mir vorbeipreschten und sich über ihre Nachbarn die Mäuler zerrissen.

Ich denke, ich war eigentlich ständig auf der Suche nach Einsamkeit.

Davon habe ich jetzt mehr als genug.

«Du musst jetzt aufstehen», sage ich laut, weil es dann vielleicht etwas motivierender ist.

Aber so oder so, ob ich es mir nun laut vorsage oder nur vorstelle: Ich habe keine Energie mehr, keine Kraft in Armen und Beinen, doch ich stehe trotzdem auf, weil ich es so beschlossen habe, und ich kann stur sein, wenn ich will.

Lebewesen kämpfen darum, am Leben zu bleiben.

Als ich klein war, hatten wir ein Trampolin, so ein altes, klappriges Ding, das Verwandte von uns loswerden wollten, weil es ihren Garten verunstaltete. Deswegen hatten sie es uns aus der Güte ihrer kleinen, verkniffenen Herzen heraus *geschenkt*. Ich fand es toll und Dad war das Aussehen unseres Gartens scheißegal. Es war der Sommer, in dem ich elf wurde, und ich habe einen Großteil meiner Zeit mit dem Versuch verbracht, mich bis auf das Dach unseres Trailers zu katapultieren. Einmal war es mir gelungen, woraufhin Dad mit hochrotem Gesicht herausgelaufen kam und mir erklärte, ich würde höchstwahrscheinlich durch die Decke brechen und dann würde es richtig nass bei uns.

Danach nahm ich mir lieber die Äste der Ulme vor, die in der Nähe herunterhingen. Sobald ich einen erwischte, klammerte ich mich daran fest und blieb dort hängen, so lange meine hageren kleinen Arme es aushielten. Ich war schon in dem Stadium, dass meine Arme anfingen zu zittern, und wollte gerade loslassen, als ich einen Waschbären entdeckte, der über die gegenüberliegende Wiese lief.

Er bewegte sich ganz langsam und seltsam und es war mitten am Tag. Normalerweise sieht man tagsüber keine Waschbären, es sei denn, es stimmt etwas nicht mit ihnen. Und dieser hier hatte eine ganze Reihe von Problemen.

Die Staupe war das erste.

Das zweite war der Bussard, der ihn verfolgte und nur darauf wartete, dass er tot umfiel.

Der Bussard wartete geduldig und marschierte Schritt für Schritt hinter dem kranken Waschbären her. Der spürte es genau und blickte sich von Zeit zu Zeit um. Ich ließ mich von der Ulme fallen, rannte nach drinnen und schnappte mir Dads alte Winchester. Außer dem Schnabel und ein paar Federn blieb nicht viel von dem Bussard übrig nach meinem Schuss.

Anschließend erlöste ich den Waschbären von seinem Leiden.

Aber zuvor sollte er noch den Bussard sterben sehen. Er sollte wissen, dass keiner der Schritte, die er mit dem Tod auf den Fersen getan hatte, umsonst gewesen war. Er hatte um jeden einzelnen gekämpft, ohne sich auf ein bestimmtes Ziel zuzubewegen, nur in dem Bewusstsein, dass er nicht einfach aufgeben konnte. Und deswegen sollte er sehen, dass es sich am Ende gelohnt hatte.

Und jetzt bin ich hier in genau derselben Situation.

Tatsächlich schaue ich inzwischen regelmäßig hinter mich, um ganz sicherzugehen, dass da keiner ist, der mich verfolgt.

Etwa eine Meile später stoße ich auf Wasser und einen schönen Felsüberhang, unter dem ich heute Nacht schlafen kann, falls es wieder regnet. Es ist noch nicht spät, früher Abend vielleicht, aber in mir ist nichts mehr außer Tränen, und so lasse ich mich neben dem Wasser zu Boden sinken. Dabei trinke ich nicht wirklich, sondern öffne nur den Mund und lasse das Wasser hineinfließen.

Portulak-Pflänzchen klammern sich an das steinige Ufer und ein paar Ranken von wildem Wein hängen von dem Ahornbaum herab, den sie umschlingen. Sie tragen noch keine Früchte, dafür ist es zu früh, doch die Blätter sind essbar, genau wie der Portulak. Bei Pflanzen gilt die Regel: Gekocht schmeckt alles besser. Ich habe zwar Wasser und kann Feuer machen, aber ich habe nichts, worin ich etwas kochen könnte.

Ich entzünde ein Feuer, indem ich ein weiteres Loch in mein Feuerbrett brenne. Hoffentlich muss ich nicht mehr allzu viele hinzufügen, bevor das hier alles überstanden ist. Als ich endlich eine Flamme bekomme, schaffe ich es nicht einmal mehr, die Arme zu heben, sondern sitze nur da und schiebe mit dem heilen Fuß trockene Blätter in das kleine Feuer. Dann warte ich, bis ich wieder genügend Kraft geschöpft habe, um etwas Holz zu sammeln, damit ich heute Nacht nicht zittern und dadurch nutzlos Energie vergeuden muss.

Noch bevor es ganz dunkel ist, lege ich mich hin und rolle mich direkt neben meiner kleinen Feuerstelle zusammen, den Kopf in die Arme gebettet. Ich bin ein wenig unter der Kante des Felsüberhangs hervorgerutscht, damit ich die Sterne sehen kann und dazwischen einen blinkenden roten Punkt.

Ein Flugzeug zieht drei Meilen über mir seine Bahn, alle an Bord sind satt und warm, gesund und in Sicherheit. In Gedanken sind sie bereits am Ziel ihrer Reise oder noch an dem Ort, von dem sie kommen, bei den Menschen, die sie zurückgelassen haben oder zu denen sie unterwegs sind. So nah bin ich seit Tagen keinem anderen Menschen mehr gewesen und sie haben keine Ahnung, dass ich hier unten bin.

Und sterbe.

VIERTER TAG

Am nächsten Morgen ist mein Fuß so schlimm, dass ich ihn riechen kann, ohne die Nase daran zu halten. Und das bedeutet, dass alle es riechen können. Diesmal kaut zwar beim Aufwachen niemand an mir herum, aber es raschelt im Unterholz, als ich unter dem Felsüberhang hervorkrieche, um zu pinkeln. Ich bin so schwach, dass ich es trotz aller Vorsicht schaffe, mich ein wenig anzupinkeln. Aber es ist immer noch besser, nach Urin zu riechen als nach Tod. Das eine vertreibt die Viecher. Das andere lockt sie an, um sich an mir satt zu fressen.

Ich ziehe mich aus und lasse mich in den Bach gleiten. So gut es geht, wasche ich den Geruch nach altem Blut und getrocknetem Schweiß, vermischt mit Tod und Pisse, ab und kontrolliere die Linie, die ich gestern mit etwas Schlamm auf meinem Bein gezogen habe. Die roten Streifen sind, während ich schlief, darüber hinausgekrochen und die Entzündung reicht jetzt bis zu meiner Wade. Und gleich dahinter kommt die Schwellung, die Haut ist gespannt und gerötet.

Ohne Uhr und ohne sichtbaren Sonnenstand ist das jetzt meine neue Zeitmessung. Da gibt es keine Einteilung in Stunden oder Minuten, nur der Leberfleck auf meinem Bein, die Narbe darunter und wie lange es dauert, bis die roten Finger der Entzündung sie erreichen.

Die Antwort lautet *nicht lang*.

Gefolgt von *noch kürzer*, wenn ich Fieber bekomme, was mich schwächen wird.

Gestern dachte ich, wenn das alles hier ein Test für meine Survival-Skills ist, dann sollte ich den lieber möglichst schnell bestehen. Nach einem Blick auf meinen Fuß setze ich die Deadline noch ein Stück nach vorn. Sie rückt näher, genau wie die Rötung an meinem Bein.

Ich habe es so eilig, dass ich mich auf den Weg mache, obwohl meine Kleider nach dem Bad im Bach noch nass sind. Das bedeutet zusätzliches Gewicht, das ich schleppen muss, und es reibt gegen meine Beine. Aber ich kann nicht warten, bis sie trocknen. Kann nicht warten, bis mir Sonne und Wind den Gefallen tun. Kann nicht innehalten, um einen Fisch zu fangen, weil man unendliche Geduld braucht, wenn man einen mit bloßen Händen aus dem Wasser angeln will, und ich habe weder Unendlichkeit noch Geduld.

Dafür habe ich eine Zeitbombe an meinem Bein. Keine, die irgendwann explodiert, sondern eine, die sich stattdessen ausbreitet und deren Gift in mein gesundes Gewebe lecken wird, bis ich nicht mehr fit genug bin, um zu gehen. Und wenn das passiert, bin ich am Ende.

Ich gebe mir Zeit, bis die Schwellung die Narbe an meiner Wade erreicht, die nach einem tiefen Schnitt an der Metallverkleidung des Trailers unserer Nachbarn zurückgeblieben ist, als sich an Halloween das Cape meiner Wonder-Woman-Verkleidung zwischen den Leichtbeton-Steinen verklemmte, die sie als Trittstufen benutzten.

Damals hatte ich den Strumpf hochgezogen und gesagt, alles wäre gut, weil es nette alte Leute waren, die ganze Schokoriegel verteilten und nicht nur die Minis, und ich hatte noch nie in meinem Leben einen ganzen Schokoriegel für mich gehabt. Ich humpelte nach Hause, den Schuh voller Blut, und verspeiste den Schokoriegel auf der Rückbank unseres Pick-ups, während Dad mich zur Notfallpraxis brachte, wo sie genauso gut Wunden nähen können wie anderswo, aber nur halb so hohe Gebühren berechnen wie in der Notaufnahme des Krankenhauses.

Ich versuche, in der Ferne eine Lücke zwischen den Bäumen zu entdecken.

Ich lausche auf das Geräusch eines Autos.

Und, Gott steh mir bei, ich suche nach Feuersteinen.

Denn die brauche ich, wenn ich den Fuß abtrennen will.

Bäume sind Diebe.

Sie beklauen dich still und leise, ziehen dir ein Bandana vom Pferdeschwanz oder ein Haargummi vom Handgelenk. Ich habe schon die teuersten Sonnenbrillen gesehen, die irgendwo an einem Ahornbaum baumeln, und Wasserflaschen, die von tief hängenden Weidenzweigen mit dürren Fingern heimlich aus den Rucksäcken gezogen werden, während die Wanderer den Verlust erst bemerken, wenn sie die Sachen brauchen.

Ich sehe die Mütze, als ich den Blick über die Baumkronen schweifen lasse auf der Suche nach einem Einschnitt, der bedeutet, dass dort vorne irgendwo eine Straße ist. Sie hängt gerade so hoch, dass ich sie nicht erreichen kann. Der Baum muss sie sich also schon vor ein paar Jahren geschnappt haben und seither wartet sie dort auf die Rückkehr ihres Besitzers. Währenddessen wandert sie immer höher, bis der Baum sie für immer behält.

Aber nicht mit mir.

Ich will diese Mütze haben und werde sie mir holen.

Ungeschickt schlage ich mit meinem Wanderstock nach dem Ast, an dem sie hängt. Beim ersten Mal ziele ich ganz daneben, beim nächsten falle ich vornüber, bohre mir selbst die Faust in die Magengrube und befördere damit den Löwenzahn wieder nach oben, den ich kurz zuvor gegessen habe. Rasch schlucke ich ihn wieder hinunter, denn ich kann mir keinerlei Verschwendung erlauben. Dann rappele ich mich wieder auf und mache einen neuen Anlauf.

Fünf Mal ausholen, neun Mal fluchen und ein kräftiger Windstoß führen schließlich zum Erfolg. Die Mütze landet vor meinen Füßen und ich setze mich rasch daneben. Glücklich, weil mir endlich einmal etwas gelungen ist, und noch glücklicher, mich ausruhen zu können. Ich schwitze und bin erschöpft und verfluche mich für die Dummheit, so viel Energie auf so einen Blödsinn verschwendet zu haben.

Aber ich wollte diese Mütze unbedingt haben und ich habe sie gekriegt.

Und ich wollte es, weil sie Davey Beet gehört.

Er wurde nie gefunden.

Man hat Suchtrupps losgeschickt und Spürhunde, Familie und Freunde, Exfreundinnen und Feinde, die wiedergutmachen wollten, was zuvor schiefgegangen war. Ich wollte auch los, aber Dad erlaubte es nicht, weil er wusste, wie groß mein Selbstvertrauen war und wie viel mir der Vermisste bedeutete. Er hatte Angst, ich würde als heldenhafte Retterin hinter Davey Beet her im Wald verschwinden und mich dabei selbst in der Wildnis verirren und mein Leben aufs Spiel setzen. Davey war und blieb verschwunden, als hätte es ihn nie gegeben, auch wenn sein Bild immer noch auf dem Werbeflyer für das Sommercamp zu sehen war, das ich jedes Frühjahr aus dem Briefkasten fischte und aufbewahrte.

Es gab Gerüchte, wobei einige meinten, er hätte nie die Absicht gehabt, jemals zurückzukommen, und andere hielten es für ausgeschlossen, dass die Wildnis stärker war als

Davey Beet. Gewiss würde er bald mit einer tollen Geschichte und einem strahlenden Lächeln nach Hause kommen.

Ich selbst war von Letzterem felsenfest überzeugt.

Als Stephanies Cousin am Lagerfeuer behauptete, bestimmt hätte ein Bär Davey erwischt, ging ich ihm fast an die Gurgel, denn das war zwar durchaus eine Möglichkeit, aber eben eine, bei der kein Zweifel blieb. In meiner Vorstellung ist Davey Beet am Leben und es geht ihm gut, weil er alle seine Kenntnisse und Fähigkeiten nutzt, um sich hier in der Wildnis durchzuschlagen und vielleicht den Weg nach Hause zu finden oder auch nicht. Für mich ist Davey einfach dem Ruf gefolgt, der für ihn richtig ist, und ich wette, dass es die Bären sind, die vor *ihm* davonlaufen.

Dass mir Davey einfach immer im Kopf herumspukte, entwickelte sich tatsächlich zu einem Problem zwischen Duke und mir. Einmal gerieten wir auf einer Wanderung an den Fuß eines großen Felsausläufers, den keiner von uns besonders gut kannte. Eine einsame Wegmarkierung steckte im Boden, die die Gehzeit angab, aber nicht die Entfernung. Nach einem kurzen Blick darauf erklärte ich, wir könnten unmöglich da hinaufsteigen und vor Anbruch der Dunkelheit zurück sein und keiner von uns hätte eine Taschenlampe dabei.

Duke meinte, es wäre kein Problem; der Weg käme ihm nicht so besonders lang vor. Drei Stunden später hetzten wir voran und leuchteten immer nur kurz mit unseren Handys, um die Wegmarkierungen zu suchen und dabei Batterie zu sparen. Schließlich kamen wir nach Mitternacht am Ausgangspunkt unserer Wanderung an, durstig, erschöpft, zerstochen, mit vor Anstrengung zitternden Beinmuskeln. Nach Einbruch der Dunkelheit hatten wir unser Tempo deutlich erhöht und mehr als einmal hatten wir gehört, wie sich abseits des Weges etwas bewegte, das größer war als wir. Ich hatte mir die ganze Zeit jede Bemerkung verkniffen, weil mir klar war, dass es uns auch nicht schneller nach Hause bringen würde, wenn wir jetzt stritten, wer an unserer Lage schuld war.

Aber auch mein Schweigen irritierte Duke, und als wir schließlich in seinen alten Pick-up stiegen, entschuldigte er sich nicht bei mir, dass wir beinahe eine unangenehme Nacht im Freien hätten verbringen müssen. Stattdessen kriegte ich die ganze Eifersucht ab, die sich schon lange in ihm aufgestaut und vor sich hin gebrodelt hatte, wegen jedem Wort, das ich jemals über Davey gesagt und das er unkommentiert gelassen hatte.

«Ich weiß schon, was du jetzt denkst», hatte Duke auf der Rückfahrt gesagt, während er mit weißen Knöcheln das Lenkrad umklammert hielt. «Du denkst, wenn du mit Davey Beet unterwegs gewesen wärst, dann wäre der nicht so dumm gewesen, diesen Weg zu nehmen.»

Daraufhin konnte auch ich meinen eigenen Ärger nicht länger zurückhalten. Immerhin hatte ich nicht das Geringste gesagt, obwohl Duke uns in Lebensgefahr gebracht hatte. Außerdem gefiel es mir nicht, wie er Davey Beets Namen aussprach, so als hätte er einen schlechten Geschmack im Mund dabci.

Und deswegen holte ich zum Gegenschlag aus.

«Wenn ich mit Davey Beet unterwegs gewesen wäre, hätte es mir nichts ausgemacht, die Nacht in der Wildnis zu verbringen.»

Das war unter der Gürtellinie und traf ihn genau da, wo es ihn treffen sollte. Duke redete ein paar Tage kein Wort mit mir, aber als er dann irgendwann mit zwei Angeln und einer Dose Würmer vor der Tür stand, machten wir weiter, als wäre nie etwas gewesen. Ich bemühte mich, Davey nicht allzu oft zu erwähnen, auch wenn Duke die Angel falsch auswarf und ich wusste, dass Davey es besser gekonnt hätte.

Aber Davey Beet war immer in meinen Gedanken, jetzt sowie damals, als er verschwand.

Ich saß in Dads Fernsehsessel (bei dem das Fußteil immer hochgeklappt blieb, weil es sich verklemmt hatte) und schaute eine Woche lang jeden Abend die Nachrichten. Zuerst war Davey die Hauptmeldung, dann rutschte er etwas weiter nach hinten, bis er schließlich nur noch gegen Ende erwähnt wurde. Und bald überhaupt nicht mehr, weil es nichts mehr zu sagen gab. Die Hoffnung war verschwunden, ausgeblichen wie das Muster in der Strickmütze, die ich jetzt in der Hand halte.

Er hatte sie immer seitlich an seinen Rucksack geklipst, selbst im Sommer, weil er meinte, man wisse nie, wann man mal die ganze Nacht draußen verbringen müsste und da konnte es nach Anbruch der Dunkelheit schon mal ziemlich frisch werden, ganz gleich zu welcher Jahreszeit. Seine Mom hatte die Mütze für ihn gestrickt und sorgfältig die Maschen gezählt, während sie hellbraune mit brauner Wolle zu einem Hirschgeweih verschränkte. Davey meinte, so etwas Schönes hätte noch niemand für ihn gemacht, auch wenn seine Mutter in ihrem Sohn offenbar nur einen Achtender sah.

Nun setze ich mir die Mütze auf, auch wenn ich darunter schwitze.

Ich trage das einzige Zeichen, das es von Davey Beet in den letzten zwei Jahren gegeben hat.

Menschen haben schon seit jeher Feuerstein zum Feuermachen genutzt und für Werkzeuge, mit denen man nicht nur Tiere, sondern sich auch gegenseitig umbringen konnte.

Ich habe nicht vor, irgendetwas umzubringen – auch nicht mich selbst –, und während ein paar Werkzeuge ganz nett wären, beabsichtige ich doch nicht, mich hier niederzulassen und ein Haus zu bauen. Was ich brauche, ist etwas mit einer scharfen Kante und genügend Gewicht dahinter, um glatt durch meinen Fuß zu schneiden.

Einerseits hoffe ich darauf, so etwas zu finden, andererseits auch wieder nicht.

Der Großteil des Tages geht dabei drauf und Davey Beets Mütze ist schon ganz durchgeschwitzt, aber ich ziehe sie nicht aus, weil ich genau weiß, dass sonst der nächste Baum sie sich schnappen wird. Als ich merke, dass die Schatten langsam länger werden, gehe ich dem Geräusch von fließendem Wasser nach, trinke ein paar große Schlucke und nehme erneut mein Bein in Augenschein. Meine alte Narbe ist ein weißer Fleck inmitten von Rot, die umgebende Haut ist aufgedunsen und juckt.

«Scheiße», sage ich und strecke das ganze Bein zum Abkühlen ins Wasser, während ich nachdenke.

Am meisten denke ich über das Laufen nach.

Ziemlich dumm, sich über so etwas Gedanken zu machen, wo ich doch im Augenblick noch nicht einmal gehen kann, aber nach jenem ersten Training, bei dem ich dem Trainer beweisen musste, dass ich es konnte, und nach dem zweiten, dass ich es noch besser konnte, ist das Laufen zu einer Art Obsession bei mir geworden. Ein Sport, den wir uns leisten konnten – außer einem guten Paar Schuhe braucht es keinerlei Ausrüstung dafür –, und selbst das trieb Dad manchmal die Sorgenfalten ins Gesicht, aber nachdem ich einen neuen Rekord im Cross-Country-Lauf für unseren Bundesstaat aufgestellt hatte, besorgte mir der Trainer die Schuhe aus Mitteln der Sportförderung.

Gott sei Dank, denn zwei, drei Paar pro Saison lief ich schon durch. Ich lief zum Training, im Training und dann wieder nach Hause. Ich lief an den Wochenenden, stand früh auf, um morgens zu laufen. Ich lief zur Schule und war meistens schneller als der Bus dort. Außer dem Wind in meinen Ohren konnte ich sonst nichts hören, und das war gut so.

Aber es gab auch Dinge, die ich ganz gerne hörte: Meinen Namen in den Ankündigungen in der Schule, wenn ich bei einem großen Wettkampf eine Medaille gewonnen hatte; die Reaktionen der anderen über mein Bild in der Zeitung, als ich in der Zehnten zu den amerikanischen Meisterschaften zugelassen wurde. Damals hatte mir sogar Davey Beet per Brief gratuliert in einer sorgfältigen und sauberen Handschrift und ebensolchen Worten. Ich schrieb ihm sofort zurück, aber seine Adresse war nur das Postfach eines Community Colleges und bis mein Brief dort eintraf, war er schon nicht mehr dort. Der Brief kam mit einem roten Stempel «Zurück an Absender» zu mir zurück.

Dieser Brief von Davey Beet war der Höhepunkt meines Lebens, bis zu dem Tag, als nach einem Wettkampf ein Mann in einer Windjacke zu mir kam und mich fragte, ob ich schon darüber nachgedacht hätte, aufs College zu gehen, und wenn ja, wo. Ich musterte ihn irritiert, bis mein Trainer sich einmischte und mir klar wurde, dass der Mann ein Scout war.

Nicht im Traum hätte ich geglaubt, dass es irgendwo dort draußen ein College mit einem Platz für mich geben könnte. Ich nahm alle Unterlagen mit nach Hause und sprach mit Dad und wir weinten beide ein bisschen, und als ich schließlich am Ende der Elften unterzeichnete, waren sowohl die Lokalzeitung als auch die überregionale Zeitung vor Ort, um Fotos zu machen. Die Wahrheit ist, dass ich meinen beiden Füßen ein Vollstipendium verdanke, und wenn einer davon ab ist, bedeutet das nicht, dass ich die Hälfte des Geldes bekomme.

Es bedeutet, ich kriege nichts.

«Scheiße», sage ich noch einmal und ziehe mein Bein aus dem Wasser.

Das Bein ist beinahe taub, und so tut es nicht so weh, wenn ich auf die Haut drücke und dabei weiße Stellen hinterlasse. Der zerquetsche Teil meines Fußes ist grau und tot, aber ich muss ihn an einer Stelle abtrennen, wo das Gewebe intakt ist, wenn ich damit die Entzündung aufhalten will.

Es wird wehtun. Aber darum mache ich mir keine Gedanken. Ich frage mich eher, ob ich jetzt vielleicht ein Stück meines Körpers abtrenne, nur um morgen früh aufzuwachen und festzustellen, dass ich nur eine halbe Meile von irgendeinem Haus entfernt war und mir, weil ich das nicht wusste, das College und damit jede Chance versaut habe, mehr aus mir zu machen als eine dahergelaufene Provinz-Athletin.

Die ganze Zeit hier draußen habe ich in weiteren Zeiträumen gedacht, mir größere Ziele gesetzt. Wenn ich die Straße finde ... wenn ich ins Krankenhaus komme ... wenn sie meinen Fuß in Ordnung bringen ... dann wird alles sein, als wäre dies alles nie passiert. Aber ich glaube nicht mehr, dass ich mich irgendwo in der Nähe einer Straße befinde, geschweige denn in der Nähe eines Krankenhauses. Das einzige meiner drei Ziele, das ich jetzt hier vor mir habe, ist mein Fuß, und der wird mich umbringen. Deswegen muss ich mich auf das Hier und Jetzt konzentrieren.

Ich ziehe mir Davey Beets Mütze übers Gesicht, um der Welt für ein Weilchen zu entfliehen.

«Ich weiß nicht, was ich tun soll», gebe ich zu.

Da mir schnell zu heiß wird, ziehe ich die Mütze wieder

hoch und das Erste, worauf mein Blick fällt, ist ein dicker, fetter Feuerstein, der aus dem Ufer gegenüber ragt.

«Ja, du mich auch!», sage ich.

Meiner Mom zufolge hatte ich schon Zähne, als ich auf die Welt kam.

Das ist eine der wenigen sehr klaren Erinnerungen an sie, vor allem, weil sie den Eindruck erweckte, als wäre ich nicht auf normalem Wege geboren worden, sondern hätte mich aus ihr herausgenagt. Ich hatte schon unzählige Male miterlebt, wie die herumstreunenden Katzen ihre Jungen zur Welt brachten, und hatte mich gefragt, warum es ihnen gar nicht so viel auszumachen schien. Erst später habe ich gelernt, dass Menschen die einzigen Säugetiere sind, die diesen furchtbaren Geburtsschmerz durchmachen. Daran sei Eva schuld, erklärte man mir im Camp Little Fish, aber ich dachte schon damals, dass es sich wohl eher um einen Planungsfehler von Gott handeln musste. Als ich das anmerkte, musste Davey Beet so sehr lachen, dass sein Gesicht rot wurde wie Rote Bete und auch ich errötete, weil er mich bemerkt hatte.

Dad sagte zu meiner Mom, sie sollte mir nicht ständig diese Geschichte erzählen – und es gab einen großen Streit – einen der letzten. Sie sagte, er hätte ja keine Ahnung, wie es wäre, ein Dreivierteljahr ein Kind in sich zu tragen, fast dabei zu sterben, es aus sich rauszupressen, nur um dann festzustellen, dass es einen gar nicht brauchte. Er meinte, sie sollte den Mund halten und aufhören, mir ein schlechtes Gewissen zu machen, nur weil ich auf die Welt gekommen war. Und wenn ich mit Zähnen geboren wurde, dann nur, weil ich damit gleich in der Lage war, mich selbst zu verteidigen, und das war nichts, wofür man sich schämen musste.

Und deswegen war ich am Ende stolz darauf. Als ich es

Meredith erzählte, behauptete sie, ich würde lügen, woraufhin ich ihr auf dem Spielplatz eine überbriet und ihre Mom bei meiner anrief. Ich belauschte das Gespräch, bei dem meine Mom ein altes Wandtelefon benutzte, dessen Schnur sie sich beim Reden um den Arm wickelte. Es fing damit an, dass sie sich für mich entschuldigte – worin sie wohl mit der Zeit schon einige Übung erlangt hatte –, aber nach ein paar Schlucken Whiskey erzählte sie Merediths Mutter die ganze Story mit den Zähnen und dass meine Fingernägel bei der Geburt so lang waren wie die von Tammy Faye Bakker.

Mom behauptete, sie hätte schon gespürt, wie ich in ihrem Bauch mit meinen Fingernägeln an den Rippen entlangfuhr und ihr Körperinneres erforschte, so wie ich es jetzt mit der Natur mache. Sie meinte, sie hätte immer schon gewusst, was für ein wildes Biest ich war, und dass es sie überrascht hätte, als ich früh zu laufen anfing, weil es besser zu mir gepasst hätte, mein ganzes Leben lang auf allen vieren zu krabbeln. An dieser Stelle konnte ich nicht mehr an mich halten und erklärte, ich hätte nur so früh laufen gelernt, damit ich umso schneller weglaufen konnte, um ihr und ihrem ewigen Gemecker zu entkommen.

Damit handelte ich mir eine Ohrfeige ein, aber die hatte ich wohl auch verdient.

Jetzt löse ich mit besagten Fingernägeln den Feuerstein aus der Uferböschung. Wie sich herausstellt, eignet er sich verdammt gut für mein Vorhaben. Er hat bereits eine Kante, die ich noch weiter schärfen kann, indem ich mithilfe eines anderen Steins ein dünnes Stück abschlage. Und wieder deuten alle Zeichen darauf, dass ich mir ins eigene Fleisch schneiden sollte, denn der Stein zerplatzt nicht etwa in lauter kleine Stückchen, sondern formt eine klare Bruchkante, die scharf genug ist, mir damit die Fingerspitze aufzuschlitzen.

Das Ganze liegt gut in der Hand, die Schneide eines Zahnes, der nicht meiner ist, aber nach dem giert, was ich habe. Mit diesem Ding werde ich selbst zur Waffe, mein Arm der Griff, der Stein eine gute Axt. Damit bin ich in der Lage, den kaputten Teil meines Fußes abzuhacken, das ist mir klar.

Aber ich zögere noch.

Ich gehe bis in den frühen Abend und achte gar nicht auf die Regenwolken, die plötzlich aufziehen und mich durchnässen. Ich schleppe mich weiter und hoffe auf ein Haus, eine Straße, einen streunenden Hund, dem ich nach Hause folgen kann. Aber da ist nichts und niemand und bald merke ich, dass ich ein Lied aus meiner Kindheit vor mich hin singe. Ein Lied, das ich immer besonders geliebt habe.

The bear went over the mountain
The bear went over the mountain
The bear went over the mountain ...
And what do you think he saw?

Der arme Kerl sah immer wieder nur den nächsten Berg. Ich selbst erklimme hier ja keine Berggipfel, aber es kostet mich so viel Kraft, dass es mir beinahe so vorkommt. Mein Fuß hängt heiß und schwer in der Schlinge, mein Knie schmerzt, weil es schon so lange in dieser abgeknickten Haltung verharren muss, meine Arme zittern und ein kleines Rinnsal von Blut läuft an meiner Seite hinab, wo die Krücke meinen Rücken nun ganz wundgerieben hat. Ich habe nichts, worauf ich meinen Blick richten könnte, außer vielleicht auf den nächsten Berg und auf die bevorstehende Selbstverstümmelung. Und weil ich mich viel mehr aufs Singen konzentriere als auf diesen Gedanken, merke ich zu spät, dass vor mir ein Abhang in die Tiefe geht.

Ich trudele, Arsch über Kopf, hinab und umklammere den Feuerstein mit einer Hand, während die andere meine Krücke festhält, das sind meine beiden wertvollsten Besitztümer. Mein Fuß rutscht aus der Schlinge und das Bein verdreht sich heftig unter mir, als ich in das kleine Bächlein stürze. Ich bestehe nur noch aus Nerven, heiß und gereizt, ein warmer Sack aus Haut bis oben angefüllt mit Schmerz. Ich bringe keinen Laut heraus, so weh tut es. Wie wenn ein Baby tief Luft holt, bevor es einen Schreianfall bekommt – ein kurzer Augenblick der Stille, um über das Kommende nachzudenken.

Es gibt keine Flüche für das, was ich im Augenblick fühle, überhaupt keinen angemessenen sprachlichen Ausdruck. Ich starre zum Himmel empor und gebe mich dem Schmerz hin, während mir die ersten Regentropfen aufs Gesicht fallen. Ich überlege, ob ich einfach so liegen bleiben soll, bis das Wasser höher steigt und erst meinen Mund, dann meine Nase überdeckt. Doch dann reißen die Wolken für einen Augenblick auf und ein Lichtstrahl bricht hindurch wie ein Spotlight. Im Sommercamp nannten sie so etwas immer einen Fingerzeig Gottes, aber jetzt zeigt es nicht auf Jesus; der Himmel hat sich für mich geöffnet, um mir den Weg zu einer Meth-Küche zu weisen.

Meth stinkt wie Sau.

Ich weiß das, weil mein Onkel Chuck sich vor ein paar Jahren auf etwas eingelassen hat, was er selbst als «Geschäftsmodell» und mein Dad als «kriminell» bezeichnete. Dad gefiel es nicht besonders, als Chuck mir und Duke jeweils ein Bündel Geldscheine in die Hand drückte, verbunden mit der Bitte, ein Auge auf einen Trailer zu haben, den er irgendwo im Wald aufgestellt hatte. Er meinte, wir wären minderjährig und könnten daher nicht ernsthaft zu irgendetwas verurteilt werden. Außerdem hatte er seinen Meth-Küchen-Trailer extra auf öffentlichem Gelände aufgebaut, damit wir jederzeit behaupten konnten, wir wären ganz zufällig darauf gestoßen, falls doch einmal jemand Offizielles dort auftauchen sollte.

Dad war nicht glücklich über meinen neuen Job, aber Chuck meinte, Dad wäre ihm noch was schuldig. Anscheinend hatte mein Onkel ihm irgendwann in den 90ern vorgeschlagen, ob es nicht eine tolle Idee wäre, wenn man DVDs an andere Leute verleihen würde, indem man ihnen die DVDs per Post schickt und dann von ihnen per Post zurückbekommt, das wäre doch leicht verdientes Geld und keiner wollte ständig in die Videothek rennen. Er hatte schon alles durchgeplant, bis Dad ihm erklärte, die Idee wäre blöd, denn es wollte ebenfalls keiner die Pornos von anderen leihen, und dann kam Netflix und Onkel Chuck hat ihm nie wirklich verziehen.

Und so kam ich zu dem Job, auf eine Meth-Küche aufzupassen, wobei ich selbst es nicht wagte, das Zeug anzurühren, weil ich wusste, dass Dad mich umgebracht hätte. Und wenn ich mir die kaputten Gestalten ansah, die dort vorbeikamen, um etwas zu kaufen, war ich auch nicht besonders scharf darauf, es zu probieren. Chuck bezahlte uns ziemlich gut dafür, dass Duke und ich einfach nur dasaßen in unseren Liegestühlen, er kiffte und wir redeten. Ich verdiente so viel, dass ich mir einen richtig guten Rucksack kaufen konnte, doch dann erfuhr ein größerer Dealer von Onkel Chucks Geschäft und so standen wir eines Tages vor den verkohlten Überresten seines Trailers und fanden Chuck brutal zusammengeschlagen irgendwo im Unterholz.

Die Location, auf die ich hier gestoßen bin, gleicht in etwa der von Onkel Chuck, nur nicht ganz so groß. Ein kleiner aufklappbarer Wohnwagen, der vor so langer Zeit hierher gezogen wurde, dass die Spuren längst verschwunden sind. Das Gestrüpp, das dabei niedergedrückt wurde, hat sich längst wieder aufgerichtet und ist ein paar Jahre in die Höhe gewachsen. Der Wagen ist sogar auf Ziegeln aufgebockt, was zeigt, dass der Betreiber schon seit einer Weile vor Ort ist und sich sicher genug fühlt, dass ihn hier keiner vertreibt.

Was wiederum bedeutet, dass ich am Arsch der Welt bin.

Die Tür ist verschlossen, aber ich verpasse ihr einen Tritt mit meinem guten Bein, genau in dem Augenblick, in dem ein Regenguss herniedergeht, bei dem das Dach dieses Dings einen größeren Radau macht als ich, nachdem ich mir den Fuß zertrümmert hatte. Ich wuchte mich in den Wohnwagen und schaffe es gerade rechtzeitig, die Tür hinter mir zuzuziehen. Der Regen trommelt so heftig gegen die Seite des aufgebockten Wohnwagens, dass er ins Schwanken gerät. Ich hoffe nur, dass ich nicht gleich wieder über die Geländekante in die Tiefe stürze, um dort von den Überresten einer Meth-Küche zerquetscht zu werden. Als der Wagen wieder zur Ruhe kommt, beruhigt sich auch mein Magen und ich habe Zeit, mich zu erholen.

Ich weiß genug über den Vorgang des Meth-Kochens, um zu erkennen, dass hier seit einer Weile nichts passiert ist. Alles Kochgeschirr – Messbecher, Flaschen, Töpfe – ist auf der Arbeitsfläche zur Seite geschoben, ungespült und schmuddelig vom letzten Gebrauch. Ich rappele mich auf und öffne nacheinander alle Schranktüren in der Hoffnung, dass jemand oft genug hier war, um irgendwelche Vorräte versteckt zu haben.

Und da finde ich die Pillen.

Anscheinend hatte hier jemand Größeres vor.

Die Schränke sind voller Dosen mit verschreibungspflichtigen Tabletten, deren Etiketten entfernt wurden. Einige sind noch voll, andere enthalten nur noch wenige Tabletten, aber es ist auf jeden Fall genug, um die Bevölkerung ganzer Landstriche high zu machen und ihre Hunde gleich dazu. Außerdem steht da noch eine große alte Bonbondose mit Geld, die Scheine sind schmierig und kleben aneinander wie zum Beweis, dass es sich hier um ein dreckiges Geschäft handelt, aber es scheint auch gut zu laufen, denn da ist so viel, dass ich damit vermutlich das College finanzieren könnte, selbst wenn ich beide Beine bis hinauf zur Hüfte verlieren würde.

Ich stecke es zurück und wische mir die Hände an der Jeans ab.

Viel nützlicher ist für mich im Augenblick eine Packung mit Müsliriegeln, die schon sechs Monate abgelaufen sind und an denen ich mir wahrscheinlich die Zähne ausbeißen werde, aber es ist etwas zu essen und das brauche ich dringend. Ich krieche auf die blanke Matratze, die in der Ecke liegt, und ziehe eine stockfleckige Decke hervor, die in dem Spalt zur Wand hin steckt. Als die Nacht den Tag verdrängt, rolle ich mich zusammen und decke mich damit zu, während ich auf einem Müsliriegel herumkaue, bis mein Zahnfleisch anfängt zu bluten.

Mein Hirn gönnt mir eine Pause, eine dringend benötigte Auszeit von der Realität. Anscheinend weiß es, dass ich hier sicher bin, weil ich das erste Mal tief genug schlafe, um zu träumen, und es weiß offenbar auch, was mir fehlt, denn ich träume vom Laufen.

Laney Uncapher kam von einer besseren Schule als ich, sie hatte höhere Wangenknochen und längere Beine noch dazu. Ihre Cross-Country-Mannschaft hatte spezialisierte Trainer, teure Mannschaftskleidung und so ein Zelt mit mehreren Räumen, wenn sie unterwegs waren. Ich hasste sie aus Prinzip und sie hasste mich, weil ich schneller war als sie.

Es fing an, als wir in der Junior High waren. Unser Bezirk war klein genug, dass wir die Gesichter in den anderen Mannschaften bald kannten, einige waren freundlich, andere nicht. Wir merken schnell, dass wir die beiden Frontläuferinnen waren, die aus der Startlinie ausbrachen und den lahmen Säcken hinter uns davonliefen. Als wir dann in die Highschool kamen, liefen wir nicht mehr zwei Meilen, sondern 5000 Meter, und zwar jedes Wochenende und manchmal auch unter der Woche. Immer lagen wir Kopf an Kopf, ich und Laney, und ich muss zugeben, dass ihrer immer ordentlich gekämmt war.

Als sie jetzt in meinem Traum auftaucht, freue ich mich beinahe über ihren Anblick, einfach weil es mal wieder ein menschliches Gesicht ist. Sie mustert mich mit demselben Seitenblick wie immer, wenn ich neben ihr herlief und wir beide in genau dem Augenblick ausspuckten, wenn es die andere treffen würde, oder sogar mal eine Rotzrakete fliegen ließen, wenn wir wussten, dass der Wind richtig stand. Es geht bergauf und ich lasse sie vorauslaufen, weil ich genau weiß, dass ihr die Energie, die sie jetzt beim Aufstieg verpulvert, später fehlen wird, und dann habe ich noch genügend Reserve, um am Schluss noch einmal eins draufzulegen. Wir laufen um eine Kurve und auf einmal bin ich nicht mehr auf meiner vertrauten Strecke, wie es im Traum oft ist, sondern befinde mich auf einmal wieder bei den Qualifikationsläufen für die State-Meisterschaften im vergangenen Jahr und wir laufen in Richtung Wald.

Dieser Wald hat mir damals schwer zugesetzt, genau wie der, in dem ich jetzt herumirre. Die Zeitungen hatten die Rivalität zwischen Laney und mir hochgekocht und es als eine Geschichte zwischen Landmaus und Stadtmaus aufgezogen. Und wer schaut sich nicht gerne so ein armes, benachteiligtes Landei (bzw. Landmaus) an? Genau das war ich nämlich und ich war mein ganzes Leben lang in so vieler Hinsicht benachteiligt gewesen, dass ich mir dieses Rennen nicht aus der Hand nehmen lassen würde, auf keinen Fall.

Aber Laney fing schon an der Startlinie damit an, wo wir anderen alle auf der Stelle hüpften, joggten oder uns gegenseitig an den Schultern abstützten, während wir unsere Fersen in Richtung Hintern zogen. Ich hielt mich an Kavita fest und dehnte meinen Oberschenkel, als Laney sich in unsere Nähe bewegte, um sicherzugehen, dass ich sie auch hörte.

«Ziemlich windig heute», sagte sie während ihrer Dehnübungen zu einer ihrer Mannschaftskameradinnen, wobei ihr kunstvoll geflochtener Zopf neben ihr im Gras lag.

«Du musst dich einfach voll reinlehnen», erwiderte ihre Freundin und zog ihre Zehen in Richtung Schulter, um ihre Wadenmuskeln zu stretchen.

«Ach, es geht mir gar nicht um mich», bemerkte Laney und suchte dabei meinen Blick. «Ich dachte nur, vielleicht weht es ja so stark, dass endlich mal der ganze Müll weggeblasen wird.»

«Zu blöd, dass die Böen nicht kräftig genug sind, um eine Nutte mitzureißen», sagte ich, woraufhin Kavita ihre Stirn gegen meine lehnte und mich zwang, sie anzusehen.

«Hör auf mit dem Scheiß, Ashley Hawkins», sagte sie, die dunklen Augen fest auf meine gerichtet. «Du bist die bessere Läuferin. Dann sei auch sonst besser als sie.»

Das überraschte mich, weil Kavita normalerweise nicht diejenige war, die mich kritisierte; das überließ sie meist Meredith. Aber ich schätze, als Mitglied der Mannschaft erwartete sie einfach mehr von mir, und ich weiß, dass ich sie enttäuscht habe, weil Laney mich in der ersten Kurve überholte und ich ein paar Schritte hinter ihr in den Wald hineinlief.

Es war eine besonders anstrengende Strecke und das Stück durch den Wald war eben und lag im lichten Schatten, sodass man sich eigentlich ein wenig ausruhen konnte. Die Trainer hatten auf diesem Abschnitt keine Sorge, dass ihre Läuferinnen sie brauchen könnten, weswegen sie uns nie in den Wald hinein folgten, und der Streckenverlauf war zu schmal für Zuschauer. Wir waren alleine, ich und Laney Uncapher, allen anderen weit voraus, als sie über die Schulter zurück schaute und mich angrinste.

Es war ein fieses Grinsen und keine gute Idee von ihr, denn in mir flammte es wie Zunder auf und ich setzte ihr nach, ohne dabei ans Gewinnen oder ans College oder irgendetwas anderes zu denken, aber ich wollte ihr wehtun, richtig weh.

Ich kam als Erste aus dem Wald heraus.

Ich hörte Schritte hinter mir und erkannte sie als die von Kavita. Sie holte mich ein und zog wortlos ein Taschentuch aus dem Ausschnitt, das sie beim Laufen immer mit sich herumtrug, weil sie zu gut erzogen war, um unterwegs einfach so freiheraus zu rotzen. Ich drückte es gegen meine aufgeplatzte Lippe, bis es aufhörte zu bluten, wischte dann die Blutspuren fort, die über meinen Hals bis in den Ausschnitt gelaufen waren, und gab Kavita das Taschentuch zurück. Sie ließ sich zurückfallen, während ich weiterlief, und als ich mich noch einmal umdrehte, sah ich, dass sie dasselbe für Laney tat, deren linkes Auge zugeschwollen war.

Ich habe dieses Rennen gewonnen, aber ein tolles Gefühl war es nicht.

Kavita hat nie etwas zu mir gesagt, was schlimmer war als

die Standpauke, die ich mir von unserem Trainer anhören musste. Laney übrigens auch. Sie stellten uns nebeneinander und quatschten uns ein Ohr ab, bis sie noch mehr außer Atem waren als wir, aber keine von uns machte den Mund auf. Wir hatten es auf unsere Weise geklärt und wussten beide, dass es noch nicht vorbei war.

Aber das war es letztlich doch, weil sie schwanger wurde, und jetzt habe ich mich in der Wildnis verlaufen, und als ich Laney Uncapher zuletzt gesehen habe, hatte sie ein zugeschwollenes Auge und starrte mich mit dem anderen herausfordernd an, sodass es mir in der Faust zuckte, ihr auch darauf noch einen zu verpassen.

In meinem Traum sieht sie anders aus. Laney ist gesund und stark und weiter voraus, als sie es jemals in einem Rennen war. Sie blickt sich um, bevor sie im Dunkeln verschwindet, aber da ist kein Lächeln, nur Sorge, und als ich den Waldrand erreiche, ist sie nirgendwo zu sehen. Laney ist nicht vor mir und Kavita nicht hinter mir. Ich bin ganz allein hier im Wald.

Selbst in meinen Träumen.

FÜNFTER TAG

Die Tablettendosen sind nicht beschriftet, aber ich war oft genug auf Partys, um zu wissen, wie Oxy aussieht. Ich zähle vier Stück ab und lege sie neben die Flasche mit Whiskey, die ich unter der Matratze gefunden habe. Ich beiße mich durch einen weiteren Müsliriegel. Ausgehungert, wie ich bin, spüre ich die Energie sofort, die er mir liefert.

Ich suche mir den größten Glaskolben heraus. Es ist ein Erlenmeyerkolben – ein Wort, das ich in der Schule gelernt habe und das mir so gut gefiel, dass ich es mir gemerkt habe. Ich gehe damit zu dem kleinen Bächlein hinunter, in dem ich gestern gelandet bin. Durch den Regen ist der Wasserstand jetzt höher und die Strömung droht mir das Gefäß aus der Hand zu reißen, wenn ich es nicht festhalte. Ich säubere es, so gut es geht, indem ich ein Blatt hineinstopfe und mithilfe eines Stockes damit herumschrubbe. Dabei lösen sich kleine Dreckstückchen und schweben im Wasser umher. Bald ist das Gefäß so sauber wie eben möglich und alles Weitere wäre schlicht und einfach nur ein Hinauszögern des Unvermeidlichen.

Ich richte meinen OP im Wohnwagen ein, indem ich zuerst mein T-Shirt ausziehe, es mit Whiskey tränke und damit ein Stück des Fußbodens säubere. Dann nehme ich selbst einen großen Schluck zusammen mit einer Oxy. Soweit ich es auf Partys beobachtet habe, wird es ungefähr eine halbe Stunde dauern, bis die Wirkung eintritt. Damit habe ich mir jetzt einen Zeitplan gesetzt. Ich stelle meinen Fuß auf die gesäuberte Fläche und reiße noch ein Stück von meinem Shirt ab.

Ich weiß natürlich, dass es überall im Fuß Blutgefäße und vermutlich auch ein paar Arterien gibt, aber ich weiß nicht, wo oder für wie lange ich die Blutzufuhr abbinden sollte. Ich drücke mit den Fingern – die bereits merklich zittern – auf unterschiedliche Stellen an Fuß und Bein, um so eine Stelle zu finden, wo der Puls stärker zu fühlen ist, aber inzwischen ist dort alles unförmig geschwollen und dick. Ich glaube, ich könnte den Pulsschlag auch in meinem großen Zeh spüren, wenn ich nur fest genug zudrücke. Letztlich entscheide ich mich für eine Stelle direkt über dem Knöchel und ziehe den Stoffstreifen fest zusammen, der sich in das aufgedunsene Gewebe gräbt, während ich versuche, den stechenden Schmerz zu ignorieren.

Alle übrigen Utensilien stelle ich in Reih und Glied neben mich auf den Boden: Oxy und Whiskey, den Feuerstein, den Erlenmeyerkolben mit Wasser, zwei Müsliriegel und Davey Beets Mütze. Das einzig verfügbare Kissen lege ich an die Stelle, auf die ich vermutlich fallen werde, wenn alles vorbei ist. Dann nehme ich meinen Fuß noch einmal ganz genau in Augenschein.

Beim Herumkramen habe ich noch einen Marker und mehr Frühstücksbeutel aus Plastik gefunden, als eine Kindergartenmama jemals verbrauchen könnte. Ich habe einen Strich auf meinen Fuß gemalt, damit ich etwas habe, woran ich mich halten kann. Ich will mit einem schrägen Schnitt ungefähr ein Drittel meines Fußes abtrennen. Dabei werden drei Zehen draufgehen, aber es sollte möglich sein, alles vom Fußgewölbe bis hin zur Ferse zu erhalten. Das Problem ist, dass mein linker Fuß kaputt ist – und zwar auf der Außenseite –, und ich bin Rechtshänderin.

Ich muss schnell zuschlagen und fest und dabei hoffentlich die richtige Stelle treffen und alles auf einmal erwischen, weil ich mir nämlich – Oxy hin oder her – nicht sicher bin, dass ich nach dem ersten noch zu einem zweiten Schlag in der Lage sein werde. Ich greife nach dem Stein und bewege ihn in meiner Hand hin und her, bis es sich richtig anfühlt. Dann drehe ich meinen Fuß einwärts. Die Situation ist einfach beschissen. Ich habe mich noch nie so einsam gefühlt, aber ich werde sonst sterben und außer mir ist hier keiner, der das verhindern kann.

«Scheiß drauf», sage ich zu Daveys Mütze und schlage zu.

Etwas rollt über den Boden und mein erster Gedanke ist, dass ich komplett danebengeschlagen habe und mir der Stein aus der Hand gerutscht ist. Mein zweiter Gedanke ist, dass der Wohnwagen eindeutig nicht gerade steht, weil das Ding ziemlich weit gerollt ist. Dann sehe ich, dass es mein Fuß ist, der sich davongemacht hat und schon bis zur Tür gekommen ist. Der Feuerstein ragt aus dem Linoleum, in das er sich mit seinen Steinzähnen gegraben hat.

Dann fängt es an zu bluten.

Es hat einen Augenblick gedauert, so als hätte mein Hirn erst kapieren müssen, was da vor sich ging, um dann den Blutgefäßen den Befehl zum Bluten zu geben. Aber sobald diese Message erst einmal angekommen ist, nehmen sie sie wirklich ernst. Überall ist Blut und ich bemühe mich, nicht darauf zu achten, wie schnell es sich ausbreitet. Es ist, als wäre zuerst nur ich alleine hier auf dem Boden gewesen und dann im Handumdrehen auf einmal auch noch die Hälfte meines Blutes.

Ich habe keine Zeit für Angst. Darf sie nicht zulassen.

Weil ich erst halb fertig bin.

Ich nehme die Whiskeyflasche, die sich rutschig anfühlt

zwischen meinen blutigen Fingern, und bevor ich den Mut verliere, kippe ich sie über meinem Fuß aus.

Ich dachte, ich wüsste, was Schmerz ist, dass ich nach Jahren, in denen ich den einen oder anderen Messerstich und Faustschlag einstecken musste und von Bäumen gefallen bin und mir das Schlüsselbein gebrochen habe, als ich vom Chevy meines Cousins überrollt wurde, mich auskannte mit Schmerzen.

Ich hatte keinen blassen Schimmer.

All diese Schmerzen waren mir vertraut, waren etwas, das ich schon einmal durchgemacht und überstanden hatte. Eine Verbrennung, ein blauer Fleck, ein heftiger Schlag gegen den Kopf, nach dem mir noch tagelang schwindelig war, als ich auf einer Geröllhalde abgerutscht und auf Felsen gelandet war. Obwohl es wehtat, konnte ich all das immer mit etwas Vorhergegangenem vergleichen und mir sagen, wenn ich es einmal geschafft habe, werde ich es auch wieder schaffen.

Das hier kenne ich nicht. Es bringt alles in mir in einer Tonlage zum Schwingen, bei der einem das Trommelfell platzt. Das hier ist ein lebensverändernder Schmerz. Das hier ist der Grund, warum Tiere um sich treten.

Ich habe das oft erlebt. Ein Kaninchen in den Fängen eines Habichts, eine Maus todgeweiht im Maul einer Katze, ein Hund, der vom Auto vor mir überfahren wurde, und das Murmeltier, das ich erschossen habe, weil es immer wieder in mein Gemüsegarten-Projekt eingebrochen war. Sie treten alle um sich als Reaktion auf den Schmerz, so als würden sie immer noch versuchen wegzulaufen, um irgendwie dieser Qual zu entkommen.

Auch ich trete zu und durchschlage dabei mit meinem guten Fuß eine Schranktür, woraufhin die Tablettendosen durch die Gegend kullern. Ich trete und trete, doch es hilft nichts, aber ich mache trotzdem weiter, weil ich nicht anders kann. Ich habe nicht einmal mehr Töne, nur noch Luft in der Kehle, die ich weder einsaugen noch ausstoßen kann, weil ich aufgehört habe zu atmen, und dann kommt es, wie eine gewaltige Welle, jeder Laut, der sich in mir aufgestaut hat, seitdem ich Duke mit Natalie ertappt habe und meine Freunde mich zurückgelassen haben, alles drängt aus mir heraus. Ich hätte schwören können, dass es ausreicht, das Dach dieser Hütte hier wegzufegen, aber es passiert nichts. Und ich schreie und trete und fahre mit meinem guten Fuß kreuz und quer durch mein eigenes Blut und hoffe die ganze Zeit, dass ich endlich ohnmächtig werde, aber auch das passiert nicht.

Weil ich nämlich mit Zähnen und Fingernägeln geboren wurde, und die dienen nun mal dazu, dass man sich festkrallt und nicht so schnell loslässt.

Davey hat damals zu mir gesagt, ich sollte nach ihm rufen, wenn ich den Weg nicht mehr wusste.

Und das probiere ich nun.

Ich rufe ihn, wieder und wieder, und meine Rufe werden dabei immer leiser. Seine Mütze ist nur noch ein schmuddeliger Ball in meinen Händen, den ich vor Schmerzen knete. Ich rufe erst nach Davey, dann nach meinem Dad und probiere es sogar mit Gott und Jesus, aber keiner taucht auf.

Hier ist keiner außer mir und deswegen muss ich mich aufrappeln und tun, was zu tun ist. Ich stütze mich auf die Ellbogen und warte ab, bis mir nicht mehr schwarz vor Augen ist, bevor ich mich weiter aufrichte und mich vorbeuge, um zu sehen, was noch von meinem Fuß übrig ist.

Irgendwie habe ich es tatsächlich geschafft zu treffen.

Alles ist blitzsauber abgetrennt. Ich nehme den Rest meines T-Shirts, tränke es in Whiskey und verbinde meinen Fuß damit. Es brennt wieder, ein heller, stechender Schmerz, aber inzwischen kenne ich ihn und bin darauf gefasst. Ich hole tief Luft und lehne mich zurück, bis es vorbei ist. Dann löse ich den Stoffstreifen über meinem Knöchel und sehe zu, wie sich der Verband mit Blut vollsaugt.

Bevor ich das Bewusstsein verliere, nehme ich rasch noch eine Oxy und einen kräftigen Schluck Whiskey, gefolgt von Wasser. Ich bilde mir ein, dass der Alkohol die Entzündung aus meinen Blutkreislauf heraustreibt, wenn ich nur genug trinke. Medizinisch gesehen wohl nicht besonders ratsam, aber das ist mir scheißegal, während ich durch mein eigenes Blut zur Matratze hinüberrobbe. Ich will nur schlafen und mich in meine gammelige Decke einkuscheln.

Ein kleiner Streifen Sonnenlicht fällt durch das Fenster auf die Matratze. Ich lege mich hinein, mein Kopf ist wie benebelt und der Schmerz noch sehr präsent, aber irgendwie etwas weniger vordringlich als noch vor einem Augenblick. Ich weiß nicht, ob ich sterbe oder ob es langsam besser wird, aber ich weiß genau, dass ich Davey Beets Mütze wieder aufgesetzt habe, und so lege ich meine Hände rechts und links an meinen Kopf und rolle mich zusammen.

Ich habe nicht mehr die Kraft zu treten.

Ich bin ein sterbendes Tier, allein in der Sonne.

Ich bin der Tierschädel, den ich vor einer gefühlten Ewigkeit neben dem Trail gefunden habe.

Ich bin sooo müde.

Meine Arme und Beine sind Beton und die Matratze ist Wasser; ich spüre wie ich hineinsinke. Entweder das, oder ich bin Wasser und die Matratze ist aus festem Material, denn jede noch so kleine Bewegung setzt sich fort, auch wenn mein Körper schon lange wieder still ist, das Schlaflager ist das Einzige, was verhindert, dass ich mich verflüssige und auf den Boden tropfe.

Wie Wasser suche ich nach dem tiefsten Punkt, gleite den Abhang hinunter in den kleinen Wasserlauf unten, der erst in einen Bach und schließlich in einen Fluss mündet. Ich gleite an meiner Heimatstadt vorbei und sehe vielleicht Duke, der auf der Brücke angelt, und dann werde ich ins Meer hinausgespült, mitsamt meinem Schmerz und allem Drum und Dran, bis ich nur noch ein Tropfen im Ozean bin.

Es geht mir nicht gut und das weiß ich, aber der Drogenrausch bringt auch ein Gefühl der Ruhe mit sich, so als wären all meine Sorgen wie Luftballons, die direkt über mir schweben, und wenn ich wach genug bin, kann ich sie einen nach dem anderen zu mir hinunterziehen und näher in Augenschein nehmen.

Zuerst ist da der Schmerz, ein glänzend roter Ballon, prall voll und kurz davor zu platzen. Das Oxy hat ihn nicht vertrieben. Ich fühle ihn noch immer, heiß und grell, aber es nicht das Erste, was mir in den Sinn kommt. Es ist das Problem von jemand anderem, etwas, das mir eine Freundin im Vertrauen zugeflüstert hat und für das ich sie bedauere, aber dann eilends hinter mir lasse, wenn ich zu meiner Laufrunde aufbreche. Mein Schmerz ist etwas, an das ich mich später bei Gelegenheit erinnern werde.

Duke ist ein blauer Ballon, nur halb aufgeblasen, der irgendwo über meinem Gesicht hängt wie ein Nachtfalter, der sich nicht entscheiden kann, ob er im Feuer landen soll. Jetzt, wo ich keine Angst mehr vor dem Sterben habe – es kann natürlich immer noch passieren, aber ich habe einfach keine Angst mehr davor –, muss ich ständig an ihn und Natalie denken, an diesen Laut aus seinem Mund, von dem ich dachte, er sei allein meinen Ohren vorbehalten.

Freigelegte Knochen und aufgeschlitzte Nerven kann ich ignorieren, aber selbst das Oxy kann nichts gegen das ausrichten, was ich fühle, wenn ich daran denke, wie ich die beiden ertappt habe. Es tut tatsächlich weh. Es tut mehr weh, als einen Teil meines Körpers abzutrennen. Ich schiebe diesen Ballon beiseite, weil ich noch nicht in der Verfassung bin, mich damit auseinanderzusetzen. Meine Hand fährt durch die Luft, ich kann sie nicht kontrollieren, und sie prallt von der Seitenwand des Wohnwagens ab und fällt zurück auf mein Gesicht. Daveys Mütze ist schweißgetränkt und fühlt sich kratzig an auf meinem Handgelenk. Ich ziehe sie ab, behalte sie aber in der Nähe, da ich überzeugt bin, dass ich ein wenig von ihm in ihr riechen kann.

Hoch über mir baumelt auch ein weißer Ballon mit einer langen Schnur, den ich erst bemerke, als ich mich bewege. Er hängt unter der Decke, so weit oben, dass ich mir gar nicht vorstellen kann, was das für ein Problem sein soll, das so weit von mir entfernt ist und mich doch beschäftigt.

Dann wird mir klar, dass es meine Mom ist.

Einmal hat sie mir einen Brief geschrieben. Dad hat ihn eine Weile vor mir versteckt und erst überlegt, ob er ihn mir geben sollte oder nicht. Schließlich war es nicht er, sondern ein Waschbär, der die Entscheidung fällte, als er in unseren Trailer eindrang und alles zerlegte. Überall flogen Essensreste, seine Kacke und Teile unserer Post herum. Den Brief habe ich im Spülbecken gefunden zusammen mit einem angebissenen Käsestück, das der Waschbär aus dem Müll geholt hatte, und einer halbvollen Bierdose (ich weiß nicht, ob er oder mein Dad die getrunken hat).

In diesem Brief schrieb meine Mom, sie wünschte, sie könnte behaupten, mich zu verlassen, wäre das Schwerste, was sie jemals getan hätte, aber das sei nicht der Fall. Sie sagte, die Entscheidung wäre ihr leichtgefallen, weil ich sie nicht brauchte. Dad dagegen schon, meinte sie – vielleicht sogar zu sehr. Aber ihn zu verlassen, wäre trotzdem nicht besonders schwer gewesen, weil man es irgendwann leid ist, einem erwachsenen Mann seine dreckigen Socken hinterherzutragen. Aber wann immer sie versucht hätte, meine Haare zu bürsten, hätte ich nur gekreischt, sie sollte mich in Ruhe lassen.

Sie meinte, sie hätte sich immer ein Mädchen gewünscht, doch stattdessen hätte sie mich bekommen.

Ich wusste nicht, was ich damit anfangen sollte, und so faltete ich den Brief zusammen und bewahrte ihn eine Weile unter meinem Kopfkissen auf. Ich betrachtete ihre Handschrift, um zu sehen, ob ich irgendetwas von ihren Schnörkeln und Kringeln in meiner wiedererkennen konnte. Doch da war nichts. Meine Buchstaben waren scharf und kantig mit langen dunklen Strichen so wie die von Dad, und wer stört sich schon daran, wenn ein paar Socken auf dem Boden rumfliegen?

Vielleicht brauchte ich sie nicht, um mir die Haare zu bürsten, aber ich denke doch, dass ich den einen oder anderen Rat von ihr hätte brauchen können. Zum Beispiel die ersten Male, als ich mich mit Duke gestritten habe, oder sogar, wenn es richtig gut lief zwischen uns. Vielleicht dann ganz besonders, wenn ich es mir recht überlege. Sie dachte, ich brauche sie nicht, aber ich hätte mehr gebraucht als nur Dukes Mom, die ihn daran erinnerte, ein Kondom zu benutzen. Immerhin das. Sie wollte nicht, dass er schon Kinder an der Backe hatte, bevor er zwanzig war, aber ich hätte ja genauso mit dringehangen, und vielleicht wollte sie auch für mich nicht, dass ich zwar in einem Haus mit einem ganz gemütlichen Keller wohnte, aber dafür mit einem Mann, dessen Ankunft zu Hause regelmäßig alles zum Schweigen brachte.

Duke hätte sich natürlich niemals so aufgeführt, aber immerhin hat er sich mit einer anderen in den Wald verzogen, was ein ganz anders geartetes Problem ist, und wenn ich eine Mutter hätte, zu der ich einfach nach Hause gehen und mit ihr darüber reden könnte, dann hätte ich vielleicht genau das getan, anstatt ihm ins Gesicht zu schlagen und besoffen durch den Wald zu rennen, um schließlich zugedröhnt mit einem abgetrennten Fuß in einer alten Meth-Küche zu landen, die Mütze eines toten Kerls auf dem Kopf und in eine gammelige Decke gehüllt.

Und das Schlimmste daran ist, dass das schon eine Verbesserung meiner Lage darstellt.

SECHSTER TAG

Der abgehackte Teil meines Fußes fault jetzt neben der Tür vor sich hin. Es wird wärmer und der Wohnwagen heizt sich auf wie ein Ofen, wobei mein Fuß wie ein Stück Gammelfleisch langsam in der Hitze vor sich hin kocht.

Beim Aufwachen steigt mir der Gestank in die Nase und am schrägen Einfall des Sonnenlichts erkenne ich, dass es später Nachmittag sein muss. Meine Zunge ist vor Trockenheit ganz angeschwollen. Der Kolben mit dem Wasser steht unberührt auf dem Fußboden, was ein Wunder ist, so wie ich um mich getreten habe. Langsam setze ich mich auf und versuche zu ergründen, ob ich betrunken bin oder high oder langsam von beidem runterkomme. Es muss wohl Letzteres sein, denn ich bin zwar noch benommen, aber mein Fuß brennt wie rot glühende Scheiße. Ich löse den Verband, um es mir anzusehen.

Es ist noch geschwollen, aber es könnte sein, dass die roten Kanten der Entzündung sich langsam zurückziehen. Ich drehe meinen Fuß ins Sonnenlicht, um besser abschätzen zu können, ob das wirklich stimmt oder ob ich nur auf einmal unter die Optimisten gegangen bin. Aber ich glaube, ich habe tatsächlich recht und die Schwellung wirkt irgendwie nicht mehr ganz so bösartig, was zwar kein medizinisches Kriterium, aber doch ziemlich zutreffend ist.

Ich rutsche an die Kante der Matratze, strecke den guten Fuß aus und setze die Ferse in mein eigenes Blut, das langsam und klebrig vor sich hin trocknet. Der ganze Boden ist voll davon und es klebt an mir wie Sirup, als ich auf dem Hintern zu dem Kolben und dem letzten verbleibenden Müsliriegel rutsche. Ich krieche an dem Feuerstein vorbei, der noch immer wie ein Grabstein für meinen Fuß aus dem Boden ragt.

In meinem Fuß pocht es, als hätte mein Herz beschlossen, meine Brust zu verlassen und sich dorthin zu begeben, und so lehne ich mich gegen die Wand und lege ihn gegenüber auf einem Karton hoch, während ich mir, so gut es geht, die Hände an meiner Jeans abwische. Ich kippe den Rest des Wassers hinunter, auch wenn es lauwarm und abgestanden ist, und überlege, wie lange ich es mir leisten kann hierzubleiben.

Ich weiß nicht, wem dieses Lager hier gehört, aber mir ist klar, dass keiner so viele Tabletten für lange Zeit unbeaufsichtigt lässt. Wenn man bedenkt, wie es meinem Onkel Chuck erging, nur weil er ein bisschen nebenher mit Meth gedealt hat, weiß ich nicht, ob die Besitzer dieses Wohnwagens besonders erfreut sein werden, dass ich jetzt weiß, wo sie ihre Vorräte versteckt halten, und dass ich die Tür eingetreten habe, macht es auch nicht gerade besser.

Ich bin eine, die ganz alleine an einem Ort ist, wo sie nicht hingehört, und die man in einer Woche oder so für tot erklären wird. Wenn da jemand kommt und der Natur bei diesem Vorgang ein klein wenig auf die Sprünge hilft und meine Leiche dann irgendwo entsorgt, dann wird sich niemand etwas dabei denken – selbst für den Fall, dass man mich irgendwann finden sollte.

Die Tablettendosen liegen immer noch auf dem Boden verstreut. Als ich nach einer greife, spüre ich einen kleinen Widerstand, als wollte mein getrocknetes Blut sie festhalten. Das Etikett wurde abgerissen, um unkenntlich zu machen, wem es gestohlen wurde, aber das Abfülldatum in der Ecke ist noch zu erkennen. Ich zähle rückwärts und komme zu dem Schluss, dass es vor etwa zehn Tagen abgefüllt wurde, was bedeutet, dass es in der Zwischenzeit irgendwie hierher in die Wildnis geraten sein muss und dass früher oder später jemand hier auftauchen wird, um all die kleinen Frühstücksbeutel mit etwas zu füllen, was nicht zwischen zwei Brotscheiben gehört.

Ich lehne den Kopf gegen die Wand, rücke meinen Fuß zurecht und rolle die Dose zwischen meinen Handflächen hin und her. Es könnte sein, dass derjenige, der hier hochkommt, anständig ist, so wie mein Onkel. Einfach nur jemand, der ein bisschen Kohle machen will und dazu auf das einzige Gewerbe zurückgreift, was uns hier in der Gegend noch geblieben ist. Er (oder sie) könnte mir sein letztes Hemd geben – buchstäblich –, um meine Blöße zu bedecken, mich mit frischem Wasser laben und anderes biblisches Zeug und mich dann in die Notaufnahme bringen, was zwar nicht so jesusmäßig, dafür aber sehr viel hilfreicher wäre.

Das könnte er (oder sie) tun.

Oder er zerrt mich hier schreiend raus und schlägt das, was noch von mir übrig ist, zu Matsch, sodass man mich nur noch anhand meines Zahnstatus identifizieren kann. Bei dem Gedanken lasse ich meine Zunge über meine Zähne gleiten und löse damit die letzten verbleibenden Krümel des Müsliriegels. Ich weiß nicht, wie lange ich schon hier bin, aber ich weiß, dass ich diesen Ort ganz alleine verlassen werde und ohne dass auch nur ein Tropfen meines Blutes fließt, den ich nicht selbst vergossen habe.

Außerdem kann ich nicht von Whiskey und Meth leben, etwas anderes scheinen sie hier nicht auf Vorrat zu haben. Wo auch immer ich mich hier befinde, es ist weit weg von allem anderen und das Essen wird nicht nach mir suchen. Ich muss mich selbst auf die Suche machen. Und es scheint mir eindeutig ratsamer, mich in irgendeine Richtung zu bewegen und dabei nach etwas zu essen zu suchen, anstatt hier zu warten, bis ein Drogendealer auftaucht und mich hoffentlich nicht gleich umbringt, sondern mehr Müsliriegel im Gepäck hat.

«Nur noch einen Tag», sage ich in die heiße, stickige Luft des Wohnwagens hinein. «Du kriegst noch einen Tag.»

Ich suche das abgehackte Stück Fuß und stecke es in einen Plastikbeutel.

Es ist auf seltsame Weise tröstlich, wieder mit allen Teilen meines Körpers auf die Matratze zu krabbeln. In der einen Hand habe ich eine Oxy, in der anderen den Beutel. Die Erste schlucke ich trocken hinunter, den Zweiten halte ich eng an mich gedrückt.

In einer Ecke steht ein kleiner Fernseher, ziemlich wackelig auf einem Regal, das nicht für so ein Gewicht gedacht war. Ich hatte immer nur solche Fernseher, die so ein riesiges Hinterteil haben, dass man sie mit beiden Armen umfassen muss, um sie hochzuheben. Flachbildschirme? Fehlanzeige in meiner Familie.

Auf dem Bildschirm ist jetzt nur eine Spiegelung zu sehen, die Lamellen der Jalousien und das Mondlicht, das hindurchscheint. Dabei muss ich daran denken, wie ich einmal mit Meredith und Kavita unterwegs war und wir herumgefahren sind, um nach einer Party zu suchen, die irgendwo draußen stattfinden sollte. Eigentlich wollten wir Jason und Duke an der Tankstelle treffen, aber Onkel Chuck meinte, sie wären schon vor uns da gewesen und gleich weitergefahren, und keiner von beiden ging ans Handy und so fuhren wir eben selbst über die Landstraßen und haben sie gesucht.

Es gab drei Orte, an denen wir uns manchmal zum Feiern trafen, eine alte, verlassene Scheune entlang der 149, unter einer Brücke, die vor ein paar Jahren von den Behörden gesperrt wurde, und – falls es ein heißer Sommer war – im ausgetrockneten Flussbett auf der niedrigen Seite des Damms. Aber an keinem der üblichen Ort fanden wir die Jungs oder sonst irgendjemanden und so fuhren wir schließlich einfach so in der Gegend herum, ohne Zweck und ohne Ziel.

Bis ich einen Flachbildfernseher im Straßengraben entdeckte. Ich ließ Meredith anhalten und schleppte ihn zum Auto, dabei schnitt ich mir an dem zerborstenen Bildschirm die Hand auf, als ich ihn auf den Rücksitz neben Kavita stellte, die eine Flasche Pfefferminzschnaps am Wickel hatte. Ich war sauer auf Duke und Jason, dass sie ohne uns gefahren waren und jetzt nicht ans Handy gingen, und wütend auf diejenigen, die Zeug, was sie nicht mehr brauchten, einfach so in einen Graben schmissen, und mega angepisst, dass der Müll dieser Leute etwas war, was ich mir nie im Leben hätte leisten können. Ich sagte Meredith, sie sollte zurück zur Tankstelle fahren, und bat Onkel Chuck um die Erlaubnis, einen Fernseher dort in den Müllcontainer zu schmeißen. Es schien ihm ziemlich egal zu sein.

«Klar», sagte er und musterte Kavita und mich über die Behälter mit den Lotterielosen hinweg. «Übrigens, du blutest und deine Freundin riecht wie ein Lutschbonbon.»

Er nahm eine Mullbinde aus dem Regal für meine Hand und gab Kavita einen Streifen Kaugummi und sagte, wir sollten mal lieber nach Hause fahren, bevor uns die Polizei aus dem Verkehr zog. Sie half mir, den Flachbildschirm in den Container zu hieven, wobei die Scherben von hundert Bierflaschen unter unseren Füßen knirschten. Als wir wieder ins Auto stiegen, schaltete Meredith die Musik aus.

«Ich glaube, ich hab da in dem Bach neben der Route 28 eine Mikrowelle gesehen», sagte sie.

Und so kam es, dass ich schließlich besoffen und mit einer Wagenladung voller Elektroschrott und Sperrmüll in der Gegend herumfuhr. Am Ende hatten wir eine Mikrowelle, einen Mixer, das Fußteil eines Kinderbetts, zwei Wecker und eine Lampe, die noch funktionierte, aber einen neuen Schirm brauchte. Wir fuhren zu Meredith nach Hause, wo sie einen auf dem Dachboden fand und ein Halstuch darüber drapierte, während Kavita Schnaps nachschenkte. Gegen ein Uhr früh schrieb Duke, ob wir noch ein bisschen abhängen wollten, und ich antwortete mit einem Selfie von uns dreien, hackedicht und mit hochgereckten Mittelfingern im sanften Schein der Lampe.

Dieses Foto hatte ich ewig als Hintergrund auf meinem Handy – meine Freundinnen und ich und die Straßengrabenlampe. Auf dem Bild habe ich einen Verband an der Hand von der Verletzung durch den Fernseher, und wenn ich mir meine Handfläche jetzt genau betrachtete, könnte ich diese Narbe noch immer sehen.

Aber ich sehe nichts.

Ich kann meine Hand nicht öffnen und auch den Kopf nicht drehen und ich weiß nicht einmal, ob ich die Augen auf oder zu habe. Alles gleitet mir davon und ich glaube, die Ballons sind wieder da, vor allem der rote, bis kurz vorm Platzen gefüllt, lockt er mich, danach zu schlagen, damit er zerbersten kann und sich der ganze Schmerz über mich ergießt.

Der blaue und der weiße Ballon sind ebenfalls da, und wenn ich es recht bedenke, könnten es vielleicht sogar noch mehr Ballons sein. So als hätte mir jemand einen ganzen Strauß als Geschenk gebracht, aber eigentlich denke ich bei jedem nur daran, dass ich etwas falsch gemacht oder einem anderen Menschen wehgetan habe.

Meine Mom ist immer noch da oben und Duke auch. Aber auch Dad, weil ich ihn damals dafür verantwortlich gemacht habe, dass sie uns verlassen hat. Auch Meredith und Kavita sind da, ich spüre, wie sie über mir schweben und mich daran erinnern, wie oft ich Meredith das Gefühl gegeben habe, sie sei dumm, oder wie oft ich Kavita enttäuscht habe, weil ich nun mal kein besserer Mensch bin. Eine ganze Wolke von schlechten Gedanken schwebt da über mir und ich kann nichts tun, außer mir Davey Beets Mütze noch tiefer ins Gesicht zu ziehen.

Und obwohl mir alle, an die ich denke, auf die eine oder andere Weise ein schlechtes Gewissen machen, wünschte ich mir nichts sehnlicher, als einen von ihnen jetzt hier bei mir zu haben. Und so fällt mir nichts Besseres ein, als nach ihnen zu rufen. Ich rufe nach meiner Mom und meinem Dad, nach Meredith und Kavita, nach Davey Beet und sogar nach Jesus. Und schließlich rufe ich auch nach Duke, weil sich bei Jesus alles nur um Liebe und Vergebung dreht. Das ist ja schön und gut, aber was ich jetzt wirklich brauche, wäre jemand mit einer Grundausbildung in Erster Hilfe und genügend Muskelmasse, um mich hier rauszutragen.

Als ich nicht schreien kann, fange ich an zu weinen.

SIEBTER TAG

Ich schlage die Augen auf und denke als Erstes: *Dies ist der Tag, den der Herr gemacht hat*, gefolgt von der Antwort: *Lasst uns frohlocken und fröhlich an ihm sein.*

Wie witzig – ich könnte kotzen, aber mein Magen ist leer.

Im Camp Little Fish haben sie uns alles Mögliche beigebracht und dieser Spruch ist irgendwie hängen geblieben, vor allem deswegen, weil ich die Einzige war, deren Teilnahme durch ein sogenanntes *Stipendium* (ergänze: *für Bedürftige*) ermöglicht wurde. Aber die anderen Kinder sagten diesen Vers beim Frühstück auf, mit großen Augen, so als würden sie sich über etwas freuen, was ich nicht kapierte.

Ich kapiere es noch immer nicht.

Für den Augenblick kann ich festhalten, dass ich zwar nicht gerade fröhlich bin und Frohlocken keinesfalls auf der Tagesordnung steht, aber ich habe auch nicht das Gefühl, als würde ich sterben. Ich setze mich auf und rechne damit, dass mir schwarz vor Augen wird oder mein Magen revoltiert, aber nichts davon tritt ein. Mir ist ein bisschen schwindelig und ich bin schwach, mit nichts außer Opioiden und Alkohol im Bauch. Ich befinde mich noch immer in einem Wohnwagen, auf dessen Boden mehr Blut verteilt ist als durch meine Adern fließt, und mit einem Teil meines Körpers in einem Butterbrot-Beutel, aber seltsamerweise fühle ich mich ganz okay.

«Ha», sage ich, das beste Dankgebet, das ich im Augenblick zustande bringe.

Das, was noch von meinem Fuß geblieben ist, sieht besser aus, die rote Linie zieht sich eindeutig zurück. Die Blutung hat aufgehört und dort, wo ich amputiert habe, sieht das Gewebe gesund und rosig aus. Die Knochenstummel, die daraus hervorragen, sind sauber abgetrennt, ein kleines Wunder.

Ich fange an, Davey Beets Mütze aufzuribbeln.

Es widerstrebt mir und tut mir im Herzen weh, als ich oben an der Spitze an dem Knoten zupfe, den seine Mutter festgezogen hat, sobald sie die Mütze fertig hatte. Ich ziehe ihn heraus und beiße ihn auf, der Faden löst sich, ganz kraus von den Jahren als Mütze, durchtränkt von Regen und Schnee, von Daveys Schweiß und meinen Tränen. Ich trenne etwa zwei Zentimeter auf, wodurch ich ein ordentliches Stück Faden bekomme. Wieder beiße ich den Faden ab, mache erneut einen Knoten und setze Daveys Mütze wieder auf, wobei mein Kopf jetzt oben ein Stück hervorschaut.

Ich streife einen Plastikbeutel über den verletzten Fuß und stoße die Tür des Wohnwagens auf.

Ein schöner Tag, an dem ich beinahe frohlocken und fröhlich sein könnte, wenn ich mehr als Löwenzahn zu essen hätte. Ich kaue ein Weilchen, bevor ich schlucke, wie eine Kuh beim Wiederkäuen. Der Weg zum Wasser hinunter ist nicht leicht, aber ich schaffe es. Der Erlenmeyerkolben baumelt an meiner Seite, wo ich ihn mit einem Stück Faden an meinem Gürtel befestigt habe. Ich fülle ihn im Bach auf, trinke ausgiebig und fülle ihn erneut.

Ich ziehe mich aus und säubere mich, so gut es geht, meine Klamotten ebenso. Ich ruhe mich am Ufer aus, splitternackt genieße ich die Wärme der Sonne und fühle mich tatsächlich ganz anständig.

Schönes ist mir in meinem Leben nicht allzu häufig begegnet, aber ich habe durchaus ein paar gute Erinnerungen, wie beispielsweise, als mir ein Rettungsschwimmer im Freibad das Schwimmen beigebracht hat oder als ich zehn war und Dukes älterer Bruder, Wayne, einen Sechstklässler verdroschen hat, weil der versucht hatte, mich in der großen Pause für einen Kuss unter die Röhrenrutsche zu zerren. Bevor ich zum Bach hinuntergestiegen bin, habe ich noch eine Oxy genommen, und so herrscht in meinem Kopf schon wieder ein ziemliches Durcheinander, jeder Gedanke scheint mit dem nächsten verbunden, sie stürzen ohne Pause hintereinander auf mich ein. Es ist, wie wenn man nach einem kräftigen Regenguss Unkraut jätet und dabei immer mehr Erde mit ausreißt als erwartet und ein Loch hinterlässt.

Damals auf dem Schulhof hatte Wayne mir gezeigt, wie man einen Kinnhaken schlägt, und mir angeboten, ich solle an ihm ausprobieren, wie es sich anfühlte. Ich nahm ihn beim Wort und er zog grinsend, aber mit einer blutigen Lippe, davon. Das war vermutlich die beste große Pause, die ich je hatte.

Was er wohl jetzt denken würde, nachdem ich seinem Bruder mit demselben Faustschlag die Nase gebrochen habe. Ob er der Meinung wäre, ich sei vollkommen durchgeknallt, oder ob er anbieten würde, Duke festzuhalten, damit ich noch ein zweites Mal zuschlagen konnte. Da ist es nun und ich kann es nicht ignorieren. Ich habe an diesem Unkraut gezogen und es mit dem ganzen Wurzelballen ausgerissen und jetzt ist da ein großes, leeres Loch, das ich anstarren und mir überlegen kann, womit ich es füllen soll.

Ich habe zwei Optionen: Vergebung oder Wut. Ich kann nicht so tun, als wäre es mir egal, so wie es Kavita immer wieder mit Jason fertigbringt. Etwas in mir brennt zu heftig und zu tief. Und dass man mir alles, was ich fühle, immer sofort ansieht, hilft auch nicht weiter. Meredith war schon immer besser darin, ihr Gesicht genau das tun zu lassen, was es tun soll. Vielleicht hätte ich mir auf dem Schulhof lieber von ihr etwas zeigen lassen sollen anstelle von Wayne.

Ich weiß nicht recht, aber da ist und bleibt dieses Loch, und ich könnte einfach das tun, was Davey Beet und Jesus und alle anderen im Camp Little Fish von mir erwartet hätten, nämlich Duke verzeihen, dass er mich betrogen hat. Doch sobald ich über diese Worte nachdenke – *mich betrogen* –, werde ich wieder wütend und das heiße Gefühl in meinem Bauch brennt heftiger als mein Fuß.

Als ich ihn mit Natalie erwischt habe, fühlte es sich an, als ob wir beide eigentlich nur noch heulen konnten, aber inzwischen hatte ich Zeit zum Nachdenken und hätte jetzt auch das eine oder andere Wort dazu zu sagen, eine ganze Menge Worte sogar. Manche sind schlimm und die meisten sind gemein, aber das eine, das immer und immer wieder auftaucht und ausgesprochen werden möchte, ist: *warum*?

Warum musste er so etwas tun?

Warum war ich nicht genug?

Warum kann etwas Schönes nicht einfach so bleiben?

Als sein Bruder Wayne eine Schrotladung in den Arsch bekam, weil er Kate Fullerton gevögelt hatte, haben wir alle darüber gelacht. Wayne lag mit bandagiertem Hintern im Wohnzimmer auf dem Sofa und wir ließen zu dritt eine Flasche Whiskey kreisen, Duke, er und ich. Wayne erzählte es wie eine witzige Geschichte, nicht als hätte man gerade auf ihn geschossen, um ihn von einem Mädchen fernzuhalten, das er liebte. Ich lachte mit, weil ich dachte, dass es von mir erwartet wurde, und dachte dabei die ganze Zeit: *Wie kann das derselbe Typ sein, der einen Jungen verdroschen hat, weil der versucht hat, mich zu küssen?*

Vielleicht hatte sich Wayne mit der Zeit verändert. Oder

vielleicht sind alle Jungs so, dass sie mit ihren Mädels ganz anders sind als mit allen anderen. Vielleicht erzählt Duke seinen Freunden auch Geschichten über mich, wenn ich nicht dabei bin. Vielleicht hat er sich bei Natalies Anblick daran erinnert, dass es auch mit ihr mal ganz nett war, bevor er sie für mich sitzen ließ. Vielleicht kannte ich ihn doch nicht so gut, wie ich gedachte hatte, oder vielleicht hatte er ein paar Mal zu viel Davey Beets Namen aus meinem Mund gehört.

Ich weiß es nicht.

Was ich allerdings weiß, ist, dass Kate Fullerton durch dieses ganze Schlamassel einen Hund bekommen hat. Ihre Familie war der Ansicht, sie hätte so eine Art posttraumatische Belastungsstörung, nachdem sie miterleben musste, wie ihr Dad Wayne eine Ladung Schrot in den Hintern gepustet hatte, und die Krankenversicherung finanzierte ihr einen Therapiehund. Den nahm sie in die Schule und überallhin mit und durfte ihn streicheln, sooft sie sich traurig fühlte, und ich konnte immer nur daran denken, dass ich mir schon mein Leben lang einen Hund wünschte und wir uns nie einen leisten konnten.

Vielleicht kriege ich ja nach dieser ganzen Scheiße hier einen Therapiehund.

Aber gut, dass ich jetzt noch keinen habe, denn jetzt würde ich ihn aufessen.

Als Kavita aus ihrem Großstadtvorort hierhergezogen war, hatte sie keine Ahnung vom Jagen. Sie dachte, es ginge einfach nur darum, etwas zu töten, deswegen zeigte ich ihr, wie es wirklich war. Als ich sie einlud, mich zu begleiten, sah sie mich schräg von der Seite an und hielt es offenbar für eine Art Mutprobe. Aber sie nahm die Einladung an. Ihr Blick wurde noch schräger, als wir uns auf den Weg in den Wald machten und ich kein Gewehr dabeihatte.

«Du bist schnell», sagte sie. «Aber du willst mir doch nicht im Ernst erzählen, dass du ein Reh einholst und es dann mit den bloßen Händen tötest.»

Ich lächelte sie wortlos an und sie schien einen Augenblick nachzudenken, bevor sie hinzufügte: «Wobei ... zuzutrauen wäre es dir ja.»

Ich half Kavita, auf meinem Hochsitz im Wald zu klettern, bevor ich mich in dem von Duke einrichtete, der ein paar Meter entfernt hoch oben in einem Baum war. Dann brachten wir den schwierigen Teil der Jagd gemeinsam hinter uns.

«Was geht hier eigentlich ab?», fragte sie mich nach etwa fünf Minuten. «Was machen wir hier?»

«Jagen», erklärte ich. «Das hier ist der Teil, wo man wartet und beobachtet. Ich nehme erst dann ein Gewehr mit, wenn ich weiß, dass es auch etwas gibt, worauf ich schießen will. Und ich schieße nur auf etwas, das ich später auch essen werde.»

Sie hat mich danach noch drei Mal in den Wald begleitet, bis ich das Tier entdeckt hatte, das ich wollte. Ich bin keine Trophäenjägerin, wir können es uns nicht leisten, etwas ausstopfen zu lassen, und wenn ich etwas erlege, geht es dabei um das Fleisch, nicht um das Geweih. Ich hatte mir eine Hirschkuh ausgesucht und zeigte sie Kavita. Beim nächsten Mal kam sie nicht mit, was ich gut verstehen kann.

Es ist nicht leicht, einem Lebewesen beim Sterben zuzusehen.

Es zu töten auch nicht.

Jetzt habe ich nicht tagelang Zeit zu warten, zu beobachten und zu planen. Ich habe mir heute Morgen vorgenommen, etwas Entfernung zwischen mich und den Wohnwagen zu bringen, und das werde ich auch. Aber um die dafür notwendige Kraft zu haben, brauche ich etwas mehr im Magen als nur Pflanzen. Ich kenne mich in diesem Wald nicht aus und weiß nicht, wo die Wildwechsel sind. Ich kann sie nicht suchen gehen, deswegen muss ich sie zu mir bringen.

Ich habe nur eine Sache, mit der ich sie anlocken kann, und das ist mein eigener, langsam verwesender Fuß.

Als die Sonne sich schon langsam neigt und eine kühle Luft aufsteigt, finde ich nicht allzu weit vom Wohnwagen entfernt eine gute Lichtung. Ich schüttele das Stück Fuß aus dem Beutel und ziehe mich in der Nähe zurück, in der Hoffnung, dass es ein kleineres Tier sein wird, das kommt. Eines, das ich mit meinem Wanderstock erschlagen kann.

Was letztlich auftaucht, ist natürlich mal wieder ein Opossum, dessen schlangenähnlicher Schwanz hin und her zuckt, während es in die Luft schnuppert. Ich habe Glück und es kommt aus der Richtung auf die Lichtung, aus der der Wind weht, sodass der Geruch des Köders viel stärker ist als alles, was ich absondere. Das Tier knabbert genüsslich an meinen Zehen, als wären sie eine Tüte Chips, und während ich mich freue, dass mein Plan funktioniert, war ich doch nicht direkt auf den Anblick vorbereitet, dass etwas meinen Fuß verspeist.

Ich komme damit klar, dass es einen ersten Probierhappen nimmt. Ich stehe es sogar durch, als es einen Hautfetzen abzieht. Erst beim Knacken meiner Knochen zwischen seinen Zähnen halte ich es nicht mehr aus und schieße mit hochgerecktem Wanderstock über die Lichtung, um ihm das Hirn einzuschlagen. Ich bewege mich, so schnell ich kann, und hole weit aus, sobald das Opossum in Reichweite ist. Ich erwische es seitlich, sodass es weggeschleudert wird und dabei neben einem erschrockenen Bellen auch einen meiner Zehen ausspuckt.

Blöderweise habe ich nicht das erwischt, was ich wollte – den Kopf. Das Tier ist nicht betäubt und wird abhauen, wobei sein lautes Aufjaulen alles andere abschrecken wird, was sich vielleicht sonst für meinen Köder interessiert hätte. Alles verloren, und ich habe gerade meinen Fuß ganz umsonst an ein wildes Tier verfüttert, das jetzt gekriegt hat, was es wollte, und sich davonmachen wird. Aber es rennt nicht weg. Stattdessen rappelt sich das Opossum auf, läuft um mich herum, macht einen Buckel und bleckt die Zähne.

Und dann entdecke ich die Kleinen.

Sie hocken in einer Reihe am Rande der Lichtung und warten darauf, dass die Mama ihnen erlaubt, herzukommen und von der Beute zu fressen. Dann kam ich und hab ihr eins übergezogen und sie wird nicht abhauen und ihre Jungen im Stich lassen, sondern wird es mit mir aufnehmen.

Es ist so verdammt traurig, dass ich es kaum übers Herz bringe.

Aber hier draußen zu sterben, ist auch keine Option. Unter Tränen führe ich den nächsten Schlag aus. Direkt seitlich auf den Schädel. Laut zeternd fliegt die Mama durch die Luft und tut alles, um meine Aufmerksamkeit auf sich zu richten, damit ich ihre Jungen in Ruhe lasse. Sie rappelt sich noch einmal auf und geht mit letzter Kraft auf mich los. Mit einem letzten Hieb zertrümmere ich ihren Kopf, aber die Jungen laufen noch immer nicht davon.

Sie hocken da und sehen mich an.

Ich habe eben vor ihren Augen ihre Mutter getötet und sie sind noch so jung, dass sie nicht einmal wissen, dass sie vor mir davonlaufen sollten. Ich bin das Furchterregendste, was sie je in ihrem Leben zu Gesicht bekommen werden, eine wild gewordene Frau, deren Gesicht mit dem Blut ihrer Mama bespritzt ist, und doch können sie mich nur mit schreckgeweiteten Augen anstarren.

Aber da gibt es noch einen anderen Teil von mir, der genau weiß, dass sie Frischfleisch und leichte Beute sind.

«Haut ab», brüllte ich sie an, bevor ich es mir anders überlege. Ich lasse meinen Stock sinken und scheuche sie fort, bis sie endlich davonlaufen und ich ihre Schwänze in der Nacht verschwinden sehe. Ich habe ihnen beigebracht, dass es nichts Schlimmeres gibt als Menschen. Eine Lektion, die ich selbst schon als Kind gelernt habe, aber niemals selbst vermitteln wollte.

Ich schnappe mir meine Beute und packe nach kurzem Überlegen die Überreste meines Fußes zurück in den Plastikbeutel. Es gibt dafür keinen Grund außer der Tatsache, dass ich ständig an den Schädel denken muss, den ich auf dem Hinweg gefunden habe und dessen Fleisch längst im Erdboden darunter verrottet ist. Ich liebe den Wald und die Wildnis, mehr als ein Dach über meinem Kopf, aber deswegen bin ich noch lange nicht bereit, ihm auch nur das kleinste Stückchen von mir zu überlassen.

Ich löse ein Stück Blech von der Seite des Wohnwagens und passe auf, dass ich mir dabei nicht aus Versehen einen Finger abtrenne. Problemlos entzünde ich ein Feuer, das nächste Brandloch in meinem Feuerbrett. Ich schlage ein Stück Feuerstein ab, das eine scharfe Kante hat, und häute das Opossum sorgfältig, bis auch das letzte essbare Stück entfernt ist. Das Fleisch brutzelt auf dem Blech, das ich neben dem Feuer erhitze. In meinem ganzen Leben habe ich noch nicht so etwas Wunderbares gerochen.

Ich habe Fleisch und das beruhigt mein schlechtes Gewissen. Ein Stück Wild zu erlegen, ist mir noch nie leichtgefallen, aber das Wissen, dass es uns über den Winter bringen würde, ohne dass wir Fleisch kaufen mussten, brachte meinen Finger dazu, den Abzug zu betätigen. Das sorgfältige Geschäft des Zerlegens erfordert Konzentration und geschäftige Hände und lässt keinen Raum für unnötige Gedanken. Ich denke nicht an die mutterlosen Jungen ganz allein in der Wildnis, als ich den ersten Bissen richtiger Nahrung seit einer Woche in den Mund stecke. Ich denke einzig und allein daran, wie verdammt gut es sich anfühlt, wieder zu essen.

Ich lasse es langsam angehen, warte ab, bis sich der Schmerz in meinem Magen legt und der Verdauungsprozess einsetzt, bevor ich den zweiten Streifen Fleisch esse. Meinen Fuß habe ich dabei auf den Stufen des Wohnwagens hochgelagert. Die Sonne steigt langsam am Himmel, bis ich schließlich alles Fleisch gegart und in die kleinen Plastikbeutel verpackt habe. Oberhalb des Verschlusses mache ich jeweils mit der Spitze meines Feuersteins ein kleines Löchlein, durch das ich die Schnur ziehe.

Es wird Zeit zu gehen und ich bin bereit.

Ich habe rund um den Wohnwagen nach Spuren oder Anzeichen gesucht, auf welchem Weg der Besitzer kommt und geht, aber da ist nichts. Schlauerweise würde man jedes Mal einen anderen Weg nehmen, damit das, was heruntergetrampelt wurde, wieder zuwächst. Wer besonders schlau ist, würde zudem auch auf einem anderen Weg zurückgehen. Und wie es aussieht, habe ich es hier mit dem schlausten Drogendealer des Landes zu tun. Pech gehabt. Ich denke an meinen Onkel Chuck, der bewusstlos geschlagen neben seinem ausgebrannten Wohnwagen lag, als unmissverständliche Warnung, dass er zukünftig die Finger von solchen Geschäften lassen sollte.

Möglich, dass demjenigen, dem dieses Lager hier gehört, etwas Ähnliches – oder Schlimmeres – widerfahren ist. Oder vielleicht hat er zu viel von seinem eigenen Zeug probiert und ist jetzt dauerhaft verhindert, während die Wildnis schon sämtliche Zeichen seiner Gegenwart getilgt hat. Oder vielleicht habe ich hier die Gastfreundschaft desjenigen genossen, der auch Chuck zusammengeschlagen hat und nicht gerade erfreut sein wird, dass ich seinen ganzen Whiskey ausgetrunken habe.

Ich weiß es einfach nicht.

Ich habe noch drei Oxys eingesteckt – genug, um in den nächsten Tagen bei Bedarf den Schmerz in Schach zu halten, aber nicht so viel, dass ich nicht mehr klar denken kann. Der Whiskey ist leer und so spüle ich die Flasche aus und fädele Garn durch den Henkel, das ich dann an einer Gürtelschlaufe meiner Jeans befestige. Ich bin noch immer so behindert, dass ich die Krücke brauche, und kann deswegen die Wolldecke nicht tragen, deswegen lege ich sie mir wie ein modriges Cape um den Hals und verknote die Ecken miteinander. Den Feuerstein stecke ich mir in den Gürtel und positioniere den verletzten Fuß wieder in der Schlinge.

Das, was von dem Opossum übrig ist, lege ich auf den Tresen der Meth-Küche. Soll es dort verrotten.

Fuck them!

ACHTER TAG

Heute werde ich so lange gehen, bis ich etwas sehe, was ein anderer Mensch zurückgelassen hat. Eine bestimmte Entfernung kann ich mir nicht als Ziel setzen, weil mich jeder Schritt so viel Kraft kostet wie eine ganze Meile an einem normalen Tag. Mein Körper hat heftig zu kämpfen, sodass ich gefühlt eine viel weitere Strecke zurücklege, als es in Wahrheit der Fall ist, aber wenn ich eine Oxy gegen den Schmerz nehme, wird alles so unscharf. Nicht nur der Schmerz, sondern auch das Empfinden für Raum und Zeit.

Und so habe ich mir stattdessen vorgenommen, dass ich einfach immer weitergehe, bis ich auf eine Spur eines anderen Menschen stoße, die mir signalisiert, dass ich mich in der Nähe der Zivilisation befinde und hier schon einmal jemand vorbeigekommen ist. Selbst wenn es nur Müll ist, den der Wohnwagenbetreiber weggeworfen hat, dann wüsste ich immerhin, dass ich seinen Fußstapfen folge, die mich aus diesem Wald hier herausführen werden.

Zeug, das nicht in die Natur gehört, geht mir normalerweise krass gegen den Strich, so was wie Plastikverpackungen am Wegesrand oder eine verhedderte Angelschnur, die irgendwo liegen gelassen wurde, weil sie sich nicht mehr entknoten ließ. Aber jetzt würde ich meinen guten Fuß dafür geben, irgendein Anzeichen zu entdecken, dass hier vor nicht allzu langer Zeit jemand war, oder das neonfarbene Aufblitzen eines Power Walkers zwischen den Bäumen, das mich auf den richtigen Pfad führen könnte.

Im Augenblick bin nur ich selbst dieses fremde Objekt, der Eindringling – angefangen beim Gummiband in meinem BH bis hin zu den Plastikbeuteln, die an meinem Gürtel hängen, kennzeichnet mich alles als etwas, das nicht hierher in die Natur gehört. Meine Gedanken schweifen durch die Gegend, vielleicht weil meine Beine selbst nicht so recht wollen. Das Fleisch tut gut, aber ich bin nicht in der Verfassung zu kämpfen und mein Fuß fühlt sich an, als hätte ich ihn erst in den Mixer und dann in den Ofen gesteckt.

Ich bleibe erneut stehen, nehme den Fuß aus der Schlinge und ziehe den Plastikbeutel ab, um ihn in Augenschein zu nehmen. Er ist immer noch aufgeplustert wie eine Katze, die sich mit einem Rudel Hunde angelegt hat, aber die Rötung ist verschwunden. Ich öffne einen Beutel und esse etwas von dem Opossumfleisch, weil mir klar ist, dass es in ein paar Tagen verdorben sein wird. Ich vertilge den ganzen Beutelinhalt und spüle alles mit nach Whiskey schmeckendem Wasser hinunter.

Nachdem ich bereits zwei Schritte von der großen Buche weggehumpelt bin, an die ich mich gelehnt hatte, sehe ich mich noch einmal um, denn ich will ganz bestimmt nicht die Einzige sein, die hier draußen irgendwelchen Müll zurücklässt. Und da, genau über der Stelle, an der ich gerade noch gesessen habe, ist der Beweis, nach dem ich gesucht habe, dass vor mir schon einmal ein Mensch hier vorbeigekommen ist. Eingeritzt in die Rinde der Buche.

DAVEY BEET WAR HIER

Kurz vor seinem Verschwinden habe ich Davey Beet noch einmal gesehen.

Wir sind uns zufällig an der Tankstelle begegnet. Er war

gerade auf dem Weg nach draußen, als ich reinkam, und er hielt mir die Tür auf und machte dann kehrt, als er mich erkannte. Ich war viel zu verschüchtert, um irgendetwas zu sagen, aber als ich ein fragendes «Ass-kicker?» vernahm, drehte ich mich schneller um als eine Wetterfahne im Wind.

Ich war fünfzehn damals, hatte gerade den Führerschein gemacht und nutzte jede Gelegenheit zum Fahren, etwa um an der Tankstelle Milch zu holen, auch wenn wir noch eine halb volle Packung zu Hause hatten. Davey war zwanzig, drei Monate vor seinem Verschwinden, und er arbeitete für einen Landschaftsgärtner. Er war gebräunt und fit, die Haare ein bisschen lang ringelten sich unter seiner Baseballkappe hervor.

Ich merkte, dass er nicht recht wusste, was er von mir halten oder wohin er schauen sollte. Mein Körper hatte sich im Laufe dieses Sommers gerundet und Meredith hatte mir gezeigt, wie ich mich kleiden musste, um das auch zu zeigen. Ich ging nicht so weit, dass mein Dad mich in diesem Aufzug nicht aus dem Haus gelassen hätte, aber mein Ausschnitt war nicht zu übersehen und ich hatte Beine, die bis zu den Schulterblättern reichten. Ich hatte nichts dagegen, wenn ich damit Aufmerksamkeit erregte, aber bis zu diesem Augenblick hatte es mir auch nie *gefallen*.

«Hey, Davey», sagte ich und ließ die Tür hinter mir zufallen, während ich aus dem Luftstrom der Klimaanlage ins Freie trat. «Und, was geht so bei dir?»

Nicht besonders viel, wie sich herausstellte, aber es war dennoch alles faszinierend, weil es mit Davey Beet zu tun hatte und weil er hier neben mir stand und davon erzählte, als wollte er mich vielleicht ein ganz kleines bisschen beeindrucken.

«Und bei dir so?», fragte er und ich berichtete, dass ich

jetzt den Führerschein hatte, wobei ich betonte, dass ich jetzt überallhin konnte und nicht zu einer bestimmten Zeit zu Hause sein musste. Theoretisch hätte mich noch ein Erwachsener im Auto begleiten müssen, aber von denen gab es nicht so viele in meiner Reichweite und Dad arbeitete mal wieder Doppelschichten.

Davey nickte immer wieder und ich glaube, ich bilde mir nicht nur ein, dass da eine kleine Pause war, in der er kurz davor war, mich nach meiner Handynummer zu fragen oder ob wir vielleicht mal was zusammen machen wollten. Ich hielt den Atem an, während ich in der Hitze briet, die der Asphalt abstrahlte, und mein Mund so trocken war wie nie zuvor oder seither, nicht einmal jetzt.

Vielleicht hat Davey in diesem Augenblick kurz nachgerechnet und festgestellt, dass ich erst fünfzehn war. Davey Beet blieb anständig und ließ die Gelegenheit vorüberziehen, auch wenn ich selbst es verdammt cool gefunden hätte, wenn er dieses eine Mal weniger korrekt gewesen wäre.

Als sein Kumpel, der in dem Lkw saß, nach ihm rief, meinte Davey, es wäre nett gewesen, sich mit mir zu unterhalten, aber er müsste jetzt lieber mal wieder was arbeiten, und damit ging er davon. Einmal drehte er sich noch um und sagte etwas, was mir für immer im Gedächtnis bleiben wird.

«Du hast dich gut gemacht, Ass-kicker!», rief er.

Ich wusste nicht, was ich sagen sollte, und nickte nur. Wäre ich vielleicht etwas älter oder selbstsicherer gewesen, hätte ich ihn gefragt, statt auf seine Initiative zu warten. Vielleicht hätte er dann gesagt: «Nein, aber ruf an, wenn du achtzehn bist.» Vielleicht hätte mehr werden können aus dieser kleinen Andeutung, die ich in seinem Blick sah, und vielleicht wäre er dann nicht in die Wildnis hinausgezogen, nachdem ein anderes Mädchen ihm das Herz gebrochen hatte.

Und vielleicht würde ich dann jetzt nicht hier stehen und die Worte betrachten, die einer geschrieben hat, der nie zurückkam und nie gefunden wurde.

Ich marschiere, bis ich nicht mehr kann.

Es sind weder Schmerz noch Hunger, die mich bremsen, sondern die pure Erschöpfung. In mir ist nichts als Müdigkeit, als ich unter einem großen Ahorn zu Boden falle und es nicht mehr schaffe aufzustehen. Ich bleibe still liegen, nehme meinen Fuß aus der Schlinge und rolle mich auf den Rücken, sodass ich in die Baumkrone und in den dunkler werdenden Himmel dazwischen hinaufblicken kann.

Es ist Abend. Die Frösche singen und das Licht hat diese ganz spezielle Farbe, bei der es mich normalerweise nach draußen zieht und ich dortbleiben möchte, was mir im Augenblick wie ein schlechter Witz erscheint. Auch wenn ich Davey Beets Namen an diesem Baum hinter mir gelassen habe, ist er doch wie eingebrannt und ich kann an nichts anderes denken. Ich habe wohl so viel Zeit damit verbracht, an Davey zu denken, dass ich nun irgendwie seinen Fußstapfen folge.

Ein verrückter Gedanke und ja, ich hab mir eine Oxy gegönnt, als ich zuletzt auf ein fließendes Gewässer gestoßen bin, wo ich die Whiskeyflasche auffüllen konnte. Aber ich bin mir nicht sicher, ob ich nicht auch ohne Drogen auf diese Idee gekommen wäre. Davey war für mich immer wie ein sicherer Ort, an den ich zurückkehren konnte, oder ein Was-wäre-wenn, das mir Kraft gab, wenn ich mich heftig mit Duke gestritten hatte oder wenn es zu Hause nicht rundlief, wie damals, als ich zu Dad gesagt hatte, dass ich öfter Freunde mit nach Hause bringen würde, wenn wir nicht in einem Trailer wohnen würden.

Der Gedanke daran ist mir noch immer peinlich, selbst hier draußen in der Wildnis.

Das ist eine Erinnerung, die mich mein ganzes Leben lang verfolgen wird, so wie das erste Mal, als ich zu einer Geburtstagsparty eingeladen war und als Einzige ohne Geschenk dastand, oder als Kate Fullerton das T-Shirt wiederkannte, das ich trug, weil es ihr gehört hatte und sie es in die Kleiderkammer gegeben hatte. Scham brennt sich mit der Zeit immer tiefer ein und lässt eine Narbe zurück, die sich rot und glänzend hervorwölbt und nie ganz in Vergessenheit gerät.

Es war, nachdem ich angefangen hatte, Auto zu fahren, und Dad die Bemerkung machte, ich wäre nur noch so selten zu Hause, dass er mich schon bald Wendy (der Name meiner Mom) nennen könnte. Ich weiß nicht, ob es nur ein ungünstiger Zeitpunkt war oder überhaupt eine blöde Bemerkung gegenüber einem mutterlosen Mädchen, aber ich ging hoch, als hätte er ein Zündholz an eine Feuerwerksrakete gehalten.

Ich erwiderte, ich wäre vielleicht öfter zu Hause, wenn es etwas Besseres zu essen gäbe als immer nur Wild oder Makkaroni mit Käsesoße. Ich sagte, ich würde vielleicht mehr Zeit mit ihm verbringen, wenn wir tatsächlich mal Fangen spielen würden, statt immer nur Baseball zu glotzen, oder dass ich vielleicht sogar mal Freunde nach Hause mitbringen würde, wenn ich nicht immer befürchten müsste, dass er vor ihren Augen in Doppelripp mit raushängendem Bierbauch zum Kühlschrank schlurft, um sich Nachschub zu holen.

Das alles sagte ich zu dem Menschen, der mich großgezogen hat, zu dem Elternteil, der dageblieben ist, der mich gefüttert und angezogen und mir jeden Abend vorgelesen und dabei die weiblichen Charaktere mit hoher Stimme gesprochen hat. Und jedes meiner Worte traf ihn zutiefst, schnitt durch Mark und Bein und grub sich in seine Seele.

Ich merkte es genau und machte trotzdem weiter und sagte all das Böse, was mir in den Sinn kam, bis er schließlich die Tür aufhielt und meinte, wenn es so schlimm wäre, sollte ich doch gehen. Dabei riss er so heftig an der Tür, dass sie unter seinen Händen nachgab und sich aus den Angeln löste. Nun hatte sein Haus noch nicht einmal mehr einen anständigen Eingang.

Er schaute so entsetzt drein, als hätte sich die ganze Welt gegen ihn verschworen in Gestalt seiner Tochter und seines eigenen Zuhauses. Auch ich war sauer auf unseren beschissenen Trailer und auf die Tür, dass sie genau in diesem Augenblick kaputtging, obwohl sie damit ja nur den Beweis für meinen Vorwurf geliefert hatte. Ich brauchte nicht auch noch den Zufall oder das Schicksal auf meiner Seite zum Beweis, wie mies wir dran waren, deswegen packte ich die Tür und schmiss sie nach draußen in den Garten und trampelte darauf herum, bis meine Füße einbrachen und der Metallrahmen total verbogen war.

Das war nicht gerade das Schlaueste, was ich je getan habe, aber es fühlte sich gut an. Und im Anschluss fuhren Dad und ich zum Baumarkt, um eine neue Tür zu besorgen. Wir bauten sie ein und tranken ein Bier und schauten danach Sport im Fernsehen. Wir redeten nicht über den Streit, sondern fanden wie immer in unseren alten Trott zurück, indem wir einfach ohne viele Worte zusammenarbeiteten. Jeder von uns wusste genau, was der oder die andere jetzt gleich tun würde und welches Werkzeug er oder sie brauchen würde.

So war es schon immer zwischen Dad und mir, wir mussten nicht reden, um uns zu verständigen. Während ich zusehe, wie das Licht am Himmel langsam schwindet, frage ich mich, ob er mich wohl jetzt hören könnte, wenn ich ihm sage, dass ich ihn lieb habe und dass es mir leidtut, das damals und das jetzt auch. Ich frage mich, ob er wohl gerade ein Baseballspiel anschaut, wie viele Biere er getrunken hat oder ob die Tür klappert, wenn Wind aufkommt, weil er es geschafft hat, den ganzen Türrahmen kaputt zu machen, als er sie aus den Angeln gerissen hat.

Die Wahrheit ist, dass ich unseren beschissenen Trailer vermisse, und nicht nur, weil es ein Dach über dem Kopf wäre.

Es ist mein Zuhause mitsamt einem Menschen, der mich liebt.

Eine Weile habe ich es mal mit der Kirche versucht.

Diese Erinnerungen steigen in mir auf, weil ich in den Ahornbaum hinaufschaue, und da ist eine Stelle, wo sich die Äste überschneiden, und so schwebt tatsächlich ein Kreuz direkt über meinem Kopf.

Dad meinte, es gäbe schon mehr als genügend Leute in seinem Leben, die Dankbarkeit für dies oder jenes von ihm verlangten, und das mit der Vergebung war nicht so leicht für ihn, solange es an der Tagesordnung war, dass er von anderen schlecht behandelt wurde. So wie beispielsweise von dem Typen, der ihm seine Überstunden-Schicht weggeschnappt hatte, als es bei uns gerade mal wieder ziemlich eng war, sodass uns sogar der Strom fast abgestellt wurde. Aber wenn ich dort hingehen wollte, hatte Dad nichts dagegen, und weil das Camp Little Fish irgendwie mit den Methodisten zusammenhing, kam es, dass ich im zweiten Sommer dort genügend Interesse bekundete und schließlich in eine Fahrgemeinschaft aufgenommen wurde.

Von da an wurde ich jeden Sonntagmorgen von einer netten Frau abgeholt, deren eigene Kinder hinten auf dem Rücksitz saßen mit ordentlich geknöpften Hemden und Beinen, die wie kleine Würstchen fest in den Nylonstrumpfhosen steckten. Ich hatte nichts in der Art und trug daher einfach nur saubere Jeans und ein T-Shirt ohne blöden Spruch drauf und es schien keinem etwas auszumachen. Allerdings kam es häufiger vor, dass mir Leute aus der Gemeinde Tüten mit Klamotten gaben, die sie zufällig beim Frühjahrsputz ausgemustert hätten oder die ihrer Tochter nicht mehr passten und ich würde ihnen die Mühe eines Garagenflohmarktes ersparen, wenn ich sie nahm.

Ich hatte eigentlich kein Problem damit, weil sie mir nie irgendwelche albernen Kleidchen oder Zeug gaben, das ich nicht gut gebrauchen konnte. Einer gab mir sogar mal ein paar Wanderstiefel, die angeblich seinem Sohn gehört hatten, aber wenn sie wirklich gebraucht waren, dann hatte sein Sohn damit nie einen einzigen Schritt vor die Tür gesetzt, weil sie nach frischem Gummi rochen und so fest saßen, als kämen sie frisch aus der Schuhschachtel. Die Leute waren wirklich alle sehr nett und ich hatte nie das Gefühl, dass sie mich bevormunden oder in irgendeiner Weise herabsetzen wollen.

Schon komisch, wenn man an einem Opossumknochen herumnagt und gleichzeitig darüber nachdenkt, ob man zu stolz ist, aber vielleicht war genau das letztlich mein Problem. Denn nach einer Weile machte sich das Gewicht bemerkbar, das ich mit diesen Klamotten mit mir herumschleppte, und jede neu gewonnene Freundschaft kam mir vor, als wäre ich den Leuten etwas schuldig. Außerdem war mein erster Versuch, so eine Strumpfhose anzuziehen, nicht besonders erfolgreich verlaufen.

Jemand hatte mir eine geschenkt zusammen mit einem Jeansrock, bei dem ich mir vorstellen konnte, ihn zu tragen, ohne mich allzu unwohl darin zu fühlen, denn schließlich war er aus Jeansstoff. Aber mit der Strumpfhose kam ich einfach nicht klar. Ich hatte in meinem ganzen Leben noch keine getragen und hatte keine Ahnung, wie man da ziehen und zupfen und sich hineinruckeln musste, das hat Meredith mir erst viel später beigebracht. Zu der Zeit war ich zwölf und dachte, dass es überall so funktionierte wie bei Baumwollunterwäsche oder Jeans. Man streckte einfach den Fuß hinein und zog es nach oben.

Mit dieser Theorie kam ich hier nicht weiter und die Strumpfhose gewann den Kampf, als ich das Gleichgewicht verlor und hinfiel und dabei in dem winzigen Badezimmer unseres Trailers mit dem Gesicht gegen die Wand schlug und mir die Spitze des Handtuchhalters in die Hüfte bohrte. Mir entfuhr ein Wort, das die Frau, die mich immer abholte, nicht geduldet hätte, und schaute nach draußen, wo sie gerade zu unserem Haus einbog. Ohne die Strumpfhose konnte ich nicht gehen, weil ich keine saubere Unterwäsche hatte. Dad schnarchte in seinem Zimmer vor sich hin und hätte mir ohnehin beim Thema Strumpfhose nicht wirklich weiterhelfen können.

Und so zog und zerrte ich und riss dabei mit den Fingern ein Loch in das verdammte Ding, das sich zu einer Laufmasche von der Hüfte bis zu den Zehennägeln auswuchs. Meine Abholerin drückte auf die Hupe – einmal, höflich – und ich fluchte schon wieder und muss zugeben, dass es diesmal tatsächlich mehr ihr als meiner Kleidung galt. Zu diesem Zeitpunkt heulte ich bereits vor lauter Frust und wusste nicht, was ich tun sollte. Es war mir zu peinlich, zur Tür zu watscheln und ihr zu bedeuten, sie solle fahren, und ich kriegte das verdammte Ding auch nicht wieder aus. Und so musste ich mich geschlagen geben und einem Kleidungsstück den Sieg überlassen, weil mir niemand beigebracht hatte, wie man mit dieser speziellen Damenkleidung umzugehen hatte.

Hilflos saß ich auf dem Badezimmerboden und wartete darauf, dass die Frau aufgab und davonfuhr.

Das tat sie dann schließlich, aber in der darauffolgenden Woche kam sie wieder. Sowohl mein Dad als auch Jesus hatten mir oft genug erklärt, dass man nicht lügen durfte, und so wagte ich es nicht, ihr zu erzählen, ich wäre krank gewesen, und konnte gleichzeitig auch nicht die Wahrheit eingestehen. Und so ging ich den Weg des geringsten Widerstands, zog mir die Decke über den Kopf und wartete, bis sie abzog. Sie blieb aber hartnäckig und kam nach ein paar Wochen sogar mal an die Tür, suchte dann aber schnell das Weite, als Dad in Unterwäsche aufmachte.

Letztendlich waren die Nachbarn im Trailer nebenan so genervt von ihrer Huperei, dass sie eine Ladung Schrot auf sie abfeuerten, was das Fass zum Überlaufen brachte. Ich war seither nie mehr in der Kirche und verbrannte die Strumpfhose bei der nächsten sich bietenden Gelegenheit in der Tonne hinten im Garten. Ich kann nicht behaupten, dass es mir fehlte, aber ein bisschen was ist doch hängen geblieben.

Ständig war da die Rede von Psalm 23 gewesen, das ist die Sache mit dem Herrn, der dein Hirte ist und dich auf grüner Aue weidet und du dich nicht fürchten musst, auch wenn es durchs finstere Tal geht. Ich muss zugeben, so einen als Backup zu haben, wäre jetzt schon nicht schlecht.

Aber mein Blick wanderte schon damals immer hinüber zu Psalm 22. Während alle anderen die tröstlichen Worte aufsagten, las ich über den harten Scheiß, der dem entsprach, was in meinem Leben so abging. Ich kann es bis heute auswendig.

«Sei mir nicht fern», sage ich. «Denn die Not ist nah und niemand ist da, der hilft!»

Ich weiß nicht, ob ich das jetzt aufsage, weil ich glaube,

dass da tatsächlich ein Gott sein könnte, der zuhört, oder ob ich mich nur auf andere Gedanken bringen will, aber ich lecke mir das Opossum-Fett von den Lippen und fahre fort.

«Ihren Rachen sperren sie auf gegen mich wie ein brüllender und reißender Löwe.»

Das ist zwar noch nicht ganz eingetreten, aber so, wie die Dinge im Augenblick laufen, würde es mich nicht überraschen.

«Ich bin ausgeschüttet wie Wasser, alle meine Gebeine haben sich zertrennt; mein Herz ist in meinem Leibe wie zerschmolzen Wachs.»

Das letzte bisschen Oxy kursiert noch in meinen Adern und ich glaube zwar, dass es in der Bibel vielleicht nicht genau so gemeint ist, wenn davon die Rede ist, man würde ausgeschüttet wie Wasser, aber es fühlt sich auf jeden Fall ähnlich an. Meine Stimme gerät ins Zittern, wenn ich daran denke, dass mein Herz in mir schmilzt, und an den Laut, der Duke entschlüpft war, als er sich im Mondschein mit Natalie vergnügt hat.

«Meine Kräfte sind vertrocknet wie eine Scherbe und meine Zunge klebt an meinem Gaumen und du legst mich in des Todes Staub.»

Die ersten beiden könnten nicht zutreffender sein und ich hoffe, das Letzte ist nur symbolisch zu verstehen.

«Denn die Hunde haben mich umgeben und der Bösen Rotte hat mich umringt; sie haben meine Hände und Füße durchbohrt.»

Zumindest das, was von meinen Füßen übrig ist. Ich weiß nicht, wie viel Durchbohren ich noch ertragen kann.

«Ich kann alle meine Gebeine zählen; aber sie schauen und sehen ihre Lust an mir.»

Das ist zutreffender, als mir lieb ist, aber wenn da jemand

wäre, der mich anschauen könnte, wäre meine Lage deutlich besser, weswegen sie von mir aus gerne schauen und sich lustig machen könnten.

«Sie teilen meine Kleider unter sich und werfen das Los um mein Gewand.»

Das Teilen hab ich schon selbst übernommen und mein T-Shirt in lauter Streifen zerrissen und meine Jeans gebe ich gerne her, wenn mich dafür jemand ins Krankenhaus fährt.

«Aber du, HERR, sei nicht ferne; meine Stärke, eile, mir zu helfen!»

Je eher, desto besser.

NEUNTER TAG

Am Morgen stopfe ich alles in mich hinein, was noch von dem Opossum übrig ist, da ich Angst habe, es könnte verderben, wenn ich noch länger warte. Ich vertilge es problemlos, mein Magen hat kapiert, worum es geht. Ich weiß, dass es bedeutet, dass ich umso mehr Schmerzen haben werde, sobald der Prozess des Hungerns wieder einsetzt. Ich kann nur hoffen, dass mir das erspart bleiben wird.

Die leeren Plastikbeutel stecke ich in die eine Hosentasche und den einzigen, der noch etwas enthält – eine Oxy –, in die andere. Der verletzte Fuß ist noch immer geschwollen, aber die Wunde sieht sauber aus. Mehr kann ich nicht erwarten. Ich stülpe einen Beutel darüber und stecke den Fuß zurück in die Schlinge, positioniere die Krücke unter meiner Achsel und mache mich ein weiteres Mal auf den Weg.

Ich denke ständig, dass das alles doch irgendwann ein Ende haben müsste, dass wir schon so viel unserer natürlichen Umwelt vernichtet haben, dass ich früher oder später auf eine Straße stoßen werde oder auf eine Offroad-Piste, eine Erdgas-Förderanlage ... auf irgendetwas. Die Menschen haben es nie geschafft, die Natur in Ruhe zu lassen, sondern haben sich mit Maschinen mit Metallzähnen und geldgierigen Mäulern auf sie gestürzt. Wie oft hatte ich mit dem Auto auf den Seitenstreifen ausweichen müssen, um einen Gastankwagen an mir vorüberzulassen, weil das Sträßchen, das zu unserem Haus führt, zu schmal war für uns beide?

Wahrhaftig oft genug! Und jedes Mal habe ich sie verflucht, was schließlich dazu führte, dass sich die Jungs einen Spaß daraus machten, von mir den Stinkefinger gezeigt zu bekommen, und deswegen noch häufiger über unsere Straße fuhren, nur um zu sehen, wie ich mich hinter dem Lenkrad über sie aufregte. Dad meinte oft, wenn ich nicht immer so heftig reagieren würde, dann würden die Leute mir auch nicht ständig mies kommen.

Aber im Augenblick hätte ich wirklich nichts gegen so einen Transporter einzuwenden. Würde ihn wohl nicht mal mehr verfluchen. Aber solange ich hier weder auf einen Wanderweg noch auf eine Straße stoße, sehe ich dazu in allernächster Zukunft wenig Gelegenheit.

Ich folge dem Plätschern eines kleinen Baches und mache halt, um meine Whiskeyflasche aufzufüllen. Das Wasser ist tief genug und hat eine ordentliche Strömung mit ein paar stilleren Gumpen in der Nähe einiger Steine, wo ich einige Schwarzbarsche stehen sehe. Sie öffnen und schließen ihre Mäuler in einem Rhythmus, dem sich mein eigener Atem anpasst, langsam und regelmäßig. Ich weiß nicht, warum ich hier draußen ständig darüber nachdenke, was ich alles falsch gemacht habe. Vielleicht weil ich hier nichts anderes habe als Zeit und ich nicht besonders viel richtig gemacht habe.

Mit frisch gefüllter Flasche krabbele ich mühsam die Uferböschung hoch, wobei ich mich mehr an Bäumen festhalte und mich mit den Armen in die Höhe ziehe, als mein gutes Bein einzusetzen. Ich verliere das Gleichgewicht und stoße dabei mit meiner Wunde am Fuß gegen eine kleine Ulme, was einen Feuersturm in meinem Hirn auslöst.

Ich krame die Oxy hervor und zerteile sie mit dem Fingernagel, der sich verbiegt, bevor die Tablette nachgibt. Ich bin unterernährt, all die kleinen Dinge, die einmal *mich* ausgemacht haben, verschwinden nach und nach. Ich rappele mich mühsam auf und mache mich bereit. Ich stehe ein wenig zu der Seite gebeugt, wo die schwere Whiskeyflasche an mir zerrt. Das wird meine Richtung beeinflussen und ich werde es nicht schaffen, auch nur annähernd geradeaus zu humpeln, indem ich erst die Krücke, dann den guten Fuß voreinandersetze.

Aber immerhin bewege ich mich weiterhin vorwärts.

Einen Wildwechsel erkennt man am besten, wenn man nicht direkt darauf schaut.

Wer mit dem Wald vertraut ist, weiß das, aber jemandem beizubringen, wie man Dinge sieht, ohne hinzuschauen, ist gar nicht so leicht. Ich kannte die Wälder in der Nähe unseres Trailers gut genug, um die Pässe und die Lieblingsplätze der Waschbären zu kennen, und Dad hatte mir beigebracht, wie ich anhand der Spuren die Größe des Wilds einschätzen konnte, aber Davey Beet war es, der mir gezeigt hat, wie ich einen Wildwechsel auch ohne Spuren erkenne.

«Dort drüben», erklärte er mir und packte mich am Handgelenk, um zu verhindern, dass ich über eine Geländekante stürzte.

Es war mir peinlich, dass ich gestolpert war, und noch viel mehr, dass er mich aufgefangen hatte, und so schüttelte ich seine Hand ab. «Was ist wo drüben?»

Davey deutete mit dem Kopf in Richtung Westen und ich tat das, was alle getan hätten, ich starrte auf das Unterholz und versuchte zu erkennen, was genau dort seine Aufmerksamkeit erregt hatte.

«Nein», sagte er. «Du darfst nicht auf den Boden schauen. Schau auf halber Höhe der Bäume und entspann deine Augen. Dann wirst du es sehen.»

Und verdammt, er hatte recht. Es war wie bei einem dieser

Bilder, wo tausend Kleinigkeiten zusammen ein großes Bild ergeben, und wenn man zu nah auf die Details schaut, kann man das Gesamtbild nicht erkennen.

Der Wildwechsel, der mir jetzt ins Auge sticht, fällt mir nur deswegen auf, weil ich es noch immer nicht aufgegeben habe, nach Wegmarkierungen an den Bäumen zu suchen, für den unwahrscheinlichen Fall, dass ich doch wieder auf den Trail stoße. Aber ich sehe keinen Farbklecks, sondern eine Verwachsung, die entweder wirklich aussieht wie ein menschliches Gesicht oder ich bin schon viel zu lange allein. In jedem Fall bin ich ganz darauf konzentriert und nicht auf den Boden, als sich plötzlich alles zusammenfügt und ich den Wildwechsel bemerke.

Menschen sind nicht die einzigen Gewohnheitstiere. Wild geht jeden Tag über dieselben Pfade vom Schlafplatz zur Futterstelle und weiter zur Tränke. Nicht selten finden sich dort die gespreizten Pfotenabdrücke von Waschbären und die Kratzspuren eines Truthahns direkt neben den gespaltenen Hufabdrücken eines Rehs. So ein Wildwechsel ist viel begangen und wird von ganz unterschiedlichen Tieren benutzt. Aber das bedeutet keineswegs, dass er einem wirklich gleich ins Auge sticht. Tiere bewegen sich sanft und langsam durch den Wald und hinterlassen dabei oft nicht mehr als ein paar in dieselbe Richtung geknickte Grashalme, so als würde ich mir nach dem Duschen einen Scheitel ziehen.

Ähnlich schmal ist auch dieser Wechsel und er führt nicht Richtung Westen, aber ich habe mich jetzt schon so lange alleine durchs Unterholz geschlagen, dass es schön wäre, mal für eine Weile einem gebahnten Weg zu folgen. Und so beschließe ich zu schauen, ob das Wild vielleicht mehr weiß als ich. Ich stoße auf Losung und einige Stellen, an denen noch vor Kurzem Tiere gelagert haben, was bedeutet, dass sie nicht weit entfernt sein können. Das könnte mir eigentlich egal sein. Denn wie Kavita schon vor einer Ewigkeit ganz richtig bemerkte, bin ich ja nicht in der Lage, eines von den Tieren einzuholen und mit bloßen Händen zu töten. Und selbst wenn ich es könnte, würde ich es nicht tun. Ich könnte höchstens ein Zehntel davon essen und noch etwa dieselbe Menge mitnehmen, bevor es schlecht wird. Und so ist es mehr Neugier als Notwendigkeit, die mich vorantreibt, und ich halte nicht nach den leckersten Stücken Ausschau, als ich die Kitze entdecke.

Ich genieße einfach nur ihren Anblick.

Sie grasen auf einer kleinen Lichtung, mit ihren kurzen, stummeligen Zähnen reißen sie das frische Gras ab. Sie tragen noch ihr gepunktetes Fell, das Weiß leuchtet hell in der Sonne, zufrieden zucken ihre Schwänze beim Kauen hin und her. Als die Mutter den Kopf hebt und mich bemerkt, erstarrt sie. Ebenso wie ich, während ich darauf warte, dass sie schnaubt, um ihre Jungen zu warnen, dass sich ein Raubtier nähert und es Zeit wird zu fliehen.

Aber sie bleibt still stehen.

Und da weiß ich, dass ich wirklich am Ende bin.

ZEHNTER TAG

Alle meine Beutel sind leer und mein Magen ebenso. Ich habe mir nicht die Mühe gemacht, einen Unterschlupf zu bauen. Stattdessen bin ich unter die tief hängenden Zweige einer Kiefer gekrochen und habe mir im Schlaf die Faust in die Magengrube gedrückt, als könnte ich ihn damit austricksen, dass er glaubt, er wäre gefüllt. Funktioniert hat es natürlich nicht und beim Aufwachen bin ich voller Nadeln, die in seltsamen Winkeln in meiner Haut piksen, und habe ein Grummeln im Bauch, das sich nur durch Essen beruhigen lassen wird.

Noch tut es nicht weh. Mit bleiben vermutlich noch mindestens zwei Tage, bis die Schmerzen zurückkehren, das ist immerhin etwas. Ich reiße ein wenig Grünzeug aus und kaue darauf herum. Ich schiebe es im Mund hin und her genau wie das Reh gestern und denke nach. Ich habe mich noch nicht unter der Kiefer hervorgewagt, als es anfängt zu regnen, und die dichten Zweige schützen mich einigermaßen vor der Nässe.

In meine Decke gewickelt, schaue ich in den Regen hinaus, der sich von vereinzelten großen Tropfen zu einem kräftigen Guss und schließlich zu einer Wasserwand entwickelt. Ich kann nichts tun außer dazusitzen. Die ganze Zeit habe ich mir selbst befohlen weiterzumarschieren, so als wäre das ein sicherer Plan, der zu einem guten Ende führen würde, doch dieser Antrieb ist auf einmal weg.

Ich versuche, mir einzureden, dass ich nur die Gelegenheit zu dieser kleinen Pause nutze, weil es keinen Sinn hat, herumzulaufen und pitschnass zu werden und irgendwelche glitschigen Abhänge hinunterzuschlittern und vielleicht sogar vom Blitz erschlagen zu werden. Aber in Wahrheit bin ich es einfach nur leid. Ich bin es leid, immer weiter zu gehen und doch nirgendwo hinzukommen, und ich bin es leid, dass mir alles wehtut, bis hin zu meinen Innereien. Und ich bin müde, obwohl ich weiß, dass ich mich gestern schon vor Einbruch der Dunkelheit schlafen gelegt habe und die Sonne schon die Hälfte ihres Arbeitstages hinter sich hatte, als ich aufgewacht bin.

Nichts von alldem ist gut. Das ist mir klar.

Mein Körper ist erschöpft und mein Geist ist bereit, sich dem anzuschließen. Da waren lauter kleine Dinge, die ich nicht weiter beachtet habe, und jetzt, wo ich hier festsitze, kann ich sie nicht länger ignorieren. Gestern habe ich mit einem Baum gesprochen, auch wenn ich mich nicht mehr erinnere, was ich gesagt habe. Ich weiß, dass er mir nicht geantwortet hat, was ein Pluspunkt für mich ist, aber die Tatsache, dass ich darüber enttäuscht war, ist es nicht.

Außerdem habe ich unverhältnismäßig oft an Käse gedacht. Gestern bin ich so um die vier Meilen gelaufen und habe dabei die ganze Zeit an dicke, orangefarbene Blöcke von Cheddar gedacht. Ich kann es nicht erklären, aber ich habe den Käse direkt vor mir gesehen, bis hin zu den unregelmäßigen Rissen, wenn man ein Stück abbricht und wie das dann in der Hand zerkrümelt. Einmal habe ich mich sogar rückwärts hingesetzt, genau auf den verletzten Fuß, der immer noch in der Schlinge steckte, und habe den Schmerz gar nicht so registriert, weil ich in Gedanken noch ganz bei dem Käse war.

Die Farbe. Der Geruch. Der Geschmack. Die Konsistenz.

Sogar an den angenehmen Schwall kühler Luft aus dem Kühlschrank habe ich gedacht, wenn man ihn aufmacht, eine Art Auftakt zu dem Käse.

«Ein Käse mit Auftakt», sage ich laut zu mir selbst. «Du bist echt bekloppt.»

Das mag stimmen, aber es bedeutet noch lange nicht, dass ich nicht hier im Regen sitzen, an Grashalmen herumkauen und dabei an Käse denken kann. Das kommt bestimmt daher, dass es genau das ist, was ich im Augenblick nicht haben kann. Als Kind habe ich mir alle möglichen Dinge gewünscht, die ich nie bekommen würde: ein Pony, einen Hund, eine Mutter. Und dann saß ich da und dachte an diese Dinge, wie schön es sein würde, wie nah wir uns wären, was wir alles zusammen unternehmen würden.

Und das Komische dabei ist, dass ich am Ende auch in meinen Tagträumen immer alle mit in den Wald genommen habe.

«Haha», sage ich und verliere dabei versehentlich ein Stück Grünzeug aus dem Mund. Ich pflücke es aus meinem BH und stecke es wieder hinein.

Ich rolle mich zusammen und ziehe mir die Decke über die Hüften, die jetzt noch viel schärfer hervorstehen, wie mir auffällt. Auch im Dunkeln kann ich meine Rippen zählen. Meine Finger fahren darüber, so wie ich es angeblich schon im Bauch mit den Rippen meiner Mom getan habe. Ich wandere mit den Händen über mein Gesicht, fahre die Augenhöhlen nach, die so tief sind, als würde mein Schädel sich schrittweise nach außen drängen.

Ich habe meinen Körper immer gut gekannt, seine Stärke und seine Zähigkeit, die langen Muskeln meiner Beine und die sanfte Wölbung meines Bizeps. Das hier ist anders: Auf einmal mache ich intime Bekanntschaft mit meinem Skelett, von den frei liegenden Bruchstellen an meinem Fuß bis hin zur scharfen Kante meines Kiefers, die sich in den Boden drückt, während ich versuche, eine bequeme Stellung zu finden. Ich lerne die tiefer liegenden Teile meines Körpers kennen, vielleicht sogar über das hinaus, für das die Medizin einen Namen hat. Bis hinein in meine Weichteile und noch tiefer, wo sich all das aufhält, was sich nicht mit Händen greifen lässt.

Ich entdecke mich selbst hier draußen, im Guten wie im Schlechten. Da sind Dinge, auf die ich stolz bin, und Zeug, das ich lieber vergessen würde, aber alles zusammen macht mich aus, wer ich bin und wer ich war und woran ich arbeiten muss, wenn ich ein anderer Mensch werden will. Aber all das werde ich nie tun und nie dieser Mensch sein, wenn ich hier draußen sterbe.

Ich atme tief aus und bringe damit ein paar Kiefernnadeln vor meinem Gesicht ins Schwanken. Es weht ein kräftiger Wind, der mit seinen eisigen Fingern nach mir greift und unter die Ecken meiner Decke fährt. Ich wickele sie noch fester um mich, rolle mich enger zusammen und ziehe Davey Beets Mütze bis zu den Augenbrauen hinunter.

«Morgen», versichere ich ihm. «Morgen packen wir den Scheiß an.»

ELFTER TAG

Am Morgen regnet es schon wieder, aber ich habe mir vorgenommen, heute weiterzugehen. Und genau das werde ich tun.

Ich bin bereits durchnässt, nachdem ich unter der Kiefer hervorgekrochen bin, kalte Tropfen laufen in eisigen Rinnsalen über meine Haut. Ich schlinge mir die Decke um den Hals, schaffe es aber beim Gehen nicht, sie geschlossen zu halten. Sie bläht sich um mich herum auf, während die Überreste meines T-Shirts gerade mal bis über den BH hinabreichen. In weniger als einer Minute sind meine Jeans nass bis zu den Knien und Daveys Mütze nur noch ein durchtränkter Lumpen.

Ich lege die Schlinge um und stecke den verletzten Fuß rücklings hinein. Dem Protest meines Knies schenke ich keine Beachtung. Der gesunde Fuß ist vom Regen sauber gewaschen, die Haut, die bereits anfängt, in der Nässe aufzuquellen, wirkt weich und nackt im Tageslicht.

«Es wird Zeit», sage ich, um meinen Entschluss zu besiegeln.

Ich habe inzwischen gelernt, wie ich mit meiner behelfsmäßigen Krücke ganz gut vorankommen kann. Und zu Beginn lege ich ein ordentliches Tempo vor, indem ich mir im Voraus die beste Stelle suche, an der ich die Krücke aufsetze, mich dann vorwärtsschwinge, um dann mit dem guten Fuß aufzutreten. Das ist harte Arbeit, sowohl körperlich als auch geistig. Heute kriege ich dabei schnell Kopfschmerzen, vermutlich zum einen, weil der Regen meine Augen anstrengt, und zum anderen, weil ich wieder Hunger habe.

Die Schmerzen sind zurück und einer der Gründe, warum ich mich nicht einfach in meine gammelige Decke eingehüllt habe und unter dieser Kiefer sitzen geblieben bin, bis irgendwelche Leute oder Kojoten meine Leiche finden, war der, dass ich in diesem Fall ganz umsonst eine Opossum-Mama getötet habe. Wenn ich beschließe, einfach sitzen zu bleiben und zu sterben, dann hat sie mir nicht mehr als nur ein paar leidvolle Tage geschenkt, und ich finde nicht, dass das ihr oder ihren Jungen gegenüber gerechtfertigt wäre. Ich bin entschlossen, mein eigenes Leben zu retten, nicht weil es so besonders lebenswert ist, sondern weil ich ein totes Opossum nicht enttäuschen will.

Ein bescheuerter Gedanke, aber er bringt mich zum Lachen und lenkt mich so lange von dem aufziehenden Gewitter ab, bis es mich fast umbringt. Über mir grollt der Donner so nah, dass ich zusammenzucke, mir die Krücke wegrutscht und ich nach vorne stolpere und auf Händen und Knien lande.

Direkt hinter mir stürzt ein Baum um, reißt rechts und links Äste von den Nachbarbäumen ab und schlägt mit markerschütternder Wucht auf dem Boden auf. Er fällt genau auf die Stelle, an der ich gerade noch stand, der Stamm ist nur ungefähr so dick wie meine Taille, aber das ist mehr als genug, um mich zu erschlagen – oder noch schlimmer, mich nicht direkt zu töten, sondern mich unter sich zu begraben, sodass ich tagelang eingeklemmt langsam sterbe.

«Fuck», entfährt es mir.

Wieder fährt ein Windstoß durch den Wald und bläst alles vor sich her, was keine Wurzeln hat. Blätter fliegen vorbei, ein Zweig weht durch die Luft und fährt mir übers Gesicht und erneut ertönt ein Krachen. Das Beben spüre ich bis in die Fingerspitzen, der Erdboden erzittert, weil sich soeben etwas Großes verabschiedet hat.

«Fuck», wiederhole ich.

Das hier ist ein richtiges Unwetter, nicht nur ein bisschen Regen oder Wind, die gleich wieder vorbeiziehen. Es liegt etwas Bedrohliches in der Luft, alles ist in ein mattes, unheilvolles Rosa getaucht und ich war so in Gedanken an ein totes Opossum vergraben, dass ich es gar nicht gemerkt habe.

Ich verlagere mein Gewicht auf meinen guten Fuß, während ich mir die Krücke wieder unter die Achsel schiebe. Der Regen fällt so dicht, dass ich nicht einmal einzelne Tropfen erkennen kann, nur eine einzige Wand aus Wasser, die vom Himmel herabstürzt und mit jedem Windstoß die Richtung wechselt, mir aber trotzdem immer direkt ins Gesicht geblasen wird.

Ganz in der Nähe schlägt der Blitz ein. Ich kann es riechen, scharf und beißend. Das scheucht mich erneut auf, aber ich weiß nicht, wohin. Alle Vertiefungen muss ich meiden, denn das Wasser wird steigen und Wasserläufe, die gerade noch willkommene Trinkstellen für mich waren, wollen mich jetzt mit sich reißen. Aber auch in die Höhe kann ich nicht, weil der Blitz immer in hoch liegende Stellen einschlägt, und sich neben einen großen Baum zu stellen, kommt einer Aufforderung zur Tötung durch Stromschlag oder Erschlagen gleich. Der Wind frischt erneut auf und schiebt mich voran.

Ich bleibe kurz stehen, um mir den Regen aus den Augen zu wischen, ein vergeblicher Versuch. Ich bin vollkommen schutzlos ausgeliefert und weiß nicht, wo ich sicher wäre oder wie ich dorthin kommen könnte, wenn ich es wüsste. Alles ist gegen mich: der Wind, der Regen, selbst die Bäume. Die Natur, der ich mein Leben lang mit Respekt begegnet bin, zeigt sich nicht interessiert, mir ebenso zu begegnen.

«Fuck it», sage ich leise.

Dafür werde ich mit einem Schubs von hinten bestraft, der Wind ist nicht zufrieden mit mir.

«Nee, wirklich», sage ich und schleudere meine Krücke zwischen die Bäume, wo sie kein Hilfsmittel mehr ist, sondern nur noch einer von einer Million Stöcken. Ich habe es satt, mich zu bemühen und vorsichtig zu sein und mein Bestes zu geben. Wenn ich schon von einem Baum erschlagen werde, dann will ich wenigstens aufrecht stehen, wenn es passiert.

«Fuck! It!», sage ich noch einmal und reiße meinen Fuß aus der Schlinge.

Und dann renne ich los.

Wie wild.

Mit wehender Wolldecke renne ich durch den Regen, obwohl der so heftig prasselt, dass die Tropfen Vertiefungen in meiner Haut hinterlassen. Ein Knacken links von mir und ich schlage einen Haken, als wollte ich einem Raubtier entkommen. Der Baum fällt, Splitter fliegen mir ins Gesicht. Es ist mir egal. Ich laufe weiter, genieße die Geschwindigkeit und freue mich an der Freiheit, während ich mich schnell auf ein nicht vorhandenes Ziel zubewege.

Ich weiß nicht, ist das reine Panik oder bin ich so klar im Kopf wie nie zuvor? Bin ich jetzt endgültig durchgeknallt oder ist mir einfach nur bewusst, wie aussichtslos meine Lage ist, sodass ich lieber im Unwetter herumrennen als zusammengerollt unter einem Baum sterben will? Es hat etwas Befreiendes an sich, einfach aufzugeben und anzunehmen, dass ich hier draußen sterben werde. Wenn die Wildnis mich haben will, werde ich zuerst alles in mich aufnehmen, was sie mir zu bieten hat; wieder ganz Kind sein, ohne Rücksicht darauf, wie ich aussehe oder was andere über mich denken könnten. Nichts hält mich, ich bin mutterseelenallein.

Mein Gleichgewichtssinn ist durcheinander, es fehlt der abgetrennte Teil meines Fußes, um mich zu stabilisieren, aber ich lerne die neuen Schritte schnell und achte nicht auf den Schmerz. Meine Lungen brennen, der Regen peitscht mir ins Gesicht, meine Beine schmerzen und mein Fuß ist ein zerfetztes Stück Fleisch, aber es treibt mich immer weiter. Ich bestrafe meinen Körper, bin sauer auf ihn, weil er nicht stark genug ist, mich durchzubringen, weil er der Schwäche, dem Hunger und der Verletzung unterlegen ist. Er ist nur die Hülle meines wahren Ichs, der Ashley tief in mir drin, die noch nicht mit dem Leben abgeschlossen hat, aber deren Körper einfach nicht mehr weiter kann.

«Fuck you», wiederhole ich, doch diesmal ist es nur ein Keuchen, die Worte schmecken nach Galle und Löwenzahnblättern, da das wenige, was ich noch im Magen habe, nach oben drängt. In mir ist sonst gar nichts mehr, weder Nahrung noch Energie, nur noch Willenskraft. Selbst mein eigener Körper arbeitet jetzt gegen mich und ich kann nicht mehr tun, als ihn zum Weitermachen zwingen. Ein zusammenbrechendes Vehikel für die Ashley, die darin gefangen ist.

Das Unwetter ist vorübergezogen, die Sonne bricht durch die Wolken, Nebel steigt auf, aber ich laufe immer weiter, von Angst getrieben und unbesiegbar zugleich. Die Tiere wissen vielleicht noch nicht, dass sie sich vor mir fürchten müssten, aber sie lernen dazu. Im Unterholz zu meiner Linken bewegt sich etwas, das ich aufgescheucht habe. Erschrocken fahre ich herum, wobei die Whiskeyflasche, die an meiner Gürtelschlaufe hängt, herumgeschleudert wird und gegen einen Baum schlägt, wo sie in tausend Teile zersplittert, die im Sonnenschein glitzernd durch die Luft fliegen.

Ich pralle zurück, meine Arme wedeln herum, mein verletzter Fuß sucht vergeblich nach Halt. Es gibt einen Augenblick, in dem mich die Schwerkraft noch nicht erfasst hat und ich durch eine Lücke im Blätterdach die weißen Kondensstreifen eines Flugzeugs am Himmel sehen kann. Die Zivilisation ist nur wenige Meilen entfernt, allerdings direkt über mir und daher unerreichbar.

Und dann falle ich.

Bei meinem Sturz den Abhang hinunter ...

... schlage ich mir den Kopf an einem Baum an und hinterlasse ein Haarbüschel.

Ich schlitze mir das Bein an dem zerborstenen Flaschenhals auf, der noch an meiner Jeans baumelt.

Ich breche mir eine Rippe.

Verstauche mir das Handgelenk.

Schlage mir zwei Zähne aus.

Und dabei lache ich die ganze Zeit.

Ich lande auf dem Bauch, wodurch der letzte Rest Luft aus meinen Lungen gepresst wird, zusammen mit dem kläglichen bisschen Nahrung, das sich in meinem Magen befindet. Alles kommt hoch, Löwenzahnreste, Magensäure, Wasser aus dem Bach und ein paar Würmer. Mir tut alles weh, aber das scheint alles keine Rolle zu spielen, als ich mich zum Sitzen hochziehe und gegen einen Baumstamm lehne, Blutgeschmack im Mund. Ich habe Haare und Zähne und sicher mehr als genug Haut auf diesem Abhang über mir gelassen, wenigstens eine kleine Spur von mir, bevor sich die Natur den Rest holt.

«Shit», sage ich und spucke ein bisschen Erde gemischt mit rot gefärbtem Speichel aus.

Ich bin am Ende, der Ausbruch hat mir alles abverlangt, was noch in mir steckte. Ich bin zwar noch nicht tot, doch es fühlt sich bereits so an, da meine Arme und Beine und zunehmend auch meine Augenlider so schwer sind, dass ich sie nicht bewegen kann. Vielleicht hab ich mir ja bei meinem Sturz das letzte bisschen Verstand aus dem Hirn geschlagen. Was einer der Gründe sein könnte, weshalb ich gar nicht mehr solche Angst davor habe zu sterben. Entweder hier oder dort hinten, sobald ich wieder die Kraft habe, mich noch ein Stückchen weiterzuschleppen.

Ins Nichts. Zu nichts und niemandem.

Trotz allem richte ich den Blick geradeaus. Die reine Neugier treibt mich an zu schauen, ob etwas Besseres vor mir liegt, neben dem es sich sterben lässt. Der Nebel lichtet sich, weil ein leiser Wind weht.

Und da entdecke ich ein Zelt.

Es will schon etwas heißen, dass ich mich beim ersten Anzeichen für die Gegenwart eines anderen Menschen zunächst einmal verstecke. Ich bin einfach schon zu lange hier in der Wildnis, zu lange ganz alleine. Ich sollte auf dieses Zelt zulaufen und um Hilfe schreien, doch der erste Impuls ist es, mich zu ducken. Ich befinde mich schon so lange unter Tieren, dass ich wie eines denke und erst einmal davon ausgehe, dass alles außer mir selbst es auf mich abgesehen hat und dass ich am besten abwarte und beobachte und mich nicht verrate.

Und so linse ich vorsichtig durch wilde Brombeerranken hindurch, deren Dornen sich sofort bemerkbar machen. Ich hole mir zwei blutige Kratzer am Unterarm, bis ich einen Platz dazwischen gefunden habe, da meine Beine nicht lange in Hockstellung verharren können. Ich sitze und beobachte, aber nichts passiert und bald hat sich mein Hirn von dem Schreck erholt und mir fällt auf, dass die Heringe, die das

Zelt halten, schon braun vor Rost sind und die Ecken des Zelts eingerissen und verwittert.

Dann erst erkenne ich den Rucksack, der am Baum lehnt. Ich habe ihn zunächst gar nicht bemerkt, weil er so ausgeblichen und abgewetzt ist und auf der einen Seite bereits Pilze hervorwuchern. Ich ziehe mich in die Höhe und achte dabei nicht auf die Dornen, die mich zurückhalten wollen, so als wollten sie verhindern, dass ich auch dieses Letzte noch ertragen muss.

Aber es ist zu spät. Ich weiß es schon.

Ich wusste es, sobald ich einmal tief Luft geholt und mir dieses Zelt etwas genauer angesehen hatte. Ich wusste es, sobald ich den verrottenden Rucksack sah, auf den ich so oft den Blick gerichtet hatte irgendwo unterwegs in der Wildnis, während ich mich mit meinen kleineren Füßen abmühte, mit dem Paar vor mir Schritt zu halten. Ich wusste es, noch bevor ich ihn aus der Nähe sehen konnte. Bevor ich ihn umdrehte, nur um ganz sicher zu sein. Dort auf dem Rücken war das gestickte Label in einer stolzen Schrifttype, die seine Mutter gewählt und es dann sorgfältig auf den Gegenstand genäht hatte, der ihrem Sohn am meisten bedeutete. Da stand:

EIGENTUM VON DAVEY BEET

Ich muss all meinen Mut zusammennehmen, um den Reißverschluss des Zelts zu öffnen.

Ich musste in meinem Leben schon vieles tun, was mir schwergefallen ist, und immer habe ich mich zusammengerissen und eine tapfere Miene aufgesetzt. Ich habe mich von meiner Mom verabschiedet, habe Lebensmittel mit Sozialmarken gekauft und dabei meinen Stolz heruntergeschluckt, habe jahrelang mit einem Müllbeutel anstelle einer

Glasscheibe im Fenster gelebt. Immer war ich diejenige, die zurückgelassen wurde, ohne dass ich je die Chance oder den Wunsch hatte, selbst zu gehen.

Jetzt stehe ich hier mit einem halben Fuß und einem anschwellenden Handgelenk, einer gebrochenen Rippe und einem sich ausbreitenden Blutfleck auf der Jeans, wo mich die Whiskeyflasche erwischt hat, und da werde ich doch wohl noch den Mut aufbringen, einen Reißverschluss aufzuziehen. Ich hole tief Luft – was ein bisschen wehtut wegen der Rippe – und tue es. Eine einfache Handlung, die nichts aufdeckt, was ich nicht ohnehin schon wusste.

Davey starb in sich zusammengerollt, sei es vor Hunger oder Schmerz oder in der Erkenntnis, dass niemand ihn retten würde und dass er selbst der Einzige war, dem er noch nahe sein konnte. Seine Knie hat er an die Brust gezogen, die Knochen ragen aus der zerschlissenen Cargohose hervor, die er immer zum Wandern trug, sein Schädel ist gegen die Kniescheibe gelehnt.

Ob er wohl seine Mütze vermisst hat, während er da im Sterben lag, als Kopfkissen oder als Erinnerung an seine Mom oder als etwas, an dem er sich festhalten konnte, um es zurück nach Hause zu schaffen. Ich krieche neben ihn, zerre sie mir vom Kopf und setze sie ihm auf, ziehe sie über seine Ohren, die noch immer da sind, verschrumpelt und klein, aber da.

«Es tut mir so leid, Davey», sage ich mit tränenerstickter Stimme.

Ich weine um ihn und um mich, weil mir klar ist, dass – ob ich nun wild bin oder nicht – Davey Beet derjenige gewesen wäre, der das Zeug gehabt hätte, hier alleine wieder rauszukommen, und er hat es nicht geschafft. Schon bevor ich ausgerastet bin, hatte ich ja nicht mehr daran geglaubt, dass ich noch eine Chance hätte. Wenn man jetzt noch die Verletzungen von meinem Sturz den Abhang hinunter dazuzählt, dann hat das die Wahrscheinlichkeit bestimmt nicht erhöht.

Aber immerhin hat es mich zu ihm geführt, ich würde es also nicht rückgängig machen wollen.

«Ich habe nach dir gesucht», sage ich zu Davey und lege mich neben ihn.

Das ist wahr. Vielleicht nicht gleich zu Anfang, doch ganz bestimmt, nachdem meine Gedanken immer wieder zu diesem Jungen gewandert waren, so als würde mich etwas mit ihm verbinden, was mich erst zu seiner Mütze, dann an die Stelle mit seinem eingeritzten Namen und schließlich hierher zu Davey selbst geführt hatte. So als wären all meine Gedanken an ihn irgendwie in die Luft hinaufgestiegen und wären dort herumgewirbelt, und vielleicht machte ich mir nicht nur vor, dass auch er von Zeit zu Zeit an mich gedacht hatte. Und vielleicht entstand aus diesen Gedanken so etwas wie eine Verknüpfung zwischen ihm und mir, die mich jetzt hierher zu ihm geführt hatte.

«War es so, Davey?», frage ich.

Schließlich stelle ich Davey noch eine ganze Menge weiterer Fragen, ob er findet, dass ich mich bisher gut geschlagen habe hier draußen, und ob er meint, dass ich ein schlechtes Gewissen haben muss, weil ich dieses Opossum getötet habe, oder ob das richtig war. Weil Davey Beet immer wusste, was richtig war, und immer danach handelte.

Ich will, dass er weiß, dass ich mir alles zu Herzen genommen habe, was er mir erklärt hat, dass ich ein Feuerbrett gemacht und die richtigen Pflanzen gegessen habe, dass ich eine Kordel aus meinen eigenen Haaren gedreht und einen Unterschlupf aus Kiefernzweigen gebaut habe. Er soll wissen, dass all das zusammen bislang verhindert hat, dass ich hier draußen sterbe, und mich schließlich hierher zu ihm geführt hat.

An den Ort, an dem ich sein wollte.

Und so lege ich mich in das einzige Bett, das ich jemals mit Davey Beet teilen werde, und schließe die Augen.

ZWÖLFTER TAG

Ich wache auf vom Geräusch des Regens, der auf das Zeltdach trommelt.

In einer Ecke ist ein Leck, sodass mir kaltes Regenwasser in den Nacken tropft, als ich ein Foto bemerke, das über mir zwischen den Zeltstangen steckt. Ich kann nur vermuten, dass es sich dabei um das Mädchen handelt, das Davey das Herz gebrochen hat, und allein ihr Anblick treibt mir die Tränen in die Augen.

Sie ist alles, was ich nicht bin. Blond. Gut gekleidet. Beine, die aussehen, als wäre dort überhaupt noch nie ein Haar gewachsen und müsste demzufolge auch nicht rasiert werden. Eine Sonnenbräune ohne weiße Streifen von einem Sport-BH. Sie trägt Make-up und es wirkt an ihr keineswegs seltsam, so wie bei mir. Ich mache immer ein schiefes Gesicht vor lauter Sorge, ich könnte den Lippenstift verschmieren, oder bin irritiert von der Tatsache, dass ich meine eigenen Wimpern sehen kann. Meredith hat irgendwann aufgehört mit ihren Verschönerungsversuchen, weil sie meinte, ich würde dann immer so aussehen, als müsste ich gleich niesen oder kotzen.

Was anscheinend beides nicht besonders anziehend auf Jungs wirkt.

Aber das Mädchen, das hier auf mich herabschaut, hatte solche Probleme nicht. Sie sieht aus, als wüsste sie genau, wie man mit Jungs spricht und was man ansonsten noch mit ihnen anstellen kann. Und obwohl die beiden sich nicht im

Geringsten ähneln, merke ich, wie ich bei ihrem Anblick die Fäuste balle, weil Natalie genau dieselben Vorzüge hat, die Jungen wie Duke oder Davey dazu bringen, sich wie Idioten aufzuführen, während Mädchen wie ich alleine sitzen bleiben und uns fragen, was uns fehlt.

«Verdammt noch mal, Davey», sage ich und schubse ihn gegen den Rücken. Es ist nicht so viel übrig von ihm und so kippt er ein wenig zur Seite, wodurch ihm der Arm übers Gesicht rutscht, so als würde er sich auch jetzt noch vor diesem Mädchen verstecken.

«Was hat dich so an ihr gereizt, hmm?», brülle ich ihm entgegen. Ich hatte immer diese tolle Vorstellung im Kopf, dass wir zwei eigentlich füreinander bestimmt gewesen wären, aber von der Zeit und vom Schicksal darum betrogen wurden, und hier ist Davey gestorben und hat dabei dieses Mädchen angeschaut, die einfach so verdammt … *hip* ist.

Vielleicht hat er nie wirklich an mich gedacht. Vielleicht habe ich mir diesen langen Blick damals an der Tankstelle nur eingebildet. Vielleicht war ich immer nur ein Kind für ihn, eine Art kleine Schwester, die hinter ihm herdackelte und der er Dinge beibringen konnte. Und vielleicht bin ich selbst schuld, dass ich Davey Beet in meinen Gedanken zum Helden gemacht habe, zu meinem Mr. Perfect, den es in Wahrheit vielleicht nie gegeben hat.

Oder vielleicht dachte er tatsächlich, dass ich mich zu meinem Vorteil entwickelt hatte. Vielleicht hatte er sich hierher aufgemacht, um die Gedanken an dieses Mädchen ein für alle Mal loszuwerden. Vielleicht hatte er das eine oder andere Mal an sein Zeltdach geschaut und an mich gedacht oder sich zumindest gefragt, wie es mir wohl so ging.

Vielleicht dies und vielleicht das. Ich werde es nie erfahren, weil der einzige Mensch, der meine Fragen beantworten könnte, tot neben mir liegt, so nah wie nie zuvor, doch Jahre zu spät.

«Scheißdreck», sage ich, weil es das Einzige ist, was mir einfällt, und ich bereits allem und allen zwischen Himmel und Erde erklärt habe, sie sollten sich verpissen. Es hört auf zu regnen, die Tropfen werden weniger und versiegen schließlich ganz, sodass ich mich wahrscheinlich wieder auf den Weg machen könnte.

Bei dem Gedanken richte ich mich auf, der Schmerz an meiner Rippe raubt mir den Atem, doch da ich schon zur Hälfte oben bin, schaffe ich den Rest auch noch. Am Abend hatte ich mich hingelegt und gedacht, wenn Davey Beet es nicht geschafft hatte, dann würde es mir ganz gewiss nicht gelingen. Aber nach einer guten Nacht und einem kleinen Wutanfall bin ich bereit, den Gegenbeweis anzutreten.

Ich glaube, ehrlich gesagt, das liegt an diesem Mädchen.

Es gibt Leute, die sind der Meinung, Davey Beet hätte nie die Absicht gehabt zurückzukehren, weil sie ihn derart verletzt hatte, dass er sich nicht mehr davon erholen konnte. Was, wenn sie dasselbe von mir behaupten? Was, wenn alle angesichts von Dukes gebrochener Nase und Natalies überheblichem kleinen Lächeln denken, dass Ashley Hawkins lieber tot wäre als ohne ihn?

«Drauf geschissen», sage ich zu Davey. «Ich bin lieber am Leben mit einem halben Fuß und einer gebrochenen Rippe und einem verstauchten Handgelenk und blutverschmiert und fast nackt und nur mit einer vergammelten Decke bekleidet, aber Scheiße noch mal le-ben-dig.»

«Verdammt korrekt», antworte ich mir selbst, weil ich glaube, dass es das wäre, was Davey gesagt hätte.

«Und Single», füge ich hinzu.

Und so kommt es, dass ich mir schließlich Davey Beets Mütze wiederhole.

Weil ich sie nämlich mehr brauche als er.

Ich nehme mir auch noch ein paar andere Sachen.

Daveys Schuhe sind mir viel zu groß, was ich allerdings erst herausfinde, nachdem ich sie ihm mühsam ausgezogen habe. In seinem Rucksack sind noch ein paar Dinge, die nützlich für mich sind. Ein Schweizer Taschenmesser, eine Trinkflasche und eine Plane. Die ersten beiden kenne ich von früher, als Davey mir gezeigt hat, dass man mit dem Messer immer von sich weg schnitzen muss, und als mein Blick ein wenig zu lang auf seinem Mund verweilte, während er einen Schluck aus dieser Trinkflasche nahm. Sie gehören auch jetzt nicht mir, nicht wirklich. Sie gehören Davey, ich leihe sie mir, solange ich sie brauche.

Ich überlege, ob ich noch eine weitere Nacht bleiben sollte. Das wären ein paar mehr Stunden mit etwas zwischen mir und dem freien Himmel, ein wenig mehr Zeit mit jemandem, der mir etwas bedeutet, auch wenn ich mir nicht ganz darüber im Klaren bin, was genau das ist. Aber letzten Endes beschließe ich, dass das Zelt mir auch nicht viel mehr nützt als die Plane und dass die Überreste, die dort liegen, nicht Davey sind. Nicht wirklich. Davey ist fort und hat mir ohnehin nie gehört. Und so kann ich ebenso gut meinen entschlossenen Blick in die Richtung lenken, die sich am besten anfühlt, und weitergehen.

Bevor ich mich auf den Weg mache, erledige ich noch zwei Dinge.

Tief unten in Daveys Rucksack habe ich ein Bandana gefunden, das noch ganz neu und unbenutzt war und noch immer zu einem perfekten Quadrat gefaltet war, und das, obwohl es zwei Jahre eingeklemmt zwischen einer Campingpfanne und einer frischen Jeans verbracht hatte. Ich knote einen Stein in eine Ecke als Gewicht und werfe es fünf Mal mit aller Kraft, bevor es endlich in etwa sechs Meter Höhe an einem Ast hängen bleibt, ein leuchtend roter Farbklecks zwischen all dem Grün. Als der Wind es erfasst, faltet es sich auf und die fabrikgebügelten Falten lösen sich endlich.

Mit zitternden Armen lasse ich mich langsam in die Hocke hinunter, um Daveys Rucksack noch einmal genau in Augenschein zu nehmen. Die Riemen sind schon so verwittert, dass sie wohl kaum mehr als ein paar Meilen durchhalten werden. Außerdem bezweifle ich, dass ich in meinem geschwächten Zustand noch zusätzliches Gewicht mit mir herumschleppen kann. Zum Schluss ziehe ich den Reißverschluss des Zelts wieder zu, damit Davey von nun an nicht mehr gestört wird. Meine Hand verweilt einen Augenblick auf der geschlossenen Klappe und ich habe das Bedürfnis, etwas zu sagen, was ausnahmsweise mal kein Fluch ist.

«Ich komme zurück und hole dich, Davey Beet», verspreche ich.

Und obwohl für ihn jede Hilfe zu spät kommt, liegt doch ein gewisser Trost in diesen Worten.

Ich habe immer so getan, als würde ich schlafen, nur damit mein Dad mich trägt.

Als ich klein war, dachte ich immer, wir würden so viel Zeit in der Natur verbringen, weil wir einfach Outdoor-Menschen wären, aber je älter ich wurde, desto mehr wurde mir klar, dass die Natur vor allem kostenlos war – genau wie die meisten anderen Sachen, die wir so zum Spaß unternahmen. Andere Kinder gingen zum Bowling oder in den Zoo, aber Dad kam immer mit Vorschlägen wie Bücherei, Park oder Angeln mit selbst ausgebuddelten Würmern, nie einfach nur mit gekauften von der Tankstelle.

Außerdem marschierten wir überall zu Fuß hin, ich immer hinter Dad her mit meinem Wanderstock und abgetragenen Turnschuhen, mit denen ich über die rissigen Gehwege latschte und dabei meinen Freundinnen zuwinkte, die die Sonne im Freibad genossen. Ein Luxus, den ihnen ihre Dauerkarten ermöglichten. Und, ehrlich gesagt, war ich nicht einmal besonders neidisch. Weil die anderen Kinder im Freibad oder auf der Bowlingbahn keine Väter hatten, die sie an der Hand nahmen, wenn sie die Straße überquerten, oder die ihnen zeigten, wie man einen Köder am Haken befestigt. Mir fehlte nichts und erst als ich älter wurde, fing ich an, mich danach zu sehnen.

Dads Freunde waren vom selben Schlag, zufrieden, wenn sie mit einem billigen Bier auf Aluminium-Klappstühlen vor dem Haus sitzen konnten, während wir Kinder fangen spielten, wobei die Kleinen immer die Klamotten auftrugen, aus denen die Großen herausgewachsen waren. Unser Spielzeug bestand aus Matsch und Stöcken, Steinen und Erde. Und wir waren glücklich.

Oft schlief ich irgendwo bei anderen Leuten ein, die schwitzige Wange an ein billiges Ledersofa geschmiegt, während eine zerkratzte DVD vor sich hin dudelte, auf dem Boden eine Schüssel mit Lollis, die jemand aus der Zahnarztpraxis hatte mitgehen lassen.

Bei den Erwachsenen lief es immer nach demselben Muster ab: Leises Schmunzeln in der Aufwärmphase, das nach und nach in lautes Gelächter mündete, sobald ausreichend Bier die Witze witziger und die Wortführer schlauer erscheinen ließ. Mehr Leute kamen und der Lärm schwoll an, bis er zu einer einzigen Klangmauer ohne einzelne Worte dafür mit spitzen Lachsalven verschmolz. Nach und nach wurde es leiser, stattdessen das scharfe Schlagen des Insektengitters an der Tür, wo die Leute kamen und gingen, während die Anzahl der Kinder langsam abnahm, weil ihre Eltern sich auf den Heimweg machten.

Der Gastgeber bot immer an, dass die verbleibenden Kinder dableiben und ihre Eltern sie am nächsten Morgen abholen könnten. Das war mein Stichwort, so zu tun, als würde ich schlafen, ich ließ den Kopf nach hinten fallen, die Hände entspannt geöffnet, gerne ließ ich auch einen kleinen Spuckefaden aus dem Mundwinkel sickern. Ich wusste, mein Dad würde mich nie zurücklassen; er hatte es immer lieber, wenn ich bei ihm zu Hause war, die verbleibende Familie sicher unter einem Dach, selbst wenn es undicht war. Und so wartete ich darauf, dass er kam, und bemühte mich, meinen Körper möglichst schläfrig wirken zu lassen in der Hoffnung, dass er darauf reinfiel.

Vielleicht war ihm jedes Mal klar, dass ich nur so tat als ob, oder vielleicht hatte er so viel Bier intus, dass ich mir gar nicht solche Mühe geben musste. So oder so, es war egal. Dad nahm mich immer hoch und schlang seine starken Arme fest um mich, sein Bart kratzte an meinen Wangen, die noch klebrig waren von Zucker, Popcorn, Butter oder dem letzten Schluck Saft, der nicht in meinem Mund gelandet war. Und auch wenn ich mich die ganze Zeit wach gehalten und auf den Augenblick gewartet hatte, in dem Dad kam, um mich zu holen, schlief ich auf dem Nachhauseweg immer ein, sicher und geborgen bei ihm.

Als ich Davey zurückließ, blieben mir noch ein paar Stunden Tageslicht. Ich hatte Angst, noch länger zu bleiben und letztlich die Entschlossenheit zum Abmarsch zu verlieren. Sein Zelt liegt bereits eine gute Meile hinter mir, als ich stehen bleibe, um meinen Fuß zu untersuchen. Ich habe ihm übel mitgespielt, als ich im Unwetter ausgerastet bin und beim Laufen die Plastiktüte verloren habe. Die Kruste, die sich bereits über der Wunde gebildet hatte, wurde irgendwann weggerissen und ich habe es außerdem geschafft, noch ein Stückchen des frei liegenden Knochens abzuschlagen. Aber Davey hatte antibiotische Salben und frische Strümpfe in seinem Rucksack, die ich zusammen mit dem Messer und der Trinkflasche mitgenommen habe.

Jetzt bin ich weit genug entfernt vom Zelt, dass ich nicht der Versuchung erliege, einfach dazubleiben, und sobald ich einen kleinen Bachlauf finde, untersuche ich die Schnittwunde in meinem Bein, die nicht gerade gut aussieht, aber mich nicht umbringen wird. Ich säubere auch meinen Fuß und die Kälte lässt mich zusammenzucken. Er ist noch immer geschwollen, tut weh, noch weit entfernt von Heilung. Die antibiotische Salbe leuchtet verblüffend weiß hier inmitten des ganzen Drecks. Aber sie fühlt sich gut an beim Auftragen, verdammt viel besser als der Strumpf, selbst als ich sie über der Wunde verstreiche.

Ich stecke den Fuß rückwärts in die Schlinge und verlagere mein Gewicht probeweise auf einen neuen Wanderstock, den ich gefunden habe. Das einzig Gute, was sich darüber sagen lässt, ist, dass er beim Gehen an ganz neuen Stellen reibt und die alten in Ruhe lässt. Ich mache eine Bestandsaufnahme und berühre dabei jedes einzelne meiner Besitztümer. Mein Feuerbrett und den abgebrochenen Hals der Whiskeyflasche, von dem ich mich nicht recht trennen konnte, baumeln an meinen Gürtelschlaufen, den Feuerstein und Daveys Messer spüre ich als beruhigende Wölbung in der Hosentasche, Überreste meines abgetrennten Fußes hängen in einem Plastikbeutel. Daveys Plane steckt sauber zusammengefaltet hinten im Bund meiner Jeans und füllt den leeren Raum, den mein immer dünner werdender Körper hinterlassen hat. Die Decke habe ich mir um den Hals gebunden und mir das, was von Daveys Mütze noch geblieben ist, über die Ohren gezogen.

Ich bin unterwegs.

Aber ich wünschte mir weiß Gott, ich hätte jemanden, der mich tragen könnte.

DREIZEHNTER TAG

Der nächste Tag beginnt warm, die Feuchtigkeit klebt mir die Haare an den Kopf und Schweiß läuft in kleinen Rinnsalen über meine Schläfen, noch bevor ich überhaupt von meinem Lagerplatz zum Bach gehumpelt bin. Ich stecke den Kopf ganz unter Wasser und fahre mir dabei mit den Fingern durch die Haare, sauberer als so wird es nicht. Als meine Finger etwas ertasten, tauche ich nach Luft schnappend auf, wobei das Wasser rundum an mir herunterläuft und sich in meinem BH sammelt. Ich halte Daumen und Zeigefinger fest zusammengedrückt, setze mich am Ufer hin und ziehe einmal kräftig, bis die Zecke in meiner Hand liegt.

Sie ist fett wie eine Weintraube, die Haut fleckig und gedehnt, da sie sich schon, wer weiß wie lang, bei mir festgesaugt hatte. Ihrer Größe nach zu urteilen eine ganze Weile. Sie ist so voll mit meinem Blut, dass ihr Körper bereits die Beine verdeckt und nur noch ein hungriger Kopf und ein übervoller Bauch zu sehen sind. Sie fühlt sich warm an in meiner Hand, wie eine gekochte Bohne. Ich stecke sie in den Mund und beiße zu. Mein eigenes Blut ergießt sich feucht und metallisch in meinen Mund.

Ich lasse mich auf den Bauch gleiten, wobei meine Rippen hart auf die scharfen Steine drücken. Davey Beet konnte mit der Hand einen Fisch aus einem Bach angeln, so wie andere ein Bier aus einer Kühltasche. Nichts einfacher als das. Er hatte versucht, es mir beizubringen, aber ohne Erfolg – bis auf fast einmal, als ich einen Schwarzbarsch auf die Uferböschung geschleudert hatte, wo er zappelnd und zuckend zwischen uns lag, was mich zum Kreischen und Davey zum Lachen brachte, bis das arme Ding es zurück ins Wasser schaffte und sich mit einem Spritzer von uns verabschiedete.

Damals hatte ich es nicht geschafft, aber da war ich auch nicht halb verhungert. Und heute werde ich auch nicht durch Daveys sommersprossigen Arm so nah an meinem abgelenkt oder von seinen Händen, die sich langsam und geschmeidig unter Wasser bewegten. Nur ein einziger Gedanke beschäftigt mich, während ich darauf warte, dass ein ahnungsloser Fisch vorbeischwimmt: Ob ich wohl auch so enden werde wie Davey und wie bald.

Trotzdem bin ich zu nervös bei den ersten beiden Fischen, die mir unter die Hände kommen, während ich die Finger vorsichtig mit der Strömung bewege. Ein falsches Zucken zum falschen Zeitpunkt und sie merken sofort, dass etwas nicht stimmt, und schießen davon. Erst als ich bereits schläfrig und von der Sonne gewärmt bin und mir der Schweiß zwischen den Schulterblättern hindurchläuft, spüre ich einen unter meiner Handfläche.

Ich reagiere schnell, mache eine Faust und reiße den Arm aus dem Wasser. Keine harmonische Bewegung, die den Fisch mit großer Selbstverständlichkeit an Land befördert, wie bei Davey. Ich kippe eher einen kräftigen Schwall Wasser samt einem Fisch ans Ufer, aber das Ergebnis bleibt dasselbe – eine Forelle liegt mit weißem, zuckendem Bauch auf den Steinen, die Kiemen öffnen und schließen sich, während sie in der Luft ertrinkt.

Ich habe ein Messer und ein Stück Blech und könnte natürlich Feuer machen, aber all das sind menschliche und rationale Gedanken, die wie ein kurzer Regenschauer vorüberziehen. Der weitaus größere Teil meines Geistes ist halb wild und gierig, sodass ich den Fisch nicht nur wie ein Bär fange, sondern ihn ebenso vertilge.

Der Fisch ist klein und flutscht nur so hinunter: Der Schwanz zuckt noch rasch gegen meinen Gaumen, schon ist er verschwunden. Ich setze mich auf die Uferböschung und spüre seinem Weg hinterher, während er kalt und zuckend in meinen Magen gleitet. Dort gibt er einen Moment Ruhe, als wäre er verwirrt, bevor er ein letztes Mal den Aufstand wagt und voller Panik in meinem Bauch herumzappelt.

Das wiederum überfordert meinen verschrumpelten Magen und ich muss mich übergeben, beuge mich auf Händen und Knien vor, während der Fisch sich, begleitet von einer Handvoll Farnkraut, durch meine Kehle heraufarbeitet. Er bricht zwischen meinen Zähnen hervor und landet im Bach, überzogen von Magensaft und in Schockstarre, aber lebendig. Ein Wimpernschlag und er ist verschwunden. Wären da nicht die Schuppen auf meinen Lippen, ich könnte schwören, das Ganze wäre nie geschehen.

Ich lecke sie ab, nehme einen Schluck frisches Wasser und mache mich erneut auf den Weg.

Im Sommercamp haben sie uns die Geschichte von Jona und dem Wal erzählt, wie Gott Jona aufgetragen hatte, etwas zu tun (was genau, habe ich vergessen), und Jona gefiel das nicht, deswegen ist er auf ein Schiff gestiegen und in die entgegengesetzte Richtung von der gefahren, wo er eigentlich hinsollte. Dann kam ein Sturm, das Schiff sank und Jona wäre gestorben, wäre er nicht von einem Wal verschluckt worden. Dann lebte er drei Tage lang in seinem Magen und betete um Erlösung, bis der Wal ihn wieder ausgespuckt hat. Danach war Jona dann einsichtig und hat das getan, was ihm ursprünglich aufgetragen worden war.

Keine Ahnung, ob der Bursche, den ich verschluckt hatte, eine Art Fischgebet gesprochen hat, während er da in meinem Bauch herumzappelte, das Ergebnis war jedenfalls dasselbe. Er kam wieder raus, und nachdem er vor dem sicheren Tod bewahrt wurde, tut er gerade jetzt vielleicht das, was er in seinem Leben so tun sollte. Ich denke darüber nach, ob Fische einen anderen Lebenszweck haben, als mehr Fische hervorzubringen, doch dann wird mir schwummerig vor Augen und ich muss mich hinsetzen.

Ich habe mich bisher nicht weit von meinem Schlafplatz entfernt, vielleicht eine halbe Meile, wenn es hoch kommt, und außer Wasser und Galle habe ich so recht nichts im Magen. Die schwappen dort herum, während ich mich aus der sitzenden in eine liegende Position begebe, mein Kopf ist wie benebelt und ich kann noch immer nicht klar sehen.

Im Sommercamp haben sie uns erklärt, bei der Geschichte von Jona gehe es um die zweite Chance, dass Gott etwas von Jona verlangte, was der nicht wollte, und dass er dann die Gelegenheit bekam, es erneut zu versuchen. Ich weiß nicht, ob ich Gelegenheit bekommen werde, Dinge in Ordnung zu bringen, die ich falsch gemacht habe, aber ich weiß jetzt immerhin, welche das sind.

Duke muss ich sagen, wie leid es mir tut, dass ich ihm die Nase gebrochen habe. Das tut mir wirklich leid. Er hat es zwar verdammt verdient, aber das bedeutet nicht, dass ich kein schlechtes Gewissen deswegen habe. Ich habe meine Hände benutzt, um ihm die Knochen zu brechen und sein Blut zu vergießen, und das ist ebenso falsch wie das, was er mit seinen getan hat.

Dad muss ich sagen, dass ich unseren Trailer gar nicht so schrecklich finde und dass unser gemeinsames Zuhause dort das Beste ist, was mir im Leben passiert ist. Er ist der einzige Mensch, der immer zu mir gehalten hat, durch dick und dünn, und ich bin jederzeit bereit zuzugeben, dass ich es ihm nicht gerade leicht gemacht habe. Er hat es ertragen und es sich zur wichtigsten Aufgabe gemacht, mein Dad zu sein – wichtiger als sich eine Freundin zu suchen oder mit seinen Kumpels abzuhängen. Er hat mich nie alleingelassen und ich weiß nicht, ob ich dasselbe von mir behaupten kann.

Laney Uncapher muss ich sagen, dass sie bei diesem Cross-Country-Lauf schneller gewesen wäre als ich, wenn ich ihr nicht ein blaues Auge verpasst hätte, und dass sie das Laufen nicht aufgeben sollte, nur weil sie jetzt Kinder hat, denn es sind die Dinge, die man nicht tut, die einem später leidtun. Das sollte ihr klar sein.

Meredith muss ich sagen, dass wir zwar null Gemeinsamkeiten haben, ich sie aber trotzdem unglaublich gerne mag und dass sie mir jederzeit Make-up ins Gesicht schmieren kann und ich versuchen werde stillzuhalten und ich vielleicht mit ihr wandern gehen könnte, ohne sie alle fünf Minuten zur Schnecke zu machen. Ich muss das in Ordnung bringen, was zwischen uns schiefgelaufen ist, weil man als Ashley Hawkins nämlich nur eine sehr begrenzte Zahl von Freundinnen hat und sich deswegen um sie bemühen muss.

Kavita muss ich sagen, dass ich niemanden kenne, der so stark ist wie sie. Sogar stärker als ich, weil sie es trotzdem schafft, keinem wehzutun. Mit hocherhobenem Kopf erträgt sie all die Bemerkungen über ihre Haut und dass die Jungs sie fragen, welche Farbe ihre Nippel haben, und tut einfach so, als wäre es ihr egal, während ich den Leuten die Schädel einschlagen würde. Allerdings habe ich noch keinem den Schädel eingeschlagen oder auch nur den Mund aufgemacht, wenn ihr Leute blöd gekommen sind. Ich bin einfach davon ausgegangen, dass sie schon selbst klarkommt und keine

Hilfe haben will, genau wie ich selbst. Aber vielleicht hätte ihr ein Wort von mir gutgetan und ich hätte es sagen sollen.

Meiner Mom muss ich sagen, dass ich sie sehr wohl gebraucht habe und dass ich mir vielleicht mehr Mühe hätte geben müssen stillzuhalten, während sie mir die Haare kämmte, oder ihr manchmal erlauben sollen, mir Zöpfe zu flechten.

Da ist so vieles, was ich tun muss, aber ich bin so müde.

VIERZEHNTER TAG

Ich schlafe einen ganzen Tag und eine Nacht lang unter einem Baum, einmal spüre ich die weichen Pfoten eines Eichhörnchens neugierig auf meinem Gesicht. Ich frage mich, ob es wohl dasselbe wie ganz zu Beginn ist und ob es mir gefolgt ist, um zu sehen, wie die Geschichte ausgeht.

Genau das frage ich mich natürlich auch.

FÜNFZEHNTER TAG

Ich stehe wieder auf und das hat mit meinem Trainer zu tun. Nach dem Lauf bei den Bezirksmeisterschaften im letzten Jahr war ich hinter der Ziellinie zusammengebrochen und konnte nicht wieder aufstehen. Jemand lief und holte den Trainer, der kniete sich vor mich hin und sagte: «Wenn du nicht aufstehst, kannst du auch nicht in den Bus steigen und nach Hause fahren, und ich werde dich sicher nicht tragen.»

Und so stand ich auf.

Das hier ist zwar ein ziemlich beschissener 5000-Meter-Lauf – und verdammt viel länger –, aber das Prinzip ist dasselbe. Man hat die Ziellinie im Blick – die will man erreichen. Aber anschließend muss man noch nach Hause, und das schafft man nur, wenn man den Arsch hochkriegt.

So eine Ziellinie habe ich heute vor mir. Ich weiß allerdings nicht, welche und was für ein Zuhause sich dahinter befindet – das mit meinem Dad oder das, von dem im Camp Little Fisch ständig die Rede war –, aber ich geh da verdammt noch mal hin. Und zwar heute.

Ich löse meinen Fuß aus der Schlinge, weil ich ohne Krücke besser vorankomme. Daveys Strumpf ist bald verdreckt und durchtränkt von einem nachmittäglichen Regenguss, aber das spielt eigentlich auch keine Rolle mehr. Ich kann kaum noch auseinanderhalten, was mir gehört und was Davey oder wer von uns beiden wer ist. Vielleicht liege ich immer noch in diesem Zelt und der Fisch und mein langer Schlaf unter diesem Baum und alles, was jetzt passiert, ist nichts als ein Fiebertraum, während ich hinübergleite und neben einem Jungen sterbe, den ich vielleicht ein bisschen zu sehr bewundert habe.

Vielleicht ist es Davey, der jetzt hier durch den Wald läuft, mein Fleisch auf seinen Knochen, unterwegs zurück zu einer Familie, die ihn geliebt hat, und zu einer Zukunft, die mehr zu bieten hat als meine. Vielleicht bin ich hierhergekommen, um etwas zurückzugeben, und er wird irgendwo aus dem Wald auftauchen und allen erzählen, dass Ashley-Ass-kicker aufgetaucht ist, um ihn zu retten, und dass ihr Leben jetzt in ihm steckt und wir endlich eins sind.

«Das ist ja komplett bescheuert», sage ich, was mich zumindest ein wenig in die Gegenwart zurückholt. Das, und die Spitze eines Stocks, die sich in die weiche Wölbung meines guten Fußes bohrt und mich aus meinen geistigen Verirrungen blitzartig in die Realität zurückbefördert.

Ich setze mich hin und ziehe den Fuß zu mir heran, um in Augenschein zu nehmen, welchen Schaden ich mir diesmal zugefügt habe. Da ist ein ordentlicher Kratzer, aber keine tiefere Wunde. Ich wische mir mit der Ecke meiner Wolldecke den Schweiß vom Gesicht. Ich war schon mehrmals versucht, sie einfach liegen zu lassen, aber da ich im Augenblick ohnehin nur sehr wenige Besitztümer habe, hänge ich zugegebenermaßen doch sehr an meiner vergammelten Meth-Wolldecke.

Ich starre den Kratzer an und mir fällt auf, dass er fast dieselbe Form hat wie die Narbe an meinem Knie, wo ein Nachbarsjunge mit mir hinten auf dem Dirtbike einen Sturz gebaut hatte. Damals war ich sieben. Auf einmal bemerke ich, dass der Regen sich nicht richtig anhört. Er fällt in vereinzelten Tropfen, fett und träge wie Winterfliegen, doch das ist es nicht, was meine Aufmerksamkeit erregt. Irgendwo in der Nähe treffen sie mit einem hellen Geräusch auf Metall.

Ich weiß nicht, was mich erwartet, als ich humpelnd im Zickzackkurs dem Geräusch folge. Ich erreiche den Rand einer Lichtung und da steht mitten im Wald eine Erdölpumpe. Seit Wochen das erste Anzeichen menschlicher Gegenwart – ich muss mich erst einmal hinsetzen, um es in mich aufzunehmen.

Das Ding ist stillgelegt, der Kopf hebt und senkt sich nicht mehr wie vorgesehen. Normalerweise wäre ich stinksauer, dass so etwas einfach hier draußen zurückgelassen wird, um vor sich hin zu rosten und in den Boden zu sickern. Aber jetzt dient dieses Stückchen Zivilisation als Beweis, dass hier irgendwann einmal jemand gewesen sein muss. Aus diesem Grund hat es in meinen Augen eine ganz eigene Schönheit, die sich noch deutlich steigert, sobald ich seine beste Eigenschaft bemerke.

Eine Leiter.

Ich erwarte nicht allzu viel, als ich mich daranmache hinaufzusteigen, außer einem guten Ausblick, da die Pumpe auf einer Kuppe steht und drum herum alles sauber freigeschnitten wurde. Vermutlich werde ich vor allem Bäume und mit etwas Glück vielleicht einen Adler entdecken, obwohl es mich nicht überraschen würde, wenn ich stattdessen nur die Bussarde zu sehen kriege, die hier bereits ihre Kreise ziehen.

Schon auf halber Strecke tun mir beide Füße höllisch weh und von der Höhe wird mir ganz schwindelig, aber ich klettere weiter, weil unten nur der Boden auf mich wartet, und da war ich jetzt schon lange genug. Oben angekommen, sehe ich wie erwartet ein Meer von Grün, endlose Bäume und sanfte Hügel, deren Schönheit ich mich nicht entziehen kann, obwohl sie für mich vermutlich den Tod bedeuten. Mit einem

Seufzen beschließe ich, zumindest den Anblick zu genießen, als ein Windstoß ein paar tief hängende Nebelschwaden davonbläst und ich in der Ferne etwas Neues bemerke.

Stromleitungen.

Ich habe ein Ziel.

Zum ersten Mal seit einer gefühlten Ewigkeit gehe ich in eine Richtung und nicht einfach nur blind drauflos. Das macht mir Hoffnung. Es ist zwar auch nichts, womit ich meinen Magen füllen oder meine Schritte beschleunigen kann, aber es gibt mir die Kraft, den nächsten zu tun und dann den übernächsten. Ich bewege mich in die richtige Richtung und komme ganz gut voran, als es erneut anfängt zu regnen, kleine Tropfen fallen auf mein Gesicht und laufen mir in den Nacken. Ich mache mir nicht die Mühe, sie wegzuwischen, weil ich jedes noch so kleine bisschen Energie für ein einziges Ziel aufsparen will.

Ich bin so auf meine Schritte konzentriert, dass ich nur auf meine Füße schaue, mein fester Wille ist das Einzige, was mir noch bleibt. Ich bewege erst den einen, dann den anderen, die sture Wiederholung – erst der bestrumpfte, dann der bloße Fuß – ist das Einzige, was mir vielleicht, ganz vielleicht das Leben retten könnte. Wieder singe ich «The Bear Went Over the Mountain» und setze die Füße im Takt des Liedes, während ich zähle, wie viele Strophen ich brauche, um mich an mein Ziel zu bringen.

Nach dreiundzwanzig Wiederholungen trete ich zwischen Bäumen ins Freie, wobei ich beinahe direkt unter den Stromleitungen hindurchmarschiert wäre, ohne es zu bemerken, da meine Konzentration ausschließlich nach unten gerichtet ist. Nur ihr Summen erregt schließlich meine Aufmerksamkeit.

Stromleitungen schneiden durch den Wald wie Narben, rechts und links davon wurden die Bäume gefällt, die zwischen den gewaltigen Masten tief durchhängenden Kabel strecken sich über Hügel und Täler. Der Mast, unter dem ich gerade stehe, sieht beinahe aus wie der Eiffelturm, dem ich wohl kaum jemals so nahe kommen werde. Ich starre hinauf und verliere dabei das Gleichgewicht, sodass ich zu einem Haufen von muffiger Decke und abgestandenem Schweiß zusammensinke. Ich bin sauer auf mich, dass ich gestolpert bin, wo ich doch nur noch dieser klaren Schneise durch den Wald folgen muss, die mich zurück in die Zivilisation führt.

Zufällig falle ich genau richtig, nämlich so, dass ich in Richtung eines Trafohäuschens schaue, so weit hinten, dass ich es gerade noch erkennen kann mitsamt der kleinen orangefarbenen Punkte, die sich darum herum bewegen. Ich setze mich auf, woraufhin sich schwarze Flecke zwischen die leuchtenden Farbkleckse mischen, in denen ich inzwischen Menschen erkenne, und, o Gott, ich darf jetzt nur nicht ohnmächtig werden.

«Steh auf», befehle ich mir, ob laut oder nur in meinem Kopf, ich kann beides nicht mehr auseinanderhalten. Ich rappele mich auf und schiebe die Überreste von Davey Beets Mütze aus der Stirn, um den Blick in die Ferne richten zu können.

Da ist ein Forstweg und ein weißer Kastenwagen und zwei Menschen in leuchtend orangefarbener Kleidung, die ich in der Vergangenheit immer als Störfaktor wahrgenommen habe, die mir aber jetzt wie ein rettendes Signalfeuer erscheinen, auf das ich mit aller noch verbleibenden Kraft – und das ist nicht viel – zulaufe.

«Himmel noch mal, Ashley, reiß dich zusammen», sage ich. «Die sind gleich da vorne.»

Aber ich kann nicht. Meine Knie versagen endgültig den Dienst, jeder einzelne meiner Muskeln schrumpft in sich zusammen. Ich bin das Rennen bis zu Ende gelaufen, aber der Bus fährt gleich und der Trainer wird mich nicht tragen und ich werde es nicht schaffen. Ich werde hier an diesen Strommasten gelehnt sterben oder direkt an der Ziellinie. Ich weiß nicht mehr, was was ist, so wie mit den Tomatensuppendosen, die mitten im Schneesturm vor mir aufgereiht standen und mich wärmten, während ich dabei war, im Schnee zu erfrieren. Damals hat mein Dad mich gerettet, aber hier ist keiner.

Das ist mein Stichwort und ich entscheide mich.

Ich renne und schreie. Ich habe keine Worte mehr, nichts, was einer Sprache ähnelt, nur ein wildes Flehen, dessen Klang hoffentlich vor mir hereilt, während ich auf die Leute zulaufe, voller Hoffnung, dass sie mich sehen, mich hören.

Ich bin Ashley Hawkins und ich bin, verdammt noch mal, noch nicht tot. Meine Decke weht hinter mir her, mein Feuerbrett und der zerborstene Flaschenhals schlagen gegen meine Beine, Davey Beets Trinkflasche schmiegt sich an meine Hüfte und seine Mütze rutscht mir über die Augenbrauen, während es immer weiter regnet und mir das Wasser in den Mund läuft und meine Schreie mit dem Geschmack eines Unwetters vermengt.

Sie hören mich. Sie sehen mich.

Sie laufen mir entgegen, verkürzen die Entfernung, die ich zurücklegen muss, und ich bin so dankbar dafür, dass ich weinen könnte, aber ich habe keine Tränen mehr in mir. Meine Beine brennen und ich sehe dunkle Flecken vor den Augen und meine Füße sind so schwer wie noch nie zuvor, aber ich laufe weiter, achte nicht auf die Schmerzen, konzentriere mich ganz auf das Summen der Stromleitung über mir, die mich in gerader Linie mit diesen anderen Menschen verbindet.

Im Schatten eines Masts treffen wir aufeinander, wobei die Sonne kurz hervorbricht, um mir zu zeigen, dass es sich um eine Frau mit einem blonden Pferdeschwanz und um einen Mann mit einem roten Bart handelt. Ich breche vor ihnen zusammen, ringe um Worte, die sagen, was gesagt werden muss, die alles erklären – die Wildnis, das Opossum, den Beutel an meiner Seite mit den Überresten meines Fußes, Davey Beets blutige Socke und wie tief meine Augen eingesunken sind.

Was ich sage, ist:

«Mein Name ist Ashley Hawkins und ich brauche Hilfe.»

TEIL DREI

NACHDEM ICH GEFUNDEN WURDE

Der Mann setzt einen Notruf ab, während die Frau mit mir zusammen zu ihrem Wagen geht. Dabei weist sie mich auf Kleinigkeiten hin wie etwa Senken im Boden oder den kleinen Hügel, wo man die überzähligen Steine hingekippt hat, als der Forstweg gebaut wurde. Normalerweise würde ich es belustigt zur Kenntnis nehmen, dass jemand befürchtet, ich könnte an so einem bisschen Kies zerbrechen, aber ich habe ja keine Ahnung, was für einen Anblick ich im Augenblick biete. Und ganz ehrlich – möglich wäre es.

Sie redet immer weiter und wartet offenbar darauf, dass ich mehr sage als nur meinen Namen, aber ich weiß nicht, was sonst noch wichtig sein könnte. Stattdessen sitze ich mit aufgestützten Armen im Gras neben dem Wagen. Da bemerke ich das Nummernschild.

«Hey», unterbreche ich die Frau, die im Wagen herumkramt und etwas sucht. Sie dreht sich zu mir um mit einer braunen Papiertüte in der Hand.

«Bin ich in Georgia oder seid ihr in Tennessee?»

Verwirrt runzelt sie die Stirn und ich weiß, dass ich einen neuen Versuch machen und bessere Worte für das finden muss, was ich fragen will. Für mich klang meine Frage sinnvoll, und da ich schon seit einer ganzen Weile nur noch mit mir selbst geredet habe, dachte ich, es würde funktionieren.

«Wo bin ich?»

«In Georgia», antwortet sie und reicht mir eine Wasserflasche. «Wir sind beide in Georgia.»

«Hmm», sage ich und versuche, den Deckel aufzuschrauben. Er rührt sich nicht. Die Frau nimmt die Flasche, bricht die Versiegelung auf und reicht sie mir zurück.

«Ich hatte ja schon den Anfang gemacht», scherze ich und sie lacht. Ein wunderbares Geräusch, voll und kräftig, ohne den brüchigen Unterton, den mein Lachen nach und nach angenommen hat.

«Ich bin also wirklich aus Tennessee hinausgewandert?», frage ich und nehme einen Schluck Wasser.

«Wenn du dort losgelaufen bist, dann ja», sagt sie.

Sobald das Wasser meinen Magen erreicht, zucke ich zusammen. Ich will mich nicht vor den Augen dieser Frau übergeben, will nicht preisgeben, dass es für mich nicht wie echtes Wasser schmeckt, weil keine Erdkrümel über meine Zunge spülen und es keinen fischigen Nachgeschmack hat. Alles daran erscheint mir fremd, vom durchsichtigen Kunststoff bis hin zu dem gerillten Deckel in meiner Hand, und mich erfasst leichte Panik, als mir klar wird, dass ich über kurz oder lang in diesen Wagen steigen muss.

«Wie heißt du?», frage ich die Frau und nehme versuchsweise noch einen Schluck.

«Tammy», sagt sie und streckt mir die Hand entgegen. Ich schüttele sie, und dabei bemerke ich, wie dünn meine Finger in ihren sind, auf dem linken Handrücken ein Kratzer in der Form von Florida und Dreck unter meinen Fingernägeln.

«Was ist das hier?», fragt Tammy und macht Anstalten, Davey Beets Mütze zu berühren. Ich zucke zurück und verschütte dabei etwas Wasser auf meinen Schoß. Ich kann es aushalten, berührt zu werden, aber bei Daveys Sachen ist das eine andere Geschichte, jedenfalls keine, die ich einfach so irgendjemandem erzählen würde.

«Das ist eine Mütze», sage ich.

Tammy nickt und setzt sich langsam neben mich, dabei stützt sie die Ellbogen auf die Beine, genau wie ich. Ich ziehe meine Decke fester um mich und bedecke mein Feuerbrett und den Rest der Whiskeyflasche, als hätte ich Angst, sie könnte sie mir wegnehmen.

«*Woher* genau kommt sie?» Die Stimme des Mannes durchneidet den Raum zwischen uns, der Anruf nimmt offenbar unerwartete Wendungen. Genau wie ich.

«Hunger?», fragt Tammy und greift nach ihrem Mittagessen und zieht ein Schinken-Käse-Sandwich hervor.

Eigentlich habe ich keinen. Ich bin weit über Empfindungen wie Hunger hinaus. Aber der Anblick des Sandwichs, das in eine sorgsam gefaltete Tüte verpackt ist, ruft die Erinnerung an Meredith wach und an all die Schinken-Käse-Sandwichs, die sie über Jahre angeblich für sich in der Schule dabeihatte, obwohl ich ganz genau weiß, dass sie gar keinen Schinken mag.

Mir kommen die Tränen.

Die Frau legt den Arm um mich und ich lehne mich an sie, rieche den sauberen Duft ihres Shampoos und spüre einfach ihre Wärme und ihre Gegenwart. Ich holte tief Luft, was sich anfühlt, als würde der Atem meine Kehle bis auf meine Wirbelsäule hinunter abschaben, dennoch reicht er nicht tief genug, kommt nicht bis dorthin, wo all das begraben liegt, was mir zugestoßen ist.

Ich habe versucht, Worte zu finden, und dachte zunächst, dass es mir nicht gelingen wollte, weil ich sie so lange nicht benutzt habe, aber in Wahrheit liegt es daran, dass es dafür einfach keine Worte gibt. Nur Tränen. Ich weine vor Freude, weil ich in Sicherheit bin, und vor Angst, weil ich mich davor fürchte, andere Menschen wiederzusehen. Ich weine, weil ich zwar meinen Namen gesagt habe, als ich aus dem Wald kam, aber doch nicht mehr weiß, ob ich diese Person überhaupt noch bin. Ich weine wegen Duke und Meredith und Kavita und meinem Dad und weil ich sie wiedersehen werde und wegen Davey Beet und meiner Mom, weil das für diese beiden nicht gilt. Es gibt so viele Gründe zu weinen, aber ich habe einen Mund und der hat noch andere Aufgaben, als nur schluchzend nach Luft zu ringen.

Ich höre auf zu weinen.

Und ich esse.

Der Wagen fährt unfassbar schnell.

Ich habe Tammy dazu gebracht, sich in die Mitte neben Paul zu setzen – der immer und immer wieder «Tennessee!» sagt, als wäre das auf einmal ein ganz neuer Bundesstaat oder so. Ich selbst wollte unbedingt am Fenster sitzen, das ich heruntergelassen habe, obwohl es schon wieder regnet. Ich lasse mir die Tropfen ins Gesicht wehen, während wir zu dem Treffpunkt rasen, wo uns die Einsatzkräfte erwarten, sobald wir aus den Hügeln heraus sind und die Forstwege verlassen haben. Ich werfe einen Blick über Tammys Beine hinweg auf die Geschwindigkeitsanzeige, die zu meinem Erstaunen gerade mal bei 40 Meilen / Stunde steht.

Draußen fliegt alles in einem solchen Tempo vorbei, dass ich es gar nicht wahrnehmen, nicht jeden Baum sehen, jedes Blatt berühren kann. Mein Leben hat sich so weit verlangsamt, dass sich jede Bewegung, die schneller ist als ein Kriechen, geradezu obszön anfühlt und mich jedes Geräusch erschreckt. Als Paul den Wagen anließ, plärrte das Radio los und Tammy stellte es rasch aus, weil ich erschrocken aufschrie und mir die Ohren mit meiner Decke zuhielt.

Während der Fahrt sind beide still, der Regen wird stärker und durchnässt meinen Arm, den ich aus dem Fenster baumeln lasse, um den Luftwiderstand an meiner Hand zu spüren. Ich schaue zu Tammy hinüber, die rasch ihr Handy wegsteckt, dabei erhasche ich einen Blick auf mein eigenes Gesicht unter einer Schlagzeile.

«Du hast mich gegoogelt?», frage ich.

«Ja», sagt sie verlegen und hält mir das Handy hin. Da läuft ein stumm geschaltetes Video von meinem Dad, der an einem Rednerpult steht, seine einzige Krawatte ganz schief und krumm gebunden und das feine Hemd von Grandpas Beerdigung spannt über seinem Bauch. Aber ich glaube, niemand achtet auf sein Aussehen, nur auf seine Worte. Die Leute kämpfen genau wie er mit den Tränen, während er zusammenbricht, und ich muss die Worte nicht hören, um zu wissen, dass er darum fleht, man möge ihm doch bitte sein kleines Mädchen zurückbringen.

«Ich hab mich selbst zurückgebracht», sage ich rasch und lege den Daumen aufs Display.

Es gibt einen langen Artikel, den ich während der Fahrt nicht lesen kann, weil sonst die wenigen Bissen des Sandwichs, die ich hinunterbekommen habe, wieder hochzukommen drohen. Da ich Tammy und Paul nicht zum Dank auf den Schoß kotzen möchte, gebe ich ihr das Handy zurück, wobei mir nicht entgeht, dass sie das Foto auf dem Display noch einmal mit dem Gesicht vor ihr vergleicht. Ich frage mich, wie viel Ähnlichkeit da überhaupt noch besteht.

Der Notarztwagen wartet mit Blaulicht, aber ohne Sirene an der Stelle, wo der Forstweg auf die Landstraße mündet. Ich öffne die Tür und mache Anstalten auszusteigen, doch auf einmal sind überall Leute, die offenbar verhindern wollen, dass ich mich bewege. Eine Sanitäterin hebt mich wie ein Baby aus dem Wagen und muss nicht einmal keuchen, als wir beim Notarztwagen ankommen, wo man mir eine Reihe von Anweisungen erteilt.

Hinlegen. Entspannen. Beruhigen. Normal atmen.

Genau das tue ich, aber die Sanitäter, die sich hier hinten um mich kümmern, machen dennoch besorgte Gesichter, während sie sorgsam auflisten, was alles nicht in Ordnung ist mit mir. Dazu verwenden sie andere, ungewohnte Worte, wie etwa Hämatom statt blauer Fleck, Läsion statt Verletzung und dehydriert anstelle von ausgetrocknet. Der männliche Sanitäter – der seinem Schlüsselband zufolge Michael heißt – rattert all diese Begriffe herunter, während die Sanitäterin alles rasch auf der Rückseite ihres Latexhandschuhs notiert.

Der Krankenwagen setzt sich in Bewegung und die Sirene heult auf. Die Sanitäterin schreibt noch immer und hat inzwischen die Hand umgedreht, um auf der anderen Seite ihres Handschuhs weiterzuschreiben, als Michael vorsichtig den Strumpf abzieht.

«Scheiße noch mal!», sagt er, was ungefähr den Worten entspricht, mit denen auch ich es beschreiben würde. Ich hebe den Kopf, um besser sehen zu können.

«Das ist gar nichts», erkläre ich. «Du hättest es sehen sollen, bevor ich die üblen Stellen abgetrennt habe.»

«Die üblen Stellen?»

«Ja, genau», sage ich und strecke ihm die Tüte mit den Überresten meines Fußes entgegen. «Die hier.»

Ich hebe sie für ihn ein wenig in die Höhe, woraufhin er eine Hand vor den Mund schlägt und schnell den Blick abwendet. Er braucht einen Moment, um sich wieder zu sammeln, bevor er vorsichtig meine Ferse hebt und den Fuß dreht, um den Schaden von allen Seiten zu begutachten.

«Du hast das abgetrennt?», fragt er.

«Ja», sage ich und lege den Kopf wieder ab, da schon wieder die schwarzen Flecke drohen.

«Und womit?»

«Mit einem dicken Feuerstein.» Ich überlege kurz, ob ich das Stück, das ich aufgehoben habe, aus der Hosentasche holen und ihm zeigen soll, entscheide mich aber dagegen, weil ich nicht will, dass man es mir wegnimmt.

Er pfeift leise durch die Zähne und legt mein Bein wieder ab. «Gute Arbeit.»

«Danke», sage ich und fühle mich auf seltsame Weise geschmeichelt.

«Wie heißt du?», fragt die Sanitäterin.

«Ashley», antworte ich.

«Okay, Ashley», sagt sie. «Ich bin Barbara. Ich werde dir jetzt eine Infusion legen, um dich zu rehydrieren, ja? Dein Arm wird sich ein bisschen kalt anfühlen.» Sie sagt das entschuldigend, so als wäre es das schlechtmöglichste Ende meines Tages. Ein kleiner Piks und schon ist es vorbei, eine Nadel steckt in meiner Armbeuge.

«Weißt du, was für ein Wochentag heute ist?», fragt Barbara und ich merke, dass sie herausfinden will, ob ich mir irgendwie den Kopf angeschlagen habe. Das ist zwar zutreffend und ich weiß auch keineswegs, welcher Wochentag heute ist, aber das hat nichts mit einer möglichen Gehirnerschütterung zu tun.

«Nein», sage ich.

«Und wer ist Präsident?», fragt Michael, was ich aber nur mit einem verächtlichen Schnauben beantworte. Die beiden wechseln einen Blick, so als käme das häufiger vor.

«Kannst du sagen, was passiert ist?», fragt Barbara, als wäre das eine beiläufige, einfache Frage, die leicht zu beantworten ist.

«Ich hab mich verirrt», sage ich und spreche diese Tatsache damit zum ersten Mal aus. Meine Stimme klingt ein wenig brüchig, so als wäre ich zu stolz, es zuzugeben oder weil es so verdammt beängstigend ist, selbst jetzt noch, wo ich in Sicherheit bin. Weil mir immer schon bewusst war, wann immer ich von zu Hause in die Wildnis aufgebrochen bin, dass es tödlich enden könnte, aber ich wollte es einfach nie wahrhaben.

«Die Welt ist nicht zahm», erkläre ich Barbara und sie nickt, als würde sie es vielleicht verstehen, während sie die Manschette des Blutdruckmessgeräts um meinen Arm wickelt, das sie gleich darauf durch ein anderes ersetzt. Dem *Findet Nemo*-Sticker nach zu urteilen, der auf der Manschette klebt, ist es das für Kinder, weil mein Arm zu dünn für die Erwachsenenversion ist.

«Wie hast du das geschafft?», fragte Michael, der den Blick noch immer nicht von meinem Fuß lösen kann.

«Es war ja sonst keiner da, der es gemacht hätte», erkläre ich. «Da blieb mir nichts anderes übrig.»

«Nein, ich meine, überhaupt», sagt er. «Mit allem.»

Ich zucke nur die Schultern, weil die Antwort dieselbe ist.

Im Krankenhaus stellt man mir jede Menge Fragen, auf die ich keine Antworten habe.

Wer mein Hausarzt ist oder ob ich alle üblichen Impfungen bekommen habe. Ich erkläre ihnen, dass wir normalerweise nicht zum Arzt gehen, wenn wir nicht gerade am Verbluten sind – Verletzungen verbinden wir in der Regel mit Duct Tape –, und dass ich davon ausgehe, dass ich geimpft bin. Das scheinen aber nicht die Antworten zu sein, die sie haben wollen, weil sie mir gleich noch mal jede Menge Spritzen verpassen, einschließlich Tetanus, obwohl ich ihnen sage, dass ich da mit ziemlicher Sicherheit auf dem Laufenden bin, weil Wundstarrkrampf etwas ist, was Dad wirklich ernst nimmt.

Alles hier ist so hell und mega sauber. Alle tragen ein Lächeln auf dem Gesicht, das noch strahlender wird, wenn sie mich sehen, so als wäre ich die Sonne, die hinter einer Wolke hervorlugt, von der sie dachten, sie würde nie vorüberziehen. Offenbar bin ich so eine Art Wunderkind, das verlorene Mädchen, das jetzt wieder da ist.

Die Ashley von früher wäre genervt davon, hierhin und dahin gekarrt zu werden, und hätte darauf bestanden zu stehen und zu gehen, weil es wie ein Zeichen von Schwäche wirken könnte, sich herumfahren zu lassen. Aber ich weiß genau, wie stark ich bin, und es hat durchaus etwas Schönes, sich so reibungslos zu bewegen, ohne selbst etwas tun zu müssen. Ich gleite an Türen vorbei und an Schildern mit Pfeilen am Ende jedes Flurs, hier und da tauchen auch Hinweisschilder auf mit Lageplänen und einem Stern mit der Aufschrift SIE SIND HIER.

Ich finde es sehr beruhigend, genau zu wissen, wo ich mich befinde.

Man gibt mir ein Zimmer und ein Krankenhausnachthemd, das sauber zum Quadrat gefaltet ist wie Davey Beets Bandana. Eine Schwester fragt, ob ich Hilfe beim Umziehen brauche oder das lieber alleine machen möchte. Ich entscheide mich für Letzteres, obwohl man meinen könnte, dass ich davon eigentlich genug hatte in jüngster Zeit.

Ich leere meine Taschen, lege Daveys Messer und meinen Feuerstein auf den kleinen Nachttisch neben dem Bett. Dann knote ich mein Feuerbrett und den Flaschenhals von meiner Jeans und reihe alles vor mir auf. Meine Hose gleitet hinab, ohne dass ich sie aufknöpfen muss, und nimmt meine Unterhose gleich mit. Ich löse die Decke um meinen Hals und falte sie ordentlich, als wäre sie noch von Bedeutung, obwohl sie voller Schimmel und Blut und wer weiß was noch ist. Meine Hände wandern zu Daveys Mütze, die ich mir widerstrebend vom Kopf ziehe und neben die anderen Sachen lege.

Das, was von meinem Shirt noch übrig ist, passt locker in meine Hand, aber dann muss ich doch eine Schwester rufen und sie bitten, mir bei dem Sport-BH zu helfen. Ich bin zu schwach, um die Arme in die Höhe zu halten, und verwickele mich darin. Sie setzt mich hin und übernimmt es für mich.

«Ach, herrje», sagt sie und mustert mich von oben bis unten, was mir nicht peinlich ist, weil es da ohnehin nicht viel zu sehen gibt.

Ich muss mich auf den kleinen Vorsprung in der Dusche setzen, um mich zu säubern. Den schlimmen Fuß habe ich dabei draußen außerhalb des Wasserstrahls auf einen Hocker gestützt. Der Wald fließt von mir ab in Form eines kleinen Häufleins von Zweigen und welken Blättern und Erde. Alles wird in den Abfluss gesaugt zusammen mit drei weiteren Zecken, die ich entdeckt habe. Als ich fertig bin, fühle ich mich noch dünner als zuvor, so als wäre ich ohne die Schicht Wald um mich herum gar nicht mehr wirklich ich. Ich bin jetzt irgendwie neuer, sauberer. Ein paar Pfund leichter ohne all den Dreck.

Zum ersten Mal werfe ich einen Blick in den Spiegel und begegne diesem neuen Ich.

Ich bin anders – kein Zweifel. Die Kanten in meinem Gesicht sind eckiger, die Augen tief eingesunken. Auf der Stirn habe ich einen helleren Streifen, da wo Davey Beets Mütze die Sonne abgehalten hat, und in den Falten meines Halses steckt noch immer ein bisschen Dreck, obwohl ich wirklich kräftig geschrubbt habe.

Und meine Haare ... die Schwester hat mich schon gewarnt, dass man sie möglicherweise abschneiden muss, so verzottelt sind sie. Ein einziges großes Wirrwarr, jede Strähne mit einer anderen verwoben, alles gerät in Bewegung, wenn ich nur an einem kleinen Ende ziehe. Die Haare hängen kalt und schwer meinen halben Rücken herunter und tropfen vor sich hin, als ich die Badezimmertür öffne.

Und da steht mein Dad.

«Ash...» Seine Stimme versagt, mein ganzer Name ist zu viel, zu schwer. Ich will zu ihm, verliere jetzt ganz das Gleichgewicht, aber Dad ist da und fängt mich auf. Ich falle gegen ihn, der harte Reißverschluss seiner Jacke drückt durch das dünne Krankenhausnachthemd direkt in meine Rippen, weil er mich hochhebt, sodass meine Zehenspitzen gerade noch das Linoleum berühren. Er setzt mich wieder ab und ich lasse mich aufs Bett sinken, wo mein Rattennest von Haaren die Laken durchtränkt.

Er ist unrasiert, die Augen blutunterlaufen, dunkle Ringe scheinen sein ganzes Gesicht einzunehmen. Auch Dad hat vermutlich fünf Kilo abgenommen oder so.

«Du siehst scheiße aus», sage ich.

«Du siehst noch übler aus», erwidert er und setzt sich neben mich.

Er ist so viel größer und schwerer als ich, dass das Bett einsinkt, und ich lehne mich an ihn, mein Kopf an seiner Schulter. Wir sitzen einfach nur da, ich nehme seine Wärme in mich auf, sein Arm um meine Schulter gelegt.

Und dann bitte ich ihn, mir die Haare zu kämmen.

Dad sagt, dass draußen Reporter warten.

Scheinbar bin ich eine große Nummer und überall im Land wird meine Rettung gefeiert. Da 99,9 Prozent der Leute gar nichts von meiner Existenz wussten, bevor ich verschwunden bin, bilde ich mir nicht allzu viel darauf ein. Dad zeigt mir auf seinem Handy, dass jemand einen Hilfsfonds für meine Krankenhauskosten eingerichtet hat. Das ist bereits eine stattliche Summe und die Zahl der Spenden wächst kontinuierlich, sooft er die Seite aktualisiert. Dennoch habe ich Zweifel, dass es genug sein wird.

Kurz darauf werde ich in ein Krankenhaus verlegt, das näher an zu Hause ist, im richtigen Bundesstaat und Landkreis. Ein Krankenwagen bringt mich dorthin, wobei eine Krankenpflegertruppe mich zunächst durch einen Seiteneingang nach draußen schleust, wo mich die Reporter nicht entdecken. Ich bin auf schräge Weise ein Star, ‹*das Mädchen, das überlebte*›, eine Art Provinz-Harry-Potter. Dauernd wollen irgendwelche Journalisten mit mir sprechen und tagelang campieren die Übertragungswagen vor dem Krankenhaus, bis ihnen schließlich klar wird, dass Ashley Hawkins wirklich *nein* meint, wenn sie *nein* sagt.

Ich weiß, wie ich aussehe. Ich weiß, wie ich mich anhöre. Vielleicht bin ich jetzt eine Heldin, aber sobald ich den Mund aufmache, werden die einen sagen, ich hätte so einen süßen Akzent, während sich andere genau darüber lustig machen. Ich bin nicht ihretwegen hier. Ich habe nicht überlebt, damit andere Leute sich ein Bild von mir machen können. Ich werde meine Worte und meine Stimme für diejenigen aufsparen, die mich kennen.

Bei meiner Ankunft warten Meredith und Kavita schon in meinem neuen Krankenhauszimmer. Kavita war klug genug, weder Blumen noch Luftballons mitzubringen, Meredith dagegen ist emotional genug, beides dabeizuhaben. Dad lässt uns alleine, damit wir in Ruhe reden können, während er nach Hause zurückfährt, um mir meine eigenen Klamotten zu bringen, die ich nun endlich anziehen darf. Meine Freundinnen machen es sich auf Stühlen neben meinem Bett bequem, beide wirken angespannt.

«Hey», sagen sie gleichzeitig, wobei Kavita Meredith sanft gegen den Arm boxt.

«Ist schon okay, Mädels», sage ich.

«Nein, ich meine ...», sagt Kavita, während Meredith in Tränen ausbricht.

«Hört auf», sage ich und beide gehorchen.

«Ihr wusstet es nicht», sage ich, bevor mich eine von ihnen unterbrechen kann. «Es ist nicht eure Schuld.»

Meredith nickt, als wollte sie mir glauben, doch Kavitas gerunzelte Stirn bedeutet mir, dass sie sich nicht so leicht freisprechen lassen will.

«Wir dachten, du wärst nach Hause zurückgegangen, Ash, ich schwör's», sagt sie.

«Bin ich ja auch», erwidere ich. «Hab eben einen Umweg genommen.»

Meredith schnaubt verächtlich – ein Laut, den ich schon seit der Vierten nicht mehr von ihr vernommen habe, und wischt sich mit der Kante meines Lakens übers Gesicht, was den Schwestern hier bestimmt nicht gefallen wird, aber es ist so typisch Meredith, dass es mir egal ist. Sie ist hier; sie sitzt hier vor mir; sie ist meine Freundin und Freundinnen muss man mit all ihren guten und ihren schlechten Eigenschaften annehmen – was sie bei mir seit Jahren getan haben, und ich habe ihnen nie dafür gedankt.

Und das werde ich. Ich werde all das sagen, was gesagt werden muss. Was mir klar geworden ist, als ich dachte, ich würde sterben. Aber ich werde es erst tun, wenn ich wieder gesund bin, damit sie es nicht abtun und auf die Medikamente schieben können. Ich werde es dann tun, wenn ich auf meinen eigenen Füßen stehen und ihnen in die Augen schauen kann, damit sie wissen, wie wahr alles ist. Ich werde es tun, wenn ich bereit dazu bin und sie auch, wenn ich es richtig im Griff habe, wer diese neue Ashley ist, und wenn sie die richtigen Worte gefunden hat.

«Und du hast echt deinen Fuß amputiert?», fragt Kavita.

«Nur einen Teil», korrigiere ich sie. «Aber, ja. Auf dem Boden von einer Meth-Küche, mit einem Stein. Und ich habe es mit Whiskey desinfiziert.»

«Das ist echt typisch», sagt Meredith. «Sie haben schon so was in der Art in den Nachrichten gebracht und die Leute auf Twitter meinten, das wäre Fake, aber ich dachte, dass es mich noch nicht mal überraschen würde, wenn du es dir mit den Zähnen abgebissen hättest. Und dann hab ich mich in ungefähr fünf Tweet-Streitereien darüber begeben.»

«Danke», sage ich und meine das auch so.

Kavita verdreht die Augen, sagt aber nichts. «Ich hab deinen Rucksack mitgenommen und zu dir nach Hause gebracht», sagt sie, effizient wie immer. «Und ich hab dein Handy aufgeladen.» Sie zieht es aus der Hosentasche.

«Danke», sage ich. Da sind 35 neue Nachrichten, aber die hebe ich mir für später auf und schiebe es unter mein Kopfkissen. «Also ...»

Ich spreche nicht weiter, weil ich nicht sicher bin, wie viel sie eigentlich hören wollen über die Wildnis und darüber, dass ich dachte, ich würde sterben, und mich schon aufgegeben hatte, bevor ich meine Meinung geändert habe. Ich weiß nicht, ob Meredith mit der Vorstellung klarkommt, wie es ist, Würmer und rohen Fisch zu essen, und die Geschichte von dem, der durch meine Kehle wieder nach oben geschwommen ist, taugt schon mal gar nicht für sie. Ebenso wenig wie die von dem Opossum, das ich mit einem Knüppel erschlagen habe. Kavita verkraftet das schon eher und ihr werde ich es vielleicht eines Tages erzählen, aber im Augenblick bin ich so weit davon entfernt, hier in diesem sauberen Raum mit meinen Freundinnen.

«O mein Gott!», bricht es plötzlich aus Meredith heraus. «Du weißt es ja noch gar nicht, weil du da weg warst, aber Kate Fullerton hat Jake Smalls bei einer Party mit ihrem Pick-up angefahren, weil er gesagt hat, sie würde nach alter Periodenblutung riechen. Aber sie ist ihm nur über den Fuß gefahren und es war echt matschig da und er hat sich nicht so schlimm verletzt.»

«Schade eigentlich», sage ich, woraufhin Kavita hinzufügt: «Allerdings.»

Meredith redet immer weiter und erzählt mir alles, was sich in meiner Abwesenheit ereignet hat, was die Leute gesagt und getan haben in der Welt, die sich ganz ohne mich weiter gedreht hat, lauter Zeug, bei dem ich ihr normalerweise gesagt hätte, es wäre total unwichtig und mir egal. Aber das hier ist mein Leben und das sind die Menschen, die zu diesem Leben gehören.

Und es ist mir keineswegs egal.

Duke ist der Letzte, der mich besucht.

Dad füllt gerade den Papierkram aus, damit ich am nächsten Tag entlassen werden kann, aber das Kratzen seines Stifts erstirbt, als Duke hereinkommt, und ich schlage die Augen auf. Dad weiß, was passiert ist, ich habe es ihm erzählt, während er meine Haare entwirrt hat. Deswegen hätte es mich nicht gewundert, wenn er Dukes Nase gleich zum zweiten Mal gebrochen hätte.

Die ist noch immer schief und ein bisschen gelb an der Wurzel und so mustert Dad ihn nur von Kopf bis Fuß und fragt mich, ob ich mit ihm reden will. Ich bejahe und Dad geht nach draußen, wobei er die Tür einen Spalt offen lässt.

«Hey», sagt Duke und rückt sich einen Stuhl ans Bett.

«Hey», sage ich. Er beugt sich vor, als würde er überlegen, ob er meine Hand nehmen soll, deswegen vergrabe ich sie unter der Decke.

«Ash», sagt er mit gesenktem Blick. «Es tut mir so unendlich leid.»

«Schon okay», erwidere ich und er muss schlucken, so als würden da noch mehr Worte in seiner Kehle feststecken, die einfach nicht herauskommen wollen. Ich weiß, wie sich das anfühlt, weiß, wie es ist, wenn sich die ganzen Gefühle dort stauen und einen ersticken. Genau so ist es mir ergangen, als ich ihn da draußen mit Natalie entdeckt habe.

«Ich habe nach dir gesucht», sagt er nach einer Weile mit leiser, zaghafter Stimme. «Ich bin die Hügel dort rauf und runter gestiefelt und hab alles getan, was mir einfiel, Ash. Aber du warst einfach nicht da.»

«Nein», pflichte ich ihm bei. «Da war ich schon lange fort und in die andere Richtung unterwegs.»

Das trifft in vielerlei Hinsicht zu, aber ich weiß, dass er es loswerden muss, deswegen lasse ich mir von Duke erzählen, wie er meine Schuhe und Socken gefunden hat und den Felsbrocken, an dem ich meinen Fuß zerschmettert habe, und das Blut dort. Er berichtet mir von den Suchtrupps und Spürhunden und Fernsehteams und Reportern und den Leuten, die in Reihen systematisch den Wald nach mir durchkämmt haben, wobei Jason sich die Kehle heiser geschrien hat. Er braucht das, er braucht es, mir zu zeigen, wie sehr er sich bemüht hat, seinen Fehler wiedergutzumachen.

«Diese Reporter rasten total aus, seit du zurück bist», fährt er fort. «Sie haben dauernd bei mir angerufen und gefragt, wann ich denn meine Freundin besuche und wie es dir geht und ob du irgendwann bereit bist, mit ihnen zu reden, und ich sage immer nur: ‹Keine Ahnung, echt. Ashley wird das tun, was sie tun wird, und davon wird sie niemand abbringen.›»

Das stimmt allerdings. Man kann ja sagen, was man will über diesen Kerl, aber Fakt ist, dass er mich einfach in- und auswendig kennt.

«Soll ich den Leuten irgendwas von dir ausrichten?», fragt Duke.

«Ja», sage ich. «Du solltest ihnen sagen, dass sie mal ihre Fakten checken sollen.»

«Wie meinst du das?», fragt er.

«Ich bin nicht deine Freundin», sage ich. «Nicht mehr.»

Duke nickt, so als würde er das einfach so hinnehmen, aber beim Aufstehen hat er Tränen in den Augen. «Also gut», sagt er und legt eine Hand auf den Türgriff. «Hoffentlich fühlst du dich bald besser, Ashley.»

«Das tue ich jetzt schon», erwidere ich.

Als ich endlich nach Hause komme, sind die Reporter schon da. Ein paar besonders eifrige haben ein bisschen gegraben und unsere Adresse rausgefunden, was mir gar nicht recht ist. Ich schäme mich nicht für den überwucherten Garten oder das kaputte Trampolin, für die Stufen aus Ytong-Steinen und die Rostflecken auf der Metallverkleidung. Früher wäre es mir vielleicht peinlich gewesen, aber jetzt nicht mehr, nachdem ich erfahren habe, wie es ist, so etwas nicht zu haben.

Aber ich mag es nicht besonders, wenn da draußen Leute herumschnüffeln und darauf warten, dass ich herausgehumpelt komme. Es ist so warm, dass wir die Fenster aufmachen müssen, und sobald wir das tun, rufen sie von der Straße her, weil Dad ihnen verboten hat, das Grundstück zu betreten. Ich achte nicht auf sie und irgendwann geben sie auf, mit Ausnahme des Journalisten von unserer Lokalzeitung. Er ist klug genug und kennt seine Leser und seine Leute. Also wartet er einfach, bis die Stadtleute mit ihren Übertragungswagen verschwunden sind, und wagt es dann, an die Tür zu klopfen.

Ich werde mit ihm sprechen, weil ich eine Gegenleistung brauche.

Ich habe Dad von Davey Beet erzählt, sobald wir zu Hause waren. Dad hörte nur mit gesenktem Kopf zu, während ich berichtete, wie ich Daveys Mütze, seinen Namen an der Buche und schließlich Davey selbst gefunden hatte. Dad unterbrach mich kein einziges Mal, außer um von Zeit zu Zeit den Kopf zu schütteln und «meine Güte» zu sagen.

Als der Journalist zu mir ins Zimmer kommt, erkläre ich ihm, dass ich mit Davey Beets Eltern sprechen muss, und er stellt den Kontakt für mich her. Am nächsten Tag tauchen sie bei mir auf, ein wenig verwundert, aber froh, dass ich überlebt habe, so als hätte ich damit der Wildnis, die ihnen den Sohn genommen hat, eins ausgewischt. Wir sitzen im Wohnzimmer – ich in Dads kaputtem Fernsehsessel mit hochgelegtem Fuß, sodass es alles ein wenig umständlich ist, als Daveys Mom versucht, mich zu umarmen, aber ich lasse es zu. Sie riecht ein bisschen so wie er, frisch und mit einem Hauch Zitronenverbene. Sie weint, als ich ihr die Überreste von Daveys Mütze übergebe. Daveys Dad legt ihr eine Hand aufs Knie und so sitzen sie einfach eine Weile zusammen da, weil sie nun Gewissheit haben.

Ich erzähle ihnen, dass ich die ganze Zeit dort draußen an Davey denken musste und dass ich unterwegs immer wieder kleine Hinweise auf ihn gefunden habe. Aber ich erzähle nichts von dem Netz aus Gedanken, das ich dort draußen für mich gesponnen habe, seine und meine, die uns unweigerlich zueinanderzogen, sodass ich ihn schließlich finden würde. Ich erzähle nichts von dem Foto dieses Mädchens, weil ich nicht weiß, ob sein Herz gebrochen oder meines einfach größer war, sodass ich es zurück nach Hause geschafft habe.

Das behalte ich alles für mich. Ich höre, wie Dad sich in der Küche eine Dose Bier aufmacht, nachdem sie weg sind. Kleine Geräusche in einem kleinen Haus.

Verdammt, was bin ich froh, dass ich sie wieder hören darf. Ich bekomme viel Besuch, alle lächeln mich an ... nur einer nicht.

Ich hatte eher mit einem Anruf gerechnet, aber eines Tages biegt ein Wagen mit dem Logo des Colleges, das mir das Cross-Country-Stipendium gewährt hat, in unsere Einfahrt ein. Es freut mich, dass sie zumindest persönlich kommen, um mit mir zu sprechen. Es ist auch nicht irgendein Angestellter oder der Scout, sondern der Trainer selbst. Ein netter Typ, der nicht viel Umstände macht und das Glas Wasser nimmt, das Dad ihm anbietet, und nicht mit der Wimper zuckt angesichts des Schwefelgeschmacks in unserem Brunnenwasser. Er trinkt es und beugt sich dann auf dem Sofa vor.

«Also, Ashley, ich hatte mich darauf gefreut, dass du nach der Highschool für mich läufst.»

«Aber das kann ich ja jetzt nicht mehr», komme ich ihm zuvor, indem ich es selbst ausspreche, damit ihm klar ist, das ich bereits weiß, warum er hier ist.

«Nein», stimmt er mir zu. «Das kannst du nicht.»

Er gibt Dad eine Mappe, in der meine Optionen ausgeführt sind, und sagt, die Universität hätte ein Stipendium für mich aufgetrieben, das für einen Teil der Studiengebühren aufkommen würde, wenn ich weiterhin Interesse habe. Aber keiner hier macht sich etwas vor und keiner sagt, dass ich vielleicht eines Tages wieder Rennen laufen kann. Die Wahrheit ist, dass ich immer noch dabei bin, wieder richtig gehen zu lernen. Ich mache Physiotherapie, um herauszufinden, wie ich ohne einen Teil meines Fußes das Gleichgewicht halten kann und wie ich eine Haltung finde, die nicht auf Kosten meiner Hüften geht.

Klar werde ich wieder gehen können, vielleicht sogar ohne zu humpeln, wenn ich alles richtig mache. Aber das Laufen gehört der Vergangenheit an, genau wie der Gedanke an ein Collegestudium. Das Stipendium ist eine nette Geste, aber nutzlos. Damit ich studieren kann, brauchen wir keine Unterstützung, sondern einen Freiplatz.

Im Camp Little Fish haben sie uns gerne erzählt, wenn Gott eine Tür zumacht, wird dafür ein Fenster geöffnet. Das hatte in meinen Augen keine besonders große Bedeutung in einem Haus, in dem die Tür ohnehin ständig aus den Angeln fiel und die meisten Fenster sich nicht mehr öffnen ließen, aber jetzt sehe ich die Dinge anders.

Und so warte ich sehnsüchtig auf das Geräusch dieses Fensters, das sich langsam und quietschend öffnet.

Der Bericht über mich erscheint in der Lokalzeitung.

Ich habe nichts verschwiegen, sondern dem Journalisten alles verraten, dass ich betrunken war und pinkeln musste (wobei er natürlich geschrieben hat, ich wollte «mich erleichtern»). Ich habe ihm davon erzählt, dass ich ein Opossum erschlagen und Würmer gegessen und meinen Fuß abgetrennt und Oxy eingeworfen und Whiskey über meine Wunden gegossen und «The Bear Went Over the Mountain» gesungen habe, und sogar, dass ich zu Beginn eine gewisse Blutung hatte und am Ende noch viele weitere.

Ich erzähle alles, die ungeschminkte Wahrheit, wie ich ausgerastet bin und die Eichhörnchen verflucht habe, wie ich Davey Beet gefunden und mich neben ihn gelegt habe, um zu sterben, nur um dann lebendig wieder aufzuwachen, worüber ich in dem Augenblick eigentlich nur sauer war. Ich lasse nichts aus, und das scheint den Leuten zu gefallen. So sehr, dass sie anfangen, bei uns anzurufen.

Die ersten Male erklärt Dad, ich hätte alles gesagt, was zu sagen ist, und legt auf, aber eines Tages führt er eine Unterhaltung, der ich mit halbem Ohr lausche. Ich sitze im Wohnzimmer und zappe durch die Fernsehkanäle auf der Suche nach einem Basketballspiel, während ich den noch immer bandagierten Fuß auf den Sofatisch gelegt habe.

«Ashley», sagt er und hat den Hörer mit der Schulter eingeklemmt. «Ich glaube, mit dem hier solltest du mal reden.»

Es ist ein Outdoor-Ausrüster, der mich als Werbeträgerin gewinnen will, was eigentlich ziemlich witzig ist, wenn man bedenkt, dass mein einzig heiles Kleidungsstück dort draußen ein Sport-BH war. Aber es geht dabei auch um Geld und um jede erdenkliche Ausrüstung, die ich mir nur wünschen könnte.

Ich sage ja.

Es dauert ein Jahr, bis ich das tun kann, was als Nächstes kommt.

Ich sitze das letzte Schuljahr ab, mache meinen Abschluss und tue all das, was auch die alte Ashley tun musste, aber meine Ziele haben sich verändert. Ich spreche mit Meredith und Kavita und mit Duke und sogar mit Laney Uncapher über all das, was gesagt werden muss. Damit ist nicht alles in Ordnung, und das hätte ich auch nie erwartet. So dumm bin ich nicht. Meredith nervt noch immer krass manchmal, und ich kann nicht verhindern, dass ein gewisser Neid in mir aufkommt, wenn ich Kavita zu einem Wettkampf begleite. Genau wie die Eifersucht, als ich höre, dass Duke nach dem Highschool-Abschluss mit Natalie zusammengezogen ist. Ich kann nicht behaupten, dass es mir nichts ausmacht.

Es macht mir etwas aus, und die Welt ist nicht zahm, ebenso wenig wie die Menschen und meine Gefühle ihnen gegenüber.

Es ist Frühling, und ich stehe am Ausgangspunkt eines Trails, auf meinem Rücken ein Rucksack mit der bestmöglichen Ausrüstung und speziellen Schuhen, einer Sonderanfertigung, die der Ausrüster eigens für mich gemacht hat und die so ausbalanciert sind, dass ich das Gefühl habe, einen ganzen Fuß zu haben. Ich habe ein GPS-Gerät und dazu noch einen Personal Tracker. Darauf hat Dad bestanden, damit ich eine Nachricht schicken kann, falls ich Hilfe brauche. Auch eine Packung mit Stiften und ein leeres Notizbuch sind dadrin, damit ich mir Notizen machen kann für eine Autorin, die meine Geschichte erzählen will. Als sie mich kontaktiert hat, habe ich ihr gesagt, die Geschichte sei noch nicht zu Ende.

Und jetzt steh ich hier und lausche dem Geräusch von Dads Pick-up hinterher, der davonfährt. Auf dem Kopf trage ich Davey Beets Mütze, und meine alte Decke habe ich auch umgeschlungen. Daveys Mom hat die Spitze der Mütze neu gestrickt und sie mir dann zurückgegeben. Sie hat auch darauf bestanden, den Moder aus meiner Meth-Decke zu waschen. Es sind meine alten Sachen in verbesserter Version für diesen Teil meiner Wanderung, und das ist irgendwie passend, weil dasselbe auf mich ebenfalls zutrifft.

Ich werde Davey Beet finden. Ich werde den Jungen nach Hause bringen, der mir gezeigt hat, wie man überlebt. Und dann werde ich jeden Tag so leben und mich daran erinnern, dass wir alle genau das tun, jeder und jede auf seine eigene Art und Weise.

Aber keiner will es alleine tun.

Ich setze den Rucksack auf und ruckele ihn zurecht.

Und dann gehe ich zurück in die Wildnis.

DANKSAGUNGEN

Wenn man wie ich die Danksagungen zu seinem neunten veröffentlichen Buch schreiben darf, merkt man, wie sehr man sich immer wieder auf dieselben Menschen verlässt. Ewiger Dank gebührt meiner Agentin Ranta Zurhellen, die sich auf alles einlässt, was ich ihr auf den Tisch packe, und die mich falls nötig auch einmal bremst. Ohne sie geht gar nichts. Dies hier ist mein fünftes Buch mit meinem Lektor Ben Rosenthal, den ich sehr schätze – nicht viele Autorinnen und Autoren haben die Freiheit, sich quer über alle Genregrenzen hinweg ausprobieren zu können. Ben lässt sich auf mich ein und das genieße ich.

Die Cover-Designerin Erin Fitzsimmons liefert ein ums andere Mal Entwürfe, die mich erstaunen und begeistern. Sie hat alle Cover meiner Bücher gestaltet und ich höre immer wieder von Leser*innen, Fans und Leuten aus der Verlagsbranche, dass meine Cover die besten sind. Das liegt daran, dass ich die beste Cover-Designerin habe.

Das gesamt Team bei Katherine Tegen ist ein Schatz und ich bin überzeugt, dass es kein besseres Imprint für mich gäbe. Ich bekomme Unterstützung, Kommunikation und konstruktiven Gedankenaustausch – was in dieser Branche nicht immer der Fall ist.

Wie immer sind auch meine Freund*innen und Schriftsteller-Kolleg*innen unverzichtbar. Ich danke euch, Kate Karyus Quinn, Demitria Lunetta, Natalie D. Richards und R. C. Lewis, dass ihr einfach seid, wie ihr seid, und mich so sein lasst, wie ich bin ... auch wenn das manchmal ganz schön viel verlangt ist.

Zu guter Letzt geht ein großer Dank an meine Leute – Bibliothekar*innen, Pädagog*innen und Leser*innen. Das ist meine Fan-Base. Ich kann weiterhin Bücher schreiben, weil ihr sie immer wieder in die Hand nehmt und sie an Freunde weiterempfehlt. Ohne Leser*innen gibt es keine Schriftsteller*innen.

Und – mal im Ernst – ihr dürft meine Bücher auch an eure Feinde weiterempfehlen.

Die Rowohlt Verlage haben sich zu einer nachhaltigen Buchproduktion verpflichtet. Gemeinsam mit unseren Partnern und Lieferanten setzen wir uns für eine klimaneutrale Buchproduktion ein, die den Erwerb von Klimazertifikaten zur Kompensation des CO_2-Ausstoßes einschließt.
www.klimaneutralerverlag.de

MIX
Papier aus verantwortungsvollen Quellen
FSC® C083411
FSC
www.fsc.org